KB115327

FANTASTIC ORIENTAL HEROES

장씨세가 호위무사 12

조형근 新무협 판타지 소설

초판 1쇄 찍은 날 § 2020년 10월 28일
초판 2쇄 펴낸 날 § 2021년 8월 2일

지은이 § 조형근
펴낸이 § 서경석

편집책임 § 노종아
편집 § 박현성
디자인 § 노종아

펴낸곳 § 도서출판 청어람
등록번호 § 제387-1999-000006호
등록일자 § 1999. 5. 31
어람번호 § 제2-2852호

주소 § 경기도 부천시 부일로 483번길 40 서경B/D 3F (우) 14640
전화 § 032-656-4452 팩스 § 032-656-4453
http://www.chungeoram.com
E-mail § chungeorambook@daum.net

ⓒ 조형근, 2019

ISBN 979-11-04-92272-5 04810
ISBN 979-11-04-92269-5 (세트)

第四幕

12

장씨세가
호위무사

조형근 新무협 판타지 소설

청
어
람

목차

第一章

팽가의 방문

쏴쏴쏴악!

잔해의 파도가 당고호를 향해 머리를 돌렸다.

삐죽삐죽 예리한 파편들이 수십 수백 개 떠 있는 광경은 보는 이에게 섬뜩함을 넘어 공포감을 자아내고 있었다.

하나 당고호는 별것 아니라는 듯 까닥까닥! 손을 흔들었다.

"들어와……. 어여 들어와!"

쐐애애애액!

말 끝나기 무섭게 바로 파편들이 날아들었다.

시커먼 파도를 향해 당고호도 응수했다. 품에서 비침 다발을 꺼내 들며 곧장 팔을 휘둘렀다.

두두두두둑! 타다다다닥!

그 순간 놀라운 일이 일어났다.

비침이 파편을 맞히고 튕기며, 다시 튕기기를 여러 번.

이내 파도처럼 밀려오던 파편 더미가 힘을 잃고 벽에 부딪힌 파도처럼 와르르 무너져 내렸다.

"손은 염력보다 빠른 법이지."

씨익 웃은 당고호가 이내 눈살을 찌푸렸다.

분명 놀라운 수법이었으나 워낙 광범위한 공격 탓인지 자잘한 나무 파편들 몇 개가 그의 허벅지에 박혀 있었다.

"쯧. 역시 만천화우는 내 전문이 아니지. 에잉."

당고호는 투덜거리며 살을 헤집고 태연하게 파편을 뽑아냈다.

"너! 이제 뒈졌다!"

그가 이를 드러낸 순간 끈끈한 살기가 치솟았다.

뒤뚱뒤뚱!

육중한 몸으로 여인을 향해 달려가는 당고호.

다만 그의 바람과 현실은 크나큰 차이가 있었다.

엉덩이를 씰룩씰룩하며 뛰고는 있으나 보통 사람의 걸음처럼 느렸기 때문이다.

스스스스슥. 파파파밧!

뒤이어 여인의 주위로 일어난 나무 파편들이 회오리쳤다.

처억!

당고호가 품에 손을 넣더니, 이번에는 비수 한 다발을 꺼내 던졌다.

파팟!

쇄애애애애액!

파편과 비수가 또다시 허공에서 얽혀 들어갔다.

퍼버버벅! 쿵!

요란한 소리와 동시에 당고호는 어마어마한 경력에 밀려 뒤로 데굴데굴 굴러갔다.

씨익!

"이번엔 너도 맞았지?"

자리에서 일어난 당고호는 놀랍게도 웃는 얼굴을 하고 있었다. 과연 그의 말대로 비침 몇 개가 여인의 팔에 깊숙이 박혀 있었다.

손바닥만 한 크기의 비수를 날리며, 그 그림자에 비침을 숨겨 함께 날리는 당가의 독특한 암기술이었다.

"하! 그 팔은 한동안 움직일 수 없을 거다. 그러니……."

스스스슥!

한데 팔이 어쨌냐는 듯 파편 무리가 다시 솟아올랐다.

"아… 그렇지. 그러고 보니 염력은 손으로 쓰는 게 아니었지?"

당고호는 난처한 얼굴로 머리를 긁었다.

얼굴을 난타당한 바람에 코피가 터져 흐르고, 눈가도 찢어져 있었다. 그는 푸욱 한숨을 내쉬었다.

"안 되겠다. 물량으로도 안 되고 미친년인데 죽여 버리는 것도 안 되고. 결국 나만 손해를 보겠구나."

스윽.

잠시 고민하던 그가 품속에서 뭔가를 꺼내 들었다.

흡사 탄혈주(彈血珠)를 연상시키는 둥근 구슬이었다. 하나는 피처럼 붉고 또 하나는 새파란 빛이었다.

"일단은 원래 모습으로 돌아오게 한 뒤에 어떻게 해도 해야겠지?"

그는 아깝다는 듯 두 개의 구슬을 보며 쯧쯧 혀를 찼다.

*　　　*　　　*

"저깁니다!"

황진수가 숨을 헐떡이며 앞서 갔다.

개방주 능시걸은 그가 가리키는 방향에서 당고호, 척 봐도 온몸에서 피를 쏟아내는 심각한 부상자를 보았다.

"방주님! 방주님!"

"…잠시 기다려라."

"예?"

황진수가 다급히 채근하자 능시걸이 손을 내저으며 제지했다.

"네 사부 당고호는 절대 만만한 녀석이 아니다. 아무래도 한 수를 숨겨놓고 있는 것 같구나."

능시걸은 당고호를 보며 기억을 떠올렸다.

사천당가는 워낙에 폐쇄적인 곳이라 개방에서도 정보를 얻기가 쉽지 않다.

그 와중에도 간간이 들려오는 당문의 특이한 고수들의 보고가 있었다.

"당가의 중사당 독조문을 맡고 있는 당고호란 인물에 대해 들어 보셨습니까?"

"독에 관한 한 둘째 셋째를 다툰다고 합니다."

당문 가주는 중원에서 암기와 독공의 최고수다. 그런 당문에 서 독으로 둘째 셋째를 다툰다는 것은 당문 가주를 제외하고는 독의 최고수라는 뜻.

"게다가 스스로 별호를 '독왕'이라고 부른답니다."

"헐. 미친놈."

다른 곳도 아닌 당가에서 독왕 운운하는 건 치도곤으로 그 치지 않는, 아니, 목을 내놓을 짓이다.

그런데도 당문에서 그가 폐출되지 않았다는 것은 그만한 실 력이 있다는 말이리라. 즉, 단순히 독을 쓰는 것만이 아니라 해 독과 제독에도 빼어난 고수라는 뜻.

노천이 독을 이용한 의원으로, 그도 중사당 출신이란 것을 생각해 보면 당고호가 어떤 인물인지 쉽게 가늠할 수 있었다.

콰르르륵!

파편의 회오리가 다시 위협적인 모습을 보였다. 그리고 파도 가 되어 밀어닥쳐 올 때,

빙글빙글! 쉬이익!

당고호가 손안에 가지고 놀던 한 쌍의 구슬을 날렸다.

퍼버버벅!

"윽!"

파편에 후려 맞은 당고호의 몸이 뒤로 부웅 뜨며 날아갔다. 아까보다 훨씬 심한 부상을 입었다. 온몸에 선혈이 낭자했다.

픽! 픽!

날아간 한 쌍의 구슬은 파편의 벽에 부딪쳐 허무하게 터져 나갔다.

파스스스!

그때 누구도 예측하지 못한 일이 벌어졌다.

붉고 푸른 두 구슬이 가루가 되어 흩날렸다. 자색으로 변한 분말이 파편의 벽에 스며들어 여인의 몸 위로 쏟아져 내린 것이다.

"……?"

여인이 파르르 떨며 움직임을 멈췄다.

"사부님!"

타다닥!

황진수가 쓰러진 당고호를 향해 달려갔다.

피범벅이 된 그의 사부는 누운 채로 제자를 향해 엄지를 척! 올려 보였다.

"제자야, 보았느냐? 이게 신경독이란 것이야."

"예? 독이면……."

황진수가 의아한 표정을 지으며 여인에게 고개를 돌렸다.

풀썩!

눈앞에서 여인이 휘청거리다 푹 자리에 주저앉았다. 그와 함께 와르르 사납게 몰아치던 파편들이 땅으로 쏟아져 내렸다.

"예리한 칼날처럼 솟은 정신을 무디게 만들고, 강제로 진정시키는 독물이다. 이 모든 건 계획대로로다!"

"사, 사부님. 설마… 여인을 죽이신……."

"무슨 소리!"

당고호가 소리를 버럭 질렀다.

"죽인 게 아니라 정신 차리게 만든 거야! 저년 곧 일어난다! 자, 봐라. 하나! 둘!"

황진수는 휙, 여인에게 다시 고개를 돌렸다.

"셋!"

스륵.

당고호가 셋을 외칠 때 거짓말처럼 여인이 껌벅껌벅 눈을 떴다 감으며 중얼거렸다.

"여긴 어디? 당신들은 누구죠?"

"허어!"

지켜보던 능시걸이 감탄을 내뱉었다.

타다닥! 타다다닥!

뒤늦게 개방 고수들과 장씨세가 사람들이 도착했다. 뒤이어 천중단 단원, 묵객과 서혜도 달려왔다.

"방주님, 지금 무슨 상황이죠?"

화급한 안색의 서혜가 대표로 나서며 연유를 물었다.

"보다시피……."

능시걸은 어깨를 으쓱해 보였다. 그가 당고호를 쳐다보며 어이없다는 듯 말했다.

"일단 끝났네."

✳   ✳   ✳

아영이란 아이, 즉 소위건의 누이를 데리고 온 날 장씨세가에서는 크게 난리가 났다.

신경이 예민하고 조금만 울컥해도 발작을 하는 가녀린 소녀, 아니, 실제 나이를 듣고 보면 여인인 아영이 한 번씩 이상해질 때마다 사방의 물건이 치솟아 오르고, 깨진 파편이 사람을 다치게 했다.

내공도 아니고 병기도 아닌, 염력이라는 이능에 의해 일어나는 현상이었다.

막기도 힘들고, 그렇다고 죽일 수도 없으니 일단 강한 수면약을 투약해 강제로 재울 수밖에 없었다.

장세씨가는 다시금 고민에 빠졌다.

은자림이 강호를 발칵 뒤집어놓으면서까지 찾으려는 여인.

아영을 어떻게 처리해야 할지, 그리고 강호가 어떻게 돌아가는지 살필 때쯤 아영이 처음으로 제정신을 차린 것이다.

"이제 어떻게 하죠?"

"어쩌긴 뭘 어째?"

스윽.

황진수가 묻자 모두의 이목이 쏠린 가운데 당고호가 피를 뚝뚝 흘리며 일어섰다. 그러고는 눈을 부라렸다.

"열라 패야지."

"……?"

능시걸과 십오 조 고수들은 어이없단 표정을 지었고, 묵객과 서혜도 멍한 눈으로 그를 바라봤다.

"사, 사부님?"

"너 인마, 이거 안 보이냐? 나 피 봤어. 아까부터 저년한테 엄청 처맞았다고! 실수로!"

까드득!

당고호가 피에 젖은 얼굴로 음산하게 중얼거렸다. 온몸에 상처가 나 있지만 이내 사그라졌다.

외기공을 익혔는지 움직이는 데 아무런 지장이 없는 듯했다.

"안 됩니다, 사부님!"

와락!

황진수가 기겁해서 달려들었다.

다른 사람이 저리 말하면 그냥 과장한다고 볼 수 있으나 당고호의 사문은 당하면 백배로 갚아준다는, 그 흉악한 사천당문이었다.

"일단 진정하십시오! 제정신이 돌아왔으니 이제부터는 대화로 푸시는 것이……"

"이거 놔! 얼씨구? 이거 안 놔?"

"사부니이임! 사부니이임!"

당고호가 씩씩거리며 팔을 밀쳐내자 황진수는 이번엔 그의 종아리를 죽어라고 붙들었다.

"하여간 당가 놈과 엮이면 안 돼……. 제정신인 놈이 없어, 제정신인 놈들이."

능자진이 혀를 차며 고개를 저었다.

아까 지켜보자고 했던 말은 어디로 팔아먹었는지 모를 모습이었다.

"놓으라고! 이거… 놔, 이 자식. 컥!"

황진수를 떼어내는 와중에 당고호가 갑자기 눈을 부릅뜨며 툭 바닥에 쓰러졌다.

"누구야! 아이구!"

"잠시 실례를."

그의 등 뒤에 나타난 맹인, 구문중이 당고호를 간단히 점혈하곤 모두를 향해 조용히 읍을 해보였다.

"늦어서 죄송합니다. 저희가 지켜보고 있어야 했는데."

"여, 여기 어디예요. 제가 왜 여기에 있나요……."

우르르 몰린 사람들을 보고 아영이 조금씩 겁에 질린 얼굴이 되었다.

그러다 흘깃, 장련을 보고 달려갔다.

"무서워요, 언니……."

"허억!"

아영이 갑작스레 장련의 등에 달라붙자, 장씨세가 사람들은 기겁했다. 장련 또한 당황한 얼굴이었다.

"저, 소저? 아영 소저?"

"일단 제압을 해야 하지 않겠습니까?"

개방 십오 조의 말에 능시걸이 즉각 명령했다.

"약을 먹이게!"

"꺄아아악!"

아영이 비명을 질렀다. 우르르 달려오는 거지꼴의 장정들을 보고 본능적으로 뭔가 해를 입을 것이라 느꼈는지, 그녀는 장련의 등덜미를 파고들었다.

"언니! 언니! 도와줘요! 나, 너무 무서워요……."

"잠시만요!"

장련이 달려드는 십오 조를 향해 손을 내저었다.

반사적으로 말해놓고도 장련은 잠시 고민하다가 좌중을 향해 말했다.

"계속 수면약을 먹이는 건 좋지 않아요. 이걸로 해결되는 일이 아니잖아요."

"장련 소저, 그래도 일단 통제부터 합시다. 이건 감정적으로 처리할 일이 아니오. 큰일이 날 수도 있소."

"맞습니다, 아가씨. 가엽다고 흔들리지 마십시오. 저 아이는 위험합니다!"

개방만이 아니라 장씨세가의 사람들까지 분분히 들고일어났다. 장련이 곤혹스러운 얼굴로 물었다.

"이런 방법밖에 없나요? 이미 위험한 수준까지 약을 쓰고 있다면서요?"

모든 약은 장기적으로 투여하면 내성이 생긴다. 특히 일반인과 체질이 다른 아영은, 보통 사람이라면 치명적인 양의 수면약을 먹고 있었다.

그럼에도 얼마 지나지 않아 스스로 눈을 떴다. 이러다가 정말로 그녀가 죽을 수도 있는 일이었다.

"소저, 그냥 그렇게 하세요."

장련의 성정을 아는 서혜가 부드럽게 달랬다.

"은자림이 찾고 있는 여인이에요. 몇 번은 입단속을 했지만, 이렇게 소란이 계속 일어나면 결국 밖에도 소문이 퍼질 거예요. 그럼 이 여인의 안전을 보장할 수 없어요."

"하지만……."

장련은 뒤를 돌아보았다.

덜덜 떨고 있는 아영이 울먹이는 얼굴로 바라보고 있었다.

"너무 가엽잖아요……."

"소저, 그냥 넘겨주시오. 나도 협을 아는 사람이오만."

묵객이 한숨을 쉬며 말했다.

"상대는 천하를 어지럽히는 무리요. 이 여인이 당장 가엾다고 무르게 대했다간 은자림이 어떻게 얼마나 많은 사람을 해할지 계산도 되지 않소. 통제되지 않는 힘은 그 자체로 위험하오."

"아니, 통제는 이미 됐는데?"

그때였다.

점혈당해 바닥에 엎어진 당고호가 투덜거리며 퉤퉤, 흙을 뱉고 말했다.

"염력은 원래 신경이 미쳐서 날뛰는 현상이야. 지독한 종류의 각성 상태지. 약 먹인다고 나아지지는 않아. 차라리 아예 강한 독을 쓰면 통제는 가능하다고."

"하면……."

장련이 놀란 얼굴로 말했다. 서혜, 묵객, 개방의 모든 사람들까지 당고호를 주목했다.

"평범한 사람처럼 생활할 수 있다는 말인가요?"

"아니, 그건 또 다른 문제인데……."

스윽.

구문중이 당고호의 몸을 일으켰다.

여전히 뻣뻣하게 군은 당고호는 잠시 그를 흘겨보다 말을 이었다.

"발작은 미친 신경이 정신까지 혼란하게 만들어서 벌어지는 현상이야. 신경을 아예 마비시켜 버리면 돼. 가끔 감정이 들쭉날쭉하긴 하겠지만, 그래도 약을 쓸 때보다는 낫지. 위험한 일은 안 일어나니까."

"…어떻게 그렇게 장담하죠?"

"많이 겪어봤으니까. 다들 구음진맥, 구음진맥 하고 엄청 특이 체질로 보는데, 우리 당문에서는 별로 드문 일도 아냐. 삼대에 한 번씩은 꼭 나타나거든?"

당고호의 사문은 독을 쓰는 사천당문이다.

남자든 여자든 일상에서 너무 많은 독을 접하다 보니 집안 기물은 물론이고 사람들의 몸에도 만성적으로 독이 스며들어 있다.

그 때문에 회임한 여인의 피를 통해 아이가 영향을 받고, 그래서 자폐아나 기형아가 태어나는 경우도 빈번했다.

그중에는 구음진맥처럼 태어나면서부터 이능을 발현하는 이도 있었다. 당문은 그 쓰임새에 일찍부터 주목하고 있었다.

"허어……."

당고호의 말에 좌중이 조용해졌다.

이제껏 처음 겪은 현상이라 어떻게 대해야 할지 모르고 있었는데, 당문 사람은 거기에 대해서 별걱정 없다고 말하는 것이다.

"그럼 독으로 진정시켜 보는 것이?"

"아니, 그래도 안심할 수 있을지……."

"저 당씨 사람이 평소 하던 행동거지를 보면……."

"내가 뭐!"

우글우글.

좌중이 다시 한번 혼란스러워졌다.

능시걸도 눈살을 찌푸렸다. 통제만 된다고 하면 염력 같은 이능이야 어쨌건, 아영에게 물어볼 것이 많았다.

그녀는 여기 있는 모든 이들 중에서, 은자림과 가장 밀접한 관계였다고 했으니까.

"일단 안으로 들어가시지요. 보는 눈이 많습니다."

때마침 지켜보던 구문중이 나섰다.

맹인이 보는 눈 운운하는 해괴한 상황에 사람들이 쓴웃음을 지었다.

"이 아이에게 알아볼 것이 있습니다. 온전히 정신이 있는 와중에 얘기하는 것이 좋지 않겠습니까."

"음."

구문중이 정중한 예를 표하며 말했다. 능시걸은 고개를 끄덕였고, 능자진도, 서혜와 장련도 그 말에 동의했다.

타다닥!

그런 그들에게 갑자기 화급한 목소리가 들렸다.

"사람이 찾아왔습니다!"

외총관 장태윤이었다.

"누가요? 이 시국에?"

장웅이 놀라 묻자 장태윤이 한번 주위를 둘러본 뒤 헉헉대며 대답했다.

"그, 그게… 팽가 가주입니다!"

일순 장씨세가 사람들의 얼굴에 긴장이 내려앉았다.

*　　　*　　　*

끼이이익.

팽가운이 들어서자 장내의 시선이 일제히 쏠렸다.

늠름한 체격에 강직한 눈썹을 가진 사내가 온몸이 땀으로 범

벽이 된 채 나타났다.

"팽가 가주, 팽가운이오. 장씨세가에 긴히 드릴 말씀이 있어 들렀소."

단상으로 걸어오는 팽가운의 어깨에 올려놓은 매 한 마리가 사람들의 눈을 끌었다.

가주인 장원태가 아직 쾌차하지 않은 터라 장웅이 장씨세가를 대표해 읍하며 맞이했다.

"귀한 분이 오셨군요. 장웅이라 합니다. 이 누추한 곳까지 어인 일로 발걸음을 하셨습니까?"

멈칫.

마주 읍을 하려던 팽가운의 손이 굳었다.

장웅의 말은 정중했지만 거기 담긴 감정은 지극히 냉랭했다.

오대세가의 하나로 항상 존중만 받아오던 팽가운이 당황할 정도였다.

"아……."

그제야 주변의 따가운 눈총을 인식한 팽가운은 지난 일을 떠올렸다.

"본 가에 대한 감정이 좋지 않다는 건 알고 있소. 책망을 하실 것이라면 차후에 몇 번이고 사죄드리겠소. 하나 지금은 이걸 먼저 보고 말씀하십시다."

쓰윽.

팽가운은 장웅에게 서신 한 장을 내밀었다.

"크흠! 큼!"

본론부터 꺼내는 팽가운을 보고 장씨세가 사람들이 헛기침을 했다.

장웅 역시 이를 팽가의 오만으로 여기며 불편한 표정으로 서신을 받아 들었다.

"이건……."

서신을 읽자마자 장웅의 눈이 화등잔만 하게 커졌다.

"무슨 일입니까, 공자?"

"이, 이걸……."

장웅은 일 장로에게 서신을 넘겼고, 일 장로는 낯빛이 굳어 능시걸에게, 그리고 능시걸 또한 침음하며 서혜에게 서신을 돌렸다.

"보셨다시피."

그때까지 잠자코 보고만 있던 팽가운이 말을 이었다.

"은자림이 황실에마저 숨어들어 있습니다. 심지어 그들이 감히 천자를 범하려는 음모를 꾸미고 있다고 합니다. 시일이 촉박하여, 저는 서신을 받자마자 바로 이곳으로 달려온 것입니다."

"……!"

웅성웅성.

천자를 범한다. 당금 황제를 죽이려 든다는 말에 좌중이 크게 당황했다.

장씨세가도, 개방도, 하오문도.

"이게 어쨌다는 겁니까."

"…공자?"

한데 웅성대는 사람들과는 달리 장웅은 안색이 차가워졌다.

"고작 몇 달 전까지 적대하던 가문이, 사전에 연락도 없이 불문곡직하고 들이닥치셨군요. 거기다가 이런 감당하기 힘든 서신이라니. 뭡니까? 이번에는 또 어떤 음모로 저희를 곤란하게 하시려는 겁니까?"

"으음, 음."

날 선 장웅의 질문에 장씨세가 사람들은 침음하며 끄덕였다.

팽가와의 충돌로 인해 장씨세가는 큰 인명 피해를 입었다. 당장 가문의 이 장로, 삼 장로가 그들에게 참살당했다.

그리고 싸움에서 이겼음에도 감히 팽가에 죄를 묻지 못했다. 특히나 이 장로와 삼 장로에게 어려서부터 가르침을 받았던 장웅은 그 일이 뼛속 깊이 원한으로 남았다.

"귀 가문이 오대세가 중 한 곳이라는 사실을 참으로 기꺼워하시지요. 다른 가문이었다면… 봉문으로 그치지 않았을 테니."

장웅의 말은 독살스러웠다.

"허허……."

능시걸은 혀를 찼다. 자칫하면 이미 끝난 싸움의 불씨를 다시금 불러일으킬 만한 발언이다.

그가 중재하려 한 순간.

"확실히 경우가 잘못된 것 같습니다."

팽가운이 쓴웃음을 지으며 고개를 끄덕였다.

"좋습니다. 그럼 이번에는 물러갔다가 나중에 다시 와서 인사드리지요."

저벅저벅.

그러고는 걸어 나갔다.

"…어?"

정작 독기를 내비친 장웅도 당황하고, 장씨세가 사람들도 놀랐다.

설마하니 저런 말을 곧이듣고 그대로 물러서리라고는 상상도 못 한 것이다.

덜컥. 스르륵.

한데 팽가운의 다음 행동이 더욱 경악스러웠다.

문이 닫히자마자 다시금 들어온 그가 장씨세가의 모든 사람과, 개방과 하오문의 시선을 받으며 단상 앞에 무릎을 꿇은 것이다.

화락. 털썩!

"어어……!"

"허!"

적막.

바늘 떨어지는 소리도 들릴 정도의 침묵이 감돌았다.

팽가운의 침통한 목소리가 들렸다.

"팽가 가주 팽가운이 장씨세가에 정식으로 사죄드리오!"

"……!"

장웅의 눈이 찢어질 듯 부릅떠였다.

"아직 나이가 어려 생각이 짧았소. 그저 일의 경중만 따져, 마땅히 장부로서 해야 할 의를 잊었소. 선친께서 이 자리에 계셨다면 당장 내 목을 치셨을 터."

"……."

"일전에 장웅 공자께 장부에 대한 마음가짐을 얘기한 적 있었지요. 한데 소인은 그릇됨을 알고서도 우유부단하여 많은 사람을 죽게 했소. 또한 그에 대한 변변한 사과도 없이 제 입장만 찾고 있었소. 이제 와서 뒤늦게나마 무릎 꿇고 사죄드리나 이로도 부족하실 터. 그간 쌓인 울분이 있으시면 마음껏 토해주시오."

차악!

무릎 꿇은 팽가운이 읍을 한 채로 고개까지 숙였다.

"어!"

"허허!"

침묵을 깨고 신음과 어수선함이 스륵스륵 피어났다.

장웅은 물론이고 장씨세가의 모두가 아무 말도 하지 못하고 있을 때 능시걸이 펄럭, 소매를 휘두르며 나섰다.

"부디 받아들이시게, 장 공자."

"방주님……."

"지난 일은 분명 가슴이 쓰릴 터이나, 지금 여기 있는 사람 또한 팽가의 가주. 그의 무릎도 가벼운 것이 아니니까."

"……."

그의 말에 장웅이 팽가운과 주변에 몰린 사람을 번갈아 보고 길게 탄식했다.

"일어나시지요. 팽가 가주, 팽가운 대협."

"……."

"장내로 드십시오. 우선 말이나 들어봅시다."

"감사합니다."

팽가운이 무거운 짐을 내려놓은 얼굴로 일어섰다.

＊　　　＊　　　＊

차가 나오고 사람들이 자리에 앉았다.

팽가운은 서신에 대해 자신이 아는 바를 장씨세가에 알렸다.

"이 서신이 사실이고, 정말 당금 황상을 시해하려는 음모가 진행 중이라고 합시다."

장웅이 물었다.

"그걸 다른 곳도 아닌 팽가에 알린 이유가 뭡니까?"

"이번 일에 개입한 사람은 형부의 당상관, 팽석진이란 자입니다. 아시겠지만 원래 저희 팽가의 사람이지요. 저희가 봉문을 하며 공식적으로는 본가와 연을 끊었지만."

팽가운이 복잡한 얼굴로 고개를 저었다.

"암암리에 중요한 일에 대한 이야기는 서로 오가곤 했지요. 아마 저희에게 알아두라고 하는 모양입니다."

"으음……."

사람들이 다시금 침음했다.

짐승도 죽을 때는 제 태어난 곳을 향해 머리를 두고 죽는 법. 사실 혈연이란 게 쉽게 정리가 되는 것이 아니었다.

"그럼 팽가 가주께서는 왜 이 소식을 우리에게 알리러 오신 것입니까?"

이번엔 능자진이 질문했다.

팽가운은 쓴웃음을 지으며 주변에 시선을 돌렸다.

"이곳에 계신 분들 때문이지요. 개방의 방주께서, 또한 하오문의 서혜 소저가 머물러 계시니까."

천하의 이목인 개방. 그 눈이 미치지 않는 곳이 없다는 하오문.

지금 장씨세가는 세상에서 제일 큰 정보 단체 두 곳이 동시에 머물러 있는 셈이다.

하북에서 정보를 빠르게 전달하고 싶다면 이곳으로 오는 것이 당연하다.

"역모는 커도 너무 큰 일입니다. 이것이 진실이라면 듣고 흘릴 수 없는 일이고, 진실이 아니라면 이 또한 왜 이런 말이 나오는지 검증을 받아야 하니까요."

그 말 또한 사리에 맞았다.

정보를 수집하는 단체는 당연히 분석력 또한 갖추고 있는 법.

천하가 뒤집힐 만한 중요한 정보의 진위를 판별하는 데 개방과 하오문만 한 곳도 없었다.

"일단 팽 가주의 말씀은 알겠습니다. 그럼 서신을 보낸 팽석진, 당상관은 어떤 사람입니까?"

장웅의 물음에 팽가운은 잠시 고민하다가 입을 열었다.

"팽석진 숙부는 치밀하고 처신에 밝은 사람이라고 들었습니다."

어찌 보면 잇속에 밝은, 무(武)와 패도(覇道)에만 집착하는 팽가와는 맞지 않는 사람이다.

애초에 강호인 출신으로 당상관이라는 형부의 고위직에 올라간 것 자체가 그 증명이리라.

"그 말씀은, 이 이야기가 함정일 수도 있다는 뜻도 되지 않습니까?"

묵객이 손을 들며 말했다.

몇몇이 고개를 끄덕일 때쯤 묵객이 말을 이었다.

"사감 없이 말하리다. 팽석진은 귀 가의 사람. 그가 만약 역모에 연루되었다면 역천이 성공할 때는 일등 공신이 되지. 그럼 팽가는 후한 보상과 논공행상을 받을 수 있지 않소?"

"맞는 말씀이지만 두 가지가 걸립니다."

팽가운이 고개 저으며 반박했다.

"하나는, 당금 황상께서는 이제껏 나라를 크게 어지럽게 한 분이 아니십니다. 이런 분께서 귀천하시고 천지가 뒤집어지면 수도 없는 목숨이 죽고 다칠 터. 본 가의 이익 때문에 우유부단한 모습을 보인 제가 지난 과오를 또 한 번 되풀이할 수야 없지 않습니까."

"흐음……."

"그리고 또 하나. 아까 말했다시피 숙부는 잇속에 밝은 분. 그런 분께서 본 가에 서찰을 보냈다 함은… 뭔가 일이 이상하게 되어 간다는 판단이 섰기 때문일 것입니다."

"만약을 대비한 구명줄이로군."

끌끌끌.

능시걸이 혀를 차며 고개를 끄덕였다.

"팽가에 알려, 일이 잘되었을 때건 잘못되었을 때건 살아남을 구실을 만드는 게로군. 확실히 여우 같은 작자로다."

"방주께서는 저 말이 납득이 가시는 건가요?"

서혜가 눈을 홉뜨며 물었다.

"글쎄. 다른 건 모르겠으나 팽가 가주의 말이 영 틀린 것은 아니지. 형부 당상관이 어떤 경우에도 처세에 능해 칼날 위에서도 목숨을 건진 일이 여러 번이라. 게다가."

능시걸이 쓰윽, 팽가운의 어깨 위에 있는 매를 가리켰다.

"저 붉은 매는 황실에서만 쓰이는 특유의 매지. 오방을 통해서만 전달되는 붉은 깃털의 매. 대초원이나 사막을 나는 저런 순혈의 맹금(猛禽)은 중원에서는 거의 볼 수 없어."

"…그러고 보니 그렇군요."

서혜는 팽가운이 매를 들고 온 이유를 그제야 깨달았다.

문득 짐작 가는 부분이 있어 그녀는 고개를 끄덕였다.

"천자께마저 화가 미친 후 최근 황실의 상황이 어수선해요. 혹자는 과거의 흑도무인들이 황제를 요격했다는 얘기도 있고, 누구는 이미 황실에 있다고도 하지요."

"사실 제가 여기 오게 된 것도 이런 어수선한 상황 때문입니다."

팽가운이 탄식하며 고개를 조아렸다.

"본 가는… 묵객께서 말씀하신 대로 지극히 복잡한 상황에 처해 있습니다. 이렇게 되어도, 저렇게 되어도, 어찌 되었든 일의 한가운데에 몰린 형국입니다. 그 때문에……."

"골치 아프긴 하겠어. 사실을 밝힌 팽가 자신들이 오히려 역도로 몰릴 수도 있으니."

끌끌끌.

능시걸이 그의 뜻을 알아듣고 다시 한번 혀를 찼다.

역모는 삼족 혹은 구족까지 멸하는 대역죄다.

설령 이 모든 일을 고해바친 당사자라 하더라도 혈육인 팽석진이 연관되었다는 것만으로도 팽가는 죄를 면하기 어려운 것이다.

"맞습니다. 처음부터 당당하지 못한 까닭은 그 때문입니다. 소인배라 보셔도 할 말이 없습니다."

팽가운이 허탈하게 고개 숙이자 좌중은 침묵했다.

그 침묵은 비난이 아니었다.

한 세가를 짊어진 상황이 된다면 이 자리에 있는 누구도 그의 입장과 다를 거라고 당당히 얘기할 수 있겠는가.

"마음을 다스리세요, 팽 가주. 지금 중요한 건 그게 아니잖아요."

장련이 달래듯 말했다. 그러고는 개방주 능시걸, 그리고 하오문도인 서혜에게 눈길을 보냈다.

"사실 확인이 중요해요. 은자림이 정말 천하를 흔드는 거라면 어떻게든 막아야 하니까요. 또한 사실이 아니라면 이걸로 무얼

책동하는지 찾아봐야 하지 않을까요?"

"장련의 말이 맞다."

능시걸이 고개를 끄덕였다.

"아무 일도 일어나지 않으면 그게 가장 좋지. 일단 전 방도들을 불러 정보를 취합해 보마. 그리 오래 걸리지는 않을 게다. 반나절이면 돼. 하오문은?"

"함께하겠어요."

서혜가 동조하겠다는 의견을 밝혔다.

"개방도 개방이겠지만, 본 문의 문도들도 황실 여기저기에 많아요. 일방일문이 함께 소식을 모으면 못 맞히는 사정 같은 건 세상에 없다고 생각해요."

일방일문.

강호 최대의 정보 조직이 전부 합심하는 격이다.

팽가운이 무거운 짐을 벗은 듯 긴 한숨을 쉬었다.

장련은 분위기를 바꾸려는 듯 짝짝 손뼉을 쳐서 좌중의 주의를 끌었다.

"잠시 쉬시지요. 개방도 하오문도, 기존에 있는 정보와 합치되는 점이 있는지, 어디가 빗나가 있는지 알아볼 시간이 필요할 것 같아요."

"그럽시다."

"바로 전갈을 넣겠어요."

드륵!

두 정보 집단이 바쁘게 움직였다.

후륵.

팽가운은 목이 타는 듯 어느새 싸늘하게 식은 찻물을 들이켰다.

第二章

당가의 영웅

사락. 사락.

한정당의 후원을 찬 바람이 스치고 지나갔다.

처소 앞의 소로를 팽가운과 장련 두 사람이 걷고 있었다.

사박. 사박.

한참을 말없이 걷고만 있던 팽가운이 픽, 웃으며 불현듯 말을 꺼냈다.

"세상일이란 참 한 치 앞을 모르는 것 같소."

"……."

장련이 돌아보았다. 팽가운은 그녀를 살짝 곁눈질하고는 이 내 장탄식을 쏟아냈다.

"잘해보고 싶었소. 하북의 팽가, 한 지역의 패자라는 가문의 이름에 어울리는 사람이 되고 싶었소. 하지만 그만한 그릇이 못 된다는 것도 알았소. 어찌어찌 하면 할수록 일은 더 꼬여만 가더이다."

"…이해해요, 가주."

팽가운의 뜬금없는 독백에 장련은 담담히 고개를 끄덕였다.

"어떤 기분인지 저도 잘 아니까요."

단순히 위로하려는 말이 아니었다.

주위의 기대, 위기에 처한 가문, 그 안에서 솟아나는 무력감.

그녀 또한 부단히도 겪은 일이다. 처한 입장은 다르겠지만 큰 틀에서 보면 팽가운 역시 자신과 별로 다르지 않을 것이다.

"가주께서 보인 호의는 소녀도 알고 있어요. 제가 독에 중독되었던 날에."

장련은 전에 목숨을 구했던 그날을 언급했다.

팽가운은 항상 장씨세가에 호의적이었다. 그가 만약 가문의 반대까지 무릅쓰며 도우려 하지 않았다면, 장씨세가도 장련 자신도 되돌릴 수 없는 피해를 입었으리라.

"적어도 저는 장담할 수 있어요."

"…그리 보아준다면 감사하오."

팽가운이 슬며시 미소를 띠며 묵례를 해 보였다.

사박. 사박.

둘은 다시 한번 후원을 돌았다.

연못을 지나고 정자 앞에 당도했을 무렵 팽가운이 탄식을 토했다.

"가주께서라……."

"네?"

장련이 화들짝 놀라며 발길을 멈추자 팽가운이 그녀를 돌아보며 씁쓸한 웃음을 지었다.

"소저에게 나는 항상 팽가의 가주로구려. 이제 와서… 되돌릴 수는 없겠지요?"

"……."

"그래, 이미 어긋난 인연이지. 붙잡을 수도 없거니와 그래서도 안 되지. 하나."

팽가운은 살짝 슬픈 얼굴로 장련을 바라보았다.

"다시… 다음 생이 있다면, 그때는 소저에게 당당히 다가설 수 있는 사람이 되었으면 하오."

"가주……."

장련은 당황했다. 느닷없이 던져진 말이었지만 지금 그녀를 보는 팽가운의 말투와 눈길은 진심을 가득 담고 있었다.

"사실 처음부터 마음에 담지는 않았소."

"……."

"월이와 함께 귀 가를 방문했던 그날, 함께 잔을 나누기 전까지 나는 소저를 그저 그런 가문의 딸로 보았소. …한데 그날따라 참 잘 웃던, 순수하며 꾸밈없이 밝은 얼굴의 소저가 마음에 스며들었소."

팽가운은 아련한 얼굴로 그날을 떠올렸다.

한순간 한순간 장련이 보였던 수많은 표정들. 그건 가문의 답답한 무게에 짓눌려 있던 팽가운에게 '다시 숨을 쉰다'는 느낌을 깨닫게 해주었다.

"뭐, 이제 와서는 늦었지. 뒤늦게 어찌해 보려는 것도 아니고, 그냥 푸념이오. 나도 이젠 가주이니 곧……. 그 전에 내 마음을 전해주고 싶었을 뿐."

팽가운은 이제 일가의 가주다.

이미 예전부터 장로들 사이에 혼사에 관한 이야기가 오가고 있었다. 정말로 완전히 묶이기 전에 마지막 남은 한 조각 연심을 털어버리고 있었다.

사박. 사박.

둘은 다시 한동안 말없이 후원을 걸었다.

"그나저나 광 호위가… 올해 나이가 몇이오?"

완전히 마음을 털어냈기 때문인가. 팽가운은 이제 장련에게 편안하게 말을 건넸다.

"어, 그걸 모르고 있었네요."

"아이고, 맙소사."

팽가운이 혀를 차자 장련이 어리둥절한 표정으로 바라보았다.

"왜 그러세요?"

"생각해 보시오. 광휘 그는 천하십대고수, 아니, 그 이상의 무위를 가진 자요. 그런 자의 나이가 얼마나 되겠소? 족히 사십은 넘을 것이오."

"예?"

난데없는 벼락을 맞은 듯 장련이 말을 더듬었다.

"노, 농담하지 마세요. 그, 그렇게 나이 들어 보이지 않는 분이에요. 어, 얼굴에 주름살도 별로 없고. 그리고……."

"이런 걸로 농담을 하지는 않소."

놀라는 장련에게 팽가운은 더욱 진지한 얼굴로 말했다.

"자고로 뛰어난 무인일수록 그간 쌓인 경험이 무수한 법이오. 광휘 같은 경지의 인물은 희끗희끗한 백발의 노인들이 대부분이지. 사실 사십도 최소로 친 것이오. 그만한 무위라면 구파일방의 장문인 혹은 태상장로급이오. 오십 이상이 보통이지."

"아, 그럼 무사님이 제……."

장련이 울상을 지었다.

단순 계산으로 보아도 아버지뻘이라는 결론이 나온다. 정신 못 차리고 갈팡질팡하는 장련을 보며 팽가운은 피식 웃었다.

'이로써 한 방 먹여주었고.'

반은 농담이지만, 반은 또 배려하는 마음이었다.

그가 보기에 광휘의 무위는 가히 정상이 아니었다.

실제로 반로환동급으로 나이가 많거나, 아니면 그가 단련한 과정이 누구도 상상도 못 할 끔찍한 수라장 속이었을 터.

그런 이의 삶에, 마음에 두었던 소저가 얽히는 것이 좋을지 어떨지. 만약 그것이 그들의 선택이라면 마음의 준비 정도는 하는 것이 좋으리라.

"후우… 그나저나 깜짝 놀랐어요. 아까 대전에서."

"아."

말을 돌리는 것인지 장련이 낮에 팽가운이 무릎 꿇었던 모습을 언급했다.

"저는 그대로 싸움이라도 나는 줄 알았어요. 웅이 오라버니도 그렇지만… 제가 본 팽 가주님 또한 성격이 녹록하신 분이 아니라… 자칫 모욕으로 느끼시지는 않을지."

"결코 그렇지 않았소."

팽가운은 단호하게 고개를 저었다.

"본 가가 귀 가에 끼친 피해는 이루 말할 수 없을 정도로 컸소. 거기에… 보복은커녕 크나큰 은혜마저 입었소."

오호단문도.

하북의 팽가를 도법의 제일 명문으로 만들었던, 팽가의 모든 것이다.

광휘에게 받은 것이지만 실상 장씨세가를 통해 받은 것과 마찬가지였으니 고마움은 이루 말할 수 없을 것이다.

"사실 무릎 꿇는 것이 아니라 더한 것도 할 수 있었을 거요."

"그런 말씀 하지 마세요!"

장련이 비명 지르듯 질겁했다.

팽가운은 진심으로 감사하는 것이겠지만, 저 이름난 하북팽가의 가주가, 장씨세가 대전에서 무릎 꿇는 것보다 더한 짓을 한다니.

당장 그 일로 장씨세가가 어떤 강호상의 시비에 걸릴지 모를 일이다.

"뭐, 흘려들으시오. 그만큼 광 호위와 소저에게 본 가는 감사함뿐이라는 말이오."

장련이 가슴을 쓸어내렸고, 팽가운은 후후 웃으며 발을 옮겼다.

사박사박.

"팽석진이란 분은 왜 기일을 지정해 줬을까요?"

뒤따르던 장련이 이번엔 먼저 질문해 왔다.

"정계의 상황은 시시각각 변하잖아요. 시기나 주위 상황을 고려해야 하고요. 한 치 앞도 볼 수 없는 상황에 황궁에서 역모의 기일을 아예 정해놓는다는 게 좀… 이상해요."

역모의 시일은 내달 초하루.

보름이 좀 넘게 남았다.

팽가운이 조금 생각해 보고 대답했다.

"나도 처음엔 그랬소. 지금 드는 생각으로는 글쎄. 그만큼 시일이 촉박하다는 걸 알리고 싶은 게 아닐까 싶소만."

그가 서신을 받은 후 이리저리 알아보고 움직이는 시간까지 계산하면 겨우 북경에 닿을 수 있는 날이기도 했다.

"혹시 그날이 천자께서 움직이는, 어떤 행사가 열리는 날이라면 역모의 계획이 가장 확실하게 맞춰질 가능성 또한 있소."

예를 들어 천자가 직접 만민 앞에 서는 공식 일정.

황궁 안에서 그런 계획을 잡고 있다면 천자가 직접 움직일 수밖에 없고, 그리되면 아무리 철통같은 방비를 세운다 해도 약점이 노출될 수밖에 없다.

열 사람이 방비를 서도 도적 하나는 막기 어려운 법이니까.

"과연 그런 거라면……."

"아가씨! 가주님!"

장련이 고개를 끄덕일 때 하오문도로 보이는 사내가 멀찍이서 목청을 높였다.

"모두 모이시랍니다! 보고가 도착했답니다!"

그 말에 팽가운과 장련이 급히 대전으로 향했다.

잠시 멈췄던 회의가 다시 열리는 것이다.

* * *

화르르르.

불씨를 머금은 화섭자(火攝子)로 어유(魚油:생선기름) 등잔에 불을 붙이자 주위가 환해졌다.

조금씩 어둠이 내려앉은 저녁, 오왕이 의자에 기대며 잠시 눈을 감았다.

그의 앞엔 오늘 아침부터 지금까지 보고된 서류들이 놓여 있었다.

─동창이 움직이기 시작했습니다. 내각의 고위직 관료들을 집중적으로 감시하고 속관(屬官:장관에게 속한 관원)들도 관리 대상입니다.

─금의위들이 도독부가 관리하는 병적부를 압수해 갔습니다. 오군도독부의 장관 중 누구도 제지하는 자가 없었습니다.

─일왕이 경위지휘부(京衛指揮部)를 개편하고 재정비하였습니다. 경성 밖의 대비를 위한 것으로 보입니다.

그를 향해 계속해서 들려오는 소식들.

일왕이 본색을 드러낸 뒤 변화된 조정의 움직임이었다.

동창은 자신들의 부하들을 솎아내기 위해 심문을 시작했고 금의위는 장군들을 압박했다.

더구나 자칫 황궁 안으로 들어올 수 있는 불순분자들을 파악하기 위해 경위지휘부를 흔들었다.

―십이감 소속 환관들이 현 상황에 우려를 표명하고 있습니다.

―육부 소속의 관료들과 백관(百官:벼슬아치) 몇몇이 남경으로 전근 가길 희망하고 있습니다.

―근자에 몇몇 고위 관료들이 일왕을 적극 지지하고 나섰습니다.

환관들이 우려를 표명한다는 건 단순히 반란에 대한 두려움이 아니었다.

그들 또한 은자림이 활동한다는 것을 감지하고 있다는 뜻이다.

남경은 조정에서 보면 좌천으로 여기는 곳, 즉 자신 쪽 사람들이 스스로 황궁을 떠난다는 이야기였다. 하루가 다르게 움직일 수 있는 이들이 줄어들고 있다는 것이다.

"전하… 형부 당상관이 왔다고 합니다."

번뜩!

때마침 들려오는 소리에 그는 눈을 떴다. 불빛에 퀭한 영민왕의 얼굴이 드러났다.

"들라 해라."

드르륵.

문이 열리고 당상관 팽석진이 들어와 읍을 해 보였다.

영민왕은 한쪽 의자를 가리키며 말했다.

"앉게."

쓰윽.

팽석진은 자리에 앉자마자 영민왕의 안색부터 살폈다. 예상대로 요즘 벌어지는 상황 때문인지 피곤한 기색이 보였다.

"너무 심려 마십시오. 우리가 손을 잡은 은자림은 그리 녹록한 자들이 아닙니다."

팽석진이 목소리를 깔며 담담하게 말했다.

"오왕께 힘을 보태지 않은 자들을 그들이 그대로 두겠습니까? 목적을 위해서라면 비열한 짓도 서슴없이 할 자들입니다."

"……"

"결국 거사가 이뤄지는 그날. 모든 이들은 우리에게 협조할 것입니다. 그럼 이 모든 것은……"

"그건 그것대로 문제다."

오왕이 고개를 저었다.

"결국 마지막에 나를 따를 사람들은 은자림이 아니라 조정의 녹을 먹고 있는 대신들이야. 다 쳐내 버리고 나면 품을 사람이 누가 남겠는가."

"……"

팽석진은 대답하지 못했다.

오왕의 말대로 은자림이라는 폭력을 통해서 관료와 제후들을 통제하게 되면, 이는 언젠가 악재로 돌아온다.

당장은 반목하고 있다 해도 결국 그들은 대명 황실의 신료들, 다시 말해 오왕이 황제가 되고 나면 조정을 이끌어갈 동력이 되고 그의 손발이 될 사람들이다.

본보기를 내지 않을 수도 없고, 그렇다고 너무 맡겨두었다간 제 살 깎아먹기가 되는 것이다.

"운 각사는?"

팽석진이 고민에 빠졌을 때 영민왕은 화제를 돌렸다.

"기일에 맞춰 올라오겠다고 회신을 보내왔습니다."

"그렇군. 기일은 정해졌는가?"

"예. 안쪽 사람들이……."

팽석진이 탁자에 놓인 붓을 들어 조심히 한일자를 그렸다.

"내달?"

"예. 상림원감 진숙궁이 그날을 길일로 잡았습니다."

팽석진의 말에 오왕이 고개를 끄덕였다.

"제천행사(祭天行事:하늘에 제사를 지내는 행사)에 맞춰 움직이는 건가."

"그렇습니다. 황상의 용태가 많이 나아졌다고 어의 또한 의견을 개진했습니다."

"……."

"뭔가… 마음에 걸리는 것이 있으십니까?"

오왕의 안색을 보며 팽석진이 물었다.

"글쎄… 모르겠군. 분명 기일을 당기란 말은 내가 했는데, 그 날은 왠지."

영민왕은 한숨을 쉬었다.

"워낙 큰일을 앞두고 계셔서 그런 겝니다."

"그래. 그렇겠지. 그래야 할 것이다."

팽석진의 다독이는 말에 영민왕은 쓰게 웃었다.

부담이 없다면 거짓말일 터였다. 권력은 새고 있고, 힘은 잃어간다.

결국 이 모든 판을 뒤집기 위해 혈육에게까지 칼을 겨누고 있는 입장이다.

'미룰 수 있다면 미루고 싶다.'

솔직히 그런 기분이 들었다. 하나 영민왕은 마음을 다잡았다.

"윤허하겠다."

독하지 않으면 장부가 아니다. 천하에 만인지상의 자리는 단 하나뿐이니까.

"명, 받드옵니다!"

차자작!

오왕의 말에 당상관이 머리 숙여 부복했다.

*　　　*　　　*

"정신이 드느냐?"

아영이 정신을 차리자마자 짙은 약 냄새가 코를 찔렀다. 쾌쾌한 약 내음을 따라 아영의 시선이 옆으로 이동했다.

탁탁탁탁.

투실투실한 한 사내가 사발 그릇을 갈고 있었다. 당고호였다.

"연기 그만하고 일어나. 눈 뜬 거 다 알고 있으니까."

당고호는 투덜거리며 허연 봉투를 탁자 옆에 펼쳤다.

쓱쓱쓱.

이윽고 사발에 담긴 가루를 털어 넣고는 여인에게 내밀었다.

"수저 두 푼. 아침저녁으로 처먹어. 그럼 발작이 멎을 거다. 여기 이건 비방."

턱.

당고호가 떨떠름한 표정으로 약을 묶은 두름과 작은 쪽지를 던졌다.

아영이 빤히 쳐다보자 그는 미간을 찌푸리며 말했다.

"왜? 불만 있어?"

"……."

"허어. 이게 진짜? 장련 소저의 부탁만 아니었으면 내 당장 요절을……."

"당신… 당가죠?"

"……?"

갑작스러운 질문에 당고호가 멈칫하자 여전히 뚫어져라 바라보던 아영이 말을 붙였다.

"제 발작을 멈출 수 있는 사람. 당가 사람밖에 없어요. 독으로 약을 대신한다고 하는 사람들."

얼굴을 찌푸리던 당고호가 고개를 돌렸다. 칭찬이라 들은 것인지 조금 전보다 말이 조금 유해졌다.

"당연한 말이지. 이 몸이 아니면 누가 네 병을 고치겠냐. 그리고 말이 나왔으니 말인데, 너 같은 미친년을 고칠 수 있는 건 당가 중에도 오직 이 당고호만이……."

"아뇨. 당신 말고요."

당고호가 어깨를 으쓱거릴 때였다.

아영은 눈썹 하나 변하지 않고 말을 이었다.

"머리를 양 갈래로 땋은 사람이었어요. 그리고 주변에서는 겉늙은이라고 부르더군요."

"…겉늙은이?"

"제가 은자림에서 제정신을 차리게 된 것도, 부운현을 찾아갈 수 있었던 것도 그 사람이 남겨준 비방과 약재 때문이었어요. 냄새가… 그때랑 비슷하네요."

쿵쿵.

아영이 약 사발에 코를 가져다 대며 중얼거렸다.

'으음… 겉늙은이라고?'

당고호는 고개를 갸웃거렸다.

엔간한 의원은 독을 약으로 쓰는 과감한 비방을 하지 못한다. 당고호가 지금 지은 비방 역시 당문 고유의 것이다.

아영이 말하는 것은 분명 당문의 사람일 터. 그런데 겉늙은이라?

가문 사람 중에 그런 별명을 가진 이가 있었던가?

쩝! 기억을 더듬던 그는 입맛을 다시며 일어섰다.

"여하튼 따라 나와."

"어디를요?"

"꼬치꼬치 캐묻지 마. 이 집안에 무슨 일이 생긴 것 같으니 밥을 얻어먹는 나도 무슨 얘긴지 들어봐야지."

"그 언니도 있죠?"

바닥에 버려진 약재 몇 개를 챙기던 당고호가 고개를 돌렸다.

"응?"

거부할 것 같던 아영이 예상외로 수긍한 것이다.

묘하게도 이 아이는 장련에겐 호의적인 반응을 보였다.

그러고 보니 아침에도 그랬다.

"있다. 그러니 따라 나와."

당고호가 아영의 소매를 붙들었다.

그는 장련 때문에 하나를 더 생각하지 못했다. 묘하게도 아영이 받아들인 사람에는 자신, 즉 당문 사람도 포함된다는 것을.

*   *   *

"어, 당 대협!"

"옆에… 허억!"

대전 안으로 들어섰을 때 당고호를 본 사람들이 급히 제지하며 나섰다.

특히나 가까운 곳에서 아영의 발작을 지켜본 사람들이 식겁을 했다.

"걱정 마시오. 제대로 조치를 했으니까. 혹여나 돌발 행동을 하면 내가 책임지겠소."

당고호가 닭을 쫓듯 손짓하며 아영의 상태에 대해 설명했다.

그럼에도 사람들은 반신반의했다.

아무리 당고호의 실력을 믿는다 해도, 아영이 보인 신위는 그만큼 살벌했던 것이다.

"당가의 말씀이에요. 설마 의심하시는 건가요?"

장련이 당가를 강조하며 나서자, 그제야 장씨세가 사람들의 기세가 수그러졌다.

"언니 옆으로 올래?"

장련이 손짓하자 당고호 뒤에 숨어 있던 아영이 그녀 옆에 쪼르르 달려와 앉았다.

"허… 참."

사람들은 감탄했다.

당고호의 장담처럼 정말로 아영은 온순해진 상태였다. 아침나절에 보였던 모습과는 판이하게 달랐다.

"허, 특이하군."

몇몇은 아영의 나이가 장련보다 오히려 두어 살 많다는 걸 기억하고 헛웃음을 짓기도 했다.

다다다닥.

얼마 후 개방 사람들이 대전에 모습을 드러냈다.

선두에서 들어오던 능시걸이 모두에게 들릴 정도로 크게 말했다.

"확실히 뭔가 일이 벌어진 듯하다. 일왕과 오왕이 대립하고 있다는 얘기가 경성에 파다해. 은자림의 존재를 눈치챈 사람들도 있고."

뒤이어 들어온 서혜가 그의 말을 거들었다.

"황궁의 분위기가 심상치 않다는 말들이 돌아요. 대소 신료들 중 상당수는 좌천도 감수하고 타지로 임관을 청하고 있어요. 심지어 직위를 버리고 나간 이도 있는데… 쥐는 배에 물이 샐 때 가장 먼저 뛰어 나가는 법이죠."

역모가 일어나도 이상하지 않은 상황이라는 뜻이다.

웅성웅성.

팽가 가주의 말이 사실로 드러나자 장내에는 일순 심각한 분위기가 감돌았다.

푸드득!

어깨에 있던 매가 불편한 얼굴로 날갯짓을 할 때 팽가운이 사람들을 향해 정중히 포권했다.

처억.

"한 가지 청이 있소이다."

팽가 가주로서 하는 부탁 때문일까?

말투가 바뀌자 사람들의 이목이 그에게로 쏠렸다.

"이 팽 모를 이번 일에 함께하게 해주시오. 이제껏 대의가 무엇인지 협이 무엇인지 숱하게 들었으나 제대로 실천하지 못했소. 그 과를 이제부터라도 씻어내려 하오."

"괜찮으시겠습니까? 팽 대협은 하북팽가의 가주십니다."

장웅이 물었다.

지난번의 사과로 감정이 많이 누그러진 듯 그는 팽가운을 대협이라고 불렀다.

"으음… 이번 일은 도무지 길흉을 점칠 수가 없습니다. 이 이야기를 귀 가문에서 듣게 되면 난리가 날 겁니다."

"그러니 조용히 가야겠지요."

가볍게 웃은 팽가운이 다시 정색했다.

"후환이 두려워서, 팽가가 중해서 언제까지 꼬리만 말며 살란 말씀이오? 나는 이제 그게 장부답지 않다는 것을 알게 되었소. 남아로 태어나 죽을 자리 찾기도 쉽지 않다 하거늘, 오늘 이 팽모는 그 귀한 자리를 본 듯싶소."

"허."

팽가운의 호기로운 말에 장내는 다시 조용해졌다.

남아로 태어나 죽을 자리 찾는 것도 복이다.

강호인이라면 누구나 자신의 이름을 남기는 것을 영예롭게 여긴다.

하지만 정말로 목숨이 위험한 일에 스스로를 던지는 것은 아무나 할 수 없는 일이었다.

"무엇보다 결자해지. 이번 일은 본래 본 팽가와 복잡하게 꼬여 있으니, 가능하다면 황상을 알현하고 이 모든 일에 처벌을 청하려고 하오."

"나도 낍시다."

짝짝.

가볍게 갈채를 보내자 사람들의 시선이 한곳으로 모였다.

묵객이었다.

"팽 대협의 말씀이 내 가슴을 울리는구려. 역천의 모의가 있고, 그로 인해 나라가 혼란스러워진다는데 무인으로서 가만히 두고 볼 수는 없지. 은자림은 같은 하늘 아래 살 수 없는 놈들이오."

"그건 우리가 할 말입니다. 천중단이 원래 은자림 놈들과 어떤 사이였는지는 여기 계신 모든 분들이 알 겁니다."

묵객의 대답이 끝나기가 무섭게 이제껏 침묵하던 구문중이 나섰다.

"이제껏 녀석들이 꾸미는 음모에 가장 많은 피를 흘렸고, 지독한 술수에 가장 익숙한 게 우리입니다. 정말 녀석들을 이참에 정리하고 싶다면 우리 도움이 필요할 겁니다. 그렇지 않은가?"

흰자위가 가득한 그의 눈이 돌아가자 천중단 단원들이 하나둘씩 입을 열었다.

"동의하오."

"나도."

"그럼 나도 가야지."

'저들은……'

그 모습을 보던 팽가운의 눈이 가늘어졌다.

몇 달 전 광휘와 함께 삼천 군세를 쓸어버렸다는 소식을 접한 적이 있었다.

처음 보았지만 그는 직감적으로 그 사내들이라는 걸 깨달았다.

'허어, 이런 와중에서도 참……'

팽가운이 툭툭 가슴을 두드렸다.

가슴이 뛰고 있었다.

천중단, 기억 속에 잊힌 과거의 영웅들.

존중과 경외의 마음과 동시에 겨뤄보고 싶다는 호승심을 스스로 인지해 버린 것이다.

"개방도 함께하겠다."

좌중이 잠시 침묵한 가운데 이번엔 능시걸이 나섰다.

"거지 짓도 나라가 혼란스러우면 못 해먹는 일이야. 십만 방도들의 안위를 위해서라도 묵직한 엉덩이를 좀 들어 올려야겠어."

그 말에 묵객이 머리를 긁적이며 말했다.

"말씀은 알겠습니다만 황궁에 드시려면 하다못해 옷 정도는 갈아입으셔야 할 텐데요……"

"해야지, 뭘. 별수 있나."

묵객의 말에 능시걸이 뼈저린 얼굴로 한숨 쉬었다.

그게 또 사람들을 웃게 만들었다.

아무래도 거지들 사이에서는 깨끗한 옷을 입는 게, 보통 사람들이 지저분한 옷을 입는 것과 같은 모양이다.

알고도 참 이해가 가지 않는 부분이었다.

"그럼 저희는 외곽에서 도울 수 있는 방법을 찾아볼게요. 도움은 될지 모르겠지만."

서혜도 미소를 띠며 대화에 가담했다.

약한 소리와 달리 하오문은 분명 여러모로 큰 도움을 줄 것이다.

경성에는 수많은 잡일꾼과 하류민들이 거하고 있다. 그 수는 거지와도 비교가 안 될 정도다.

팽가운부터 묵객과 천중단, 그리고 개방 고수들까지.

장씨세가에서 움직일 고수들 모두가 함께하기로 하자 장내 분위기가 후끈 달아올랐다.

"저, 저기."

"저희도……."

황진수와 곡전풍도 덩달아 손을 슬쩍 올리려 할 때였다.

"아서라. 숭어가 뛴다고 망둥이가 뛰면 되겠느냐? 쯧쯧."

쓰윽.

능자진이 그 둘을 노려보며 혀를 찼다.

영웅호걸들이 죄다 나서니 피가 끓어오른 모양인데, 이 둘이 끼어들었다간 도움은커녕 짐이 될 공산이 컸다.

"…능 형도 참."

"우리가 언제 그랬소."

황진수와 곡전풍이 뒤늦게 주제 파악한 듯 목을 집어넣었다.

"다들 고맙소."

처억.

팽가운이 좌중을 향해 감사의 읍을 표했다.

자신을 위해서 움직인 건 아니었지만 그래도 자신의 말을 믿어주는 것에 대한 고마움이 느껴졌다.

'이게… 아버님의 그 말씀인가. 의와 함께하면 결코 권세도 무엇도 부럽지 않다고 하셨던.'

일가의 가주로서 존중받는 것보다 이런 강호의 동도들과 뜻을 함께하는 것이 더욱 팽가운의 피를 끓게 만들었다.

"그럼 당장 떠날 준비 하시는 게 좋겠어요. 오늘 바로 출발해도 북경까지는 빠듯하니 저는 일단 밖으로 나가……."

방향이 정해지자 서혜가 좌중을 향해 말했다.

그때였다.

"올라가면 안 돼요."

가녀린 여인의 목소리에 모두의 시선이 한곳으로 쏠렸다.

"올라가면… 모두 죽을 거예요."

구석진 곳에서 일어선 아영이 겁에 질린 얼굴로 몸을 부들부들 떨어 대고 있었다.

*　　*　　*

좌중에 정적이 일었다.

잔뜩 달아올랐던 분위기가 확 찬물이라도 끼얹었듯 삽시간에 가라앉은 것이다.

"허어……."

"이건 또 무슨……."

몇몇은 불쾌한 얼굴로, 몇몇은 섬뜩한 얼굴로 아영을 보았다.

갑자기 시선이 확 몰리자 아영은 장련 뒤로 급히 몸을 숨겼다.

"왜 올라가면 안 돼?"

장련이 그녀에게 파고든 아영을 토닥이며 물었다.

"……."

"아영아, 무슨 말인지 얘기해 줘. 우리에겐 매우 중요한 일이야."

두 번, 세 번 토닥여 보지만 아영은 고개만 도리도리 저었다. 겁을 잔뜩 집어먹은 것이다.

"거, 미친년 말에 너무 신경 쓰지 마십시오. 여기서 무슨……."

"삼 장로!"

장씨세가의 장로 하나가 목소리를 높이자 장웅이 즉각 제지했다. 그러고는 눈으로 장련을 채근했다.

장련이 다시 한번 아영을 토닥이며 말했다.

"말해줘, 아영아. 지금 우리는 다 북경으로 올라가야 돼. 그럼 네 말대로 다 죽겠지?"

"응… 으응……."

아영이 확실하다는 얼굴로 끄덕였다.

장련은 살포시 미소 지으며 한 번 더 말했다.

"그래. 그러니까 우리가 가지 말아야 하는 이유를 말해주지 않겠어? 안 그러면 여기 있는 사람들 모두가 다 죽거나 크게 다치게 될 거야. 아영이는 그게 싫지?"

"으으……."

아영이 부르르 몸을 떨고는 잘못을 고백하는 어린아이처럼 더듬더듬 말했다.

"은자림… 에 있었어요, 나."

"……!"

쿵.

장내에 폭탄이 떨어진 듯 지독한 충격이 내달렸다.

"거기서 이상한 실험… 치료라고 했는데, 아영이를 아프게 하고, 친구들도 아프게 하고… 그러다 다들 죽어나갔어요. 곤붕은 나를 '실패작'이라고 불렀어요."

"곤붕?"

처음 듣는 이름이다. 하지만 사람들은 귀를 기울일 수밖에 없었다.

애초에 아영은 은자림의 목표.

놈들이 천하를 발칵 뒤집는 까닭에는 이 여인이 있다고 들었기 때문이다.

그렇다면 이제껏 그들과 싸워온 천중단보다 오히려 은자림에 대한 가장 깊은 정보를 알 수 있지 않을까.

"그래서?"

"으으……."

아영이 다시 울먹거리자 뒤뚱뒤뚱, 배를 씰룩거리며 당고호가 다가갔다.

"말해라. 여기서 털어내면 한결 후련해질 게다. 너만 그런 상처가 있을 것 같으냐?"

후우, 깊은 탄식을 토한 당고호가 아영의 어깨, 견정혈을 문지르며 말했다.

어찌 보면 그는 이 자리에 있는 그 누구보다도 아영의 상태를 잘 아는 사람이었다.

독이나 암기에 대한 연구로 수많은 사고가 일어났던 당문.

그중에는 차마 입에 담기도 어려운 일들도 많았다. 죽어가는 형제, 평생 기형의 설움을 안고 살아야 했던 동문들, 그리고 내일이면 내가 저리될지도 모른다는 두려움까지.

"말하기도 싫을 테지. 하지만 해보면 또 기분이 다를 게다. 내 경험상 그게 제일 낫더구나."

"……."

끄덕끄덕.

아영이 조그마한 머리를 위아래로 흔들었다. 이래서 그녀가 당문만큼은 자신의 안에 들이는 것이다.

그곳 사람들은 묘하게도 자신을 동정하지도, 백안시하지도 않았다.

그냥 아픈 걸 아프다고 알아주고, 그리고 괜찮다고 진심으로 말하는 사람들이었다.

"괜찮아. 그건 모두 네 책임이 아니야."

당고호를 보는 아영의 머리를, 장련이 쓱쓱 쓸어주었다.

"여기 온 사람들은 너를 책망하러 온 게 아니라 오히려 너를 괴롭힌 사람들을 혼내주러 모인 자들이야. 우리는 네 도움이 필요해."

"…정말요?"

"그래. 그러니 아영아, 우릴 도와주지 않을래? 나쁜 사람들이 예전에 무슨 짓을 했는지, 그리고 앞으로 어떤 짓을 할 건지 말해 주렴. 그건 우리에게 큰 도움이 될 거란다."

장련이 다시금 아영의 눈을 들여다보며 말했다.

"으음……."

아영의 눈에 이채가 어렸다.

그녀가 제일 먼저 바라본 것은 당문의 당고호, 그리고 주변에서 조용히 침묵하는 사람, 고개를 숙이는 사람 등 장씨세가 사람들.

그 후로 개방과 하오문의 수많은 사람들이 자신을 바라보고 있었다.

바들바들.

아영은 어깨를 떨며 끔찍했던 옛날을 떠올리기 시작했다.

"은자림은… 없어졌어요. 아니, 분명 없어졌어야 해요. 수많은 시체와 핏물과 썩어가는 물건들과 함께."

장내는 괴괴하게 변했다.

바늘 떨어지는 소리도 들릴 정도였다.

그 와중에 소녀의 목소리는 소름 끼치도록 가늘었다.

"하지만 세상에 나타났죠. 그게 무얼 뜻하는지 아시나요?"

아영은 이제 눈을 꾹 눌러 감으며 말을 이었다.

"부활한 거예요. 죽은 이들이 다시 살아난 거죠. 과거 천중단을 죽인 곤붕, 백령귀, 거기에 신재(神災)까지 모두."

"……!"

*　　　*　　　*

곤붕, 백령귀.

이곳에서 그의 이름은 아는 사람은 없었다.

심지어 그 이름은 천중단도 처음 듣는지 구문중이 아득 이를 갈았다.

"곤붕이 누구냐?"

"그래. 그는 어떤 사람이야?"

장련이 재빨리, 아영이 겁먹지 않도록 말투를 부드럽게 바꿨다.

"기술자예요. 폭굉을 제조하고 연구하는 사람."

"백령귀는?"

"영적인 능력으로 신재를 조종하고 사람들을 아프게 하는 사람요. 못된 사람이에요. 나도 친구들도 아프게 하고 많이 죽었어요……."

"그 정도로 겁먹지 마라."

그때 당고호가 탕탕! 가슴을 두드리며 나섰다.

"곤붕? 백령귀? 뭐, 과거에 한가락 했던 인물들인지 모르겠지만 그것도 옛날 일이다. 여기 모인 개방 고수들, 그리고 우리 당문 사람들이면 얼마든지 제압 가능해. 그러니……."

"웃기지 마! 당신들은 아무것도 모르잖아!"

갑자기 아영이 악을 쓰며 격한 반응을 보이자 사람들의 눈이 휘둥그레졌다.

그 놀라는 반응에도 아영은 홱! 홱! 손가락을 사방으로 휘두르며 여전히 피를 토하듯 외쳤다.

"폭굉과 신재가 결합하면 무슨 일이 일어나는지 알아? 산이 무너지고 바다가 뒤집혀! 당신들이 그걸 알기나 해!"

"……!"

한순간 가녀린 소녀가 눈 뒤집힌 미친년처럼 기질이 바뀌었다.

마침 손가락질을 받은 황진수가 더듬거리며 대답했다.

"포, 폭굉이, 그러니까 마을에서, 저잣거리에서 일어난 그거?"

"아니! 잘못 짚었어."

아영이 황진수의 말을 받으며 외쳤다.

"그건 폭굉이 아니라 심지탄이야! 심지에 불을 붙이는 폭탄."

"……!"

일순 사람들의 얼굴에 혼란이 어렸다.

폭굉이 폭굉이 아니다.

이 말에 바로 납득하는 사람은 아무도 없었다. 하지만 아영의 얼굴은 진지했다.

"그런 건 폭굉이라고도 부르지 않았다고! 천중단도 쉽게 막았어. 폭발력만 강하지 별로 무섭지 않았으니까!"

그 얼굴에는 거짓의 꺼림칙함도, 주저함도 없었다. 끔찍한 진실을 보고 온 사람 특유의 처절함이 있었다.

"…심지탄이라고?"

구문중의 얼굴이 굳었다.

자신들은 천중단 내 막부단 출신이었기에 은자림을 상대하지 않았다.

하지만 천중단에서 정보 공유를 한 바는 있었다.

은자림의 폭굉은 끔찍하지만, 다행히 폭발하기 전 심지를 끊어내면 무력화할 수 있다고.

그 방식을 통해 흑우단은 피해를 최소화했고, 그러니 막부단도 그런 경우엔 가장 우선적으로 심지부터 끊어내라는 지시를 내렸다.

"폭굉은 마지막의 마지막에야 겨우 완성되었어. 천중단에 본거지를 완전히 밀린 그다음에야."

"……."

"나는 들었어. 드디어 성공했다고. 이게 일 년만 빨랐으면 천중단이든 단리형이든 피 곤죽을 만들 수 있었을 거라고 말했는걸."

단리형, 현 무림맹주이자 당시 은자림의 처단에 가장 혁혁한 공을 세웠던 사람이다.

명실공히 강호 최강의 무인. 그런 그조차 피 곤죽으로 만들 것이라 장담하는 폭굉이 그 최후의 진화 단계라니.

구문중은 물론이고 이제 천중단도 아영의 말에 집중했다.

"그… 폭굉이 대체 어떤 물건이냐?"

암기의 대가인 당문답게 당고호가 놀람 대신 호기심을 드러내며 물었다.

"모든 것을 터뜨리는 뇌공. 경문에 나오는 말세의 거대한 화염이에요. 신세계를 이루겠다는. 그 염원을 담아서인지 그것들을 그렇게 불렀어요."

"흐음."

"심지 대신 다른 조작으로 폭발하고, 작은 충격에 이십 장 범위의 모든 것을 날려 버리는 벽력탄. 곤붕이 그걸 얼마나 많이 만들어냈을지는 아무도 몰라요."

"곤붕이라. 그는 그걸 어떻게 만들어냈지?"

"그의 조상 중에 회회족(回回族)에서 건너온 화약 기술자들이 섞여 있다고 들었어요. 곤붕은 자기 가문의 비방에 더해, 서역의 기술자들까지 잡아다가 모진 고문을 하며 최후의 폭굉을 만들어냈어요."

"회회족이라."

장웅은 예전에 책에서 본 것을 떠올렸다.

곡도(曲刀)를 들고 허연 천을 머리에 둘둘 말고 다니는 민족.

사막을 건너고, 바다를 건너, 천축마저 지나간 다음의 멀고 먼 곳에 사는 자들이다.

역사를 살펴보면 분명 있었던 이들이다. 당장 송(宋)나라 때만 해도 그들과의 교역이 적지 않았다고 했다.

"무엇보다 가장 무서운 건 신재와의 결합이에요."

아영의 말이 계속되었다.

여아 같은 어린 얼굴이 새빨갛게 물들어 가쁜 숨을 토해 냈다.

"그러고 보니 신재라고 했지. 그건 또 뭔데?"

신재 그리고 그걸 깨운다는 백령귀.

하나하나 물음과 해답이 채워지고 있었다. 당고호를 보며 아영은 다시금 몸을 부르르 떨었다.

"백령귀는 여자와 몸이 약한 아이를 모아서 약물과 사술로 구음절맥의 체질로 바꾸려고 했어요. 타고난 체질이 아니라 인위적으로요."

"아이고, 맙소사."

당고호가 신음했다.

구음절맥을 타고난 사람 중 일부가 특별한 이능을 발현한다.

당문에서도 그건 알고 있었다.

하지만 그 이능을 가진 이가 천에 하나 있을까 말까.

아무리 인위적으로 만드는 수법이 있다고 해도 그런 이능을 가진 이를 모아 만들려면 수천수만의 사람을 잡아다가 실험해야 한다.

"끔찍하군, 끔찍해."

실패한 아이들은 모두 죽을 수밖에 없었다.

천하의 당문도 이런 말도 안 되는 발상은 떠올린 적 없었다. 비록 수단이 혹독하지만 그들도 정파이며 기준이란 게 있었으니까.

'그렇다곤 해도 아영이 같은 저런 미친년 수십 명이 일제히

이능이 폭주해서 달려오는 광경이라니.'

당고호는 생각만 해도 소름이 끼쳤다.

더 어질어질한 건 아영이 그 신재 중에서도 소위 '실패작'이라 불렸다는 점이다.

아영이 바들바들 몸을 떨며 이를 맞부딪쳤다.

"전 본 적 있어요. 한 번, 딱 한 번이지만 절대로 잊히지 않아요. 수백 수천 개의 파편이 해일처럼 밀려오는 장면은… 주변에 있는 모든 것들을 쓸어버렸죠. 정말이지 끔찍했어요."

"으음……."

사람들은 고개를 내저었다. 당장 며칠 전에 아영이 보였던 모습이 바로 그랬던 탓이다.

그런데 아영의 말은 그게 다가 아니었다.

"상상이나 가요? 그 수백 수천 개의 폭굉이 일제히 폭발하는 장면이?"

"……?"

"……!"

"……!"

사람들은 입을 쩌억 벌렸다.

이건… 상상할 수 있는 극한이었다. 아영이 휘날리던 파편 하나하나가… 만약 모두 폭굉이었다면.

"신재는 염력으로 물건을 움직일 수 있어요. 파도처럼 몰려드는 폭약. 박쥐처럼 자유자재로 방향을 바꾸는 폭약. 심지어 진짜 폭굉은 심지도 뭣도 없어요. 신재가 언제 어디서든 마음대로 터뜨릴 수 있어요."

"……."

"그 범위는 무려 이십 장. 싸우는 것도, 막는 것도, 접근하는 것조차 불가능해요. 무림고수의 칼도 소용없어요."

"……!"

"전 똑똑히 봤어요. 강호십대고수도 그걸 버티지 못하는 걸. 백중건, 그가 가장 먼저 당했으니까."

"으윽."

구문중이 신음했다.

흑우단의 백중건은 강호십대고수의 하나다.

전 천하제일검이라 불려도 큰 손색이 없었던 그가 너무도 허망하게 죽었다. 당시의 천중단에도 큰 충격이었다.

하지만 이제 보니 그의 죽음은 그럴 만한 것이었다.

초기작의 형태에서 무수한 시험 과정을 거친, 특별히 고르고 골라 가장 강력한 성능을 지닌 진짜 폭굉이 날아들었기 때문인 모양이다.

"은자림은… 천중단을 두려워했어요. 그 어떤 무인들보다 강했으니까. 마지막 폭굉조차 두려워하지 않고 달려들었어요."

아영이 말을 마치고는 길게 숨을 내쉬었다.

"그래서 특히나 오래된 문파, 가문의 비전을 계승하는 강한 문파의 후예들은 수단 방법을 가리지 않고 척살하려 들었죠."

"으득!"

팽가운이 이를 악물었다.

가문으로 돌아오지 못한 전대의 고수들과 그로 인해 쇠약과 멸문의 길을 걸은 문파들.

이제 보니 그의 팽가가 이렇게 된 까닭 역시 은자림에 원인이 있었다.

"그러니까… 가지 마세요. 황궁은 잿더미가 되고… 휘말리는 사람은 전부 죽고 말 거예요."

아영이 마지막으로 얼굴을 감싸며 주저앉았다.

울먹이는 아이는 말하기 힘들 정도로 괴로워하고 있었다.

장내는 숨소리만 들릴 정도로 침묵이 가득했다.

폭굉 수백, 수천 개라.

감히 짐작할 수도 없는 일을 상상해야 하는 그들은 그저 강한 탄식만을 할 수밖에 없었다.

"그럼 방법이 없는 거야?"

그 와중에도 장련은 희망의 끈을 놓지 않았다. 아니, 방법이 없다 해도 어떻게든 찾아내야 했다. 그곳엔 소중한 그 사람이 있기 때문이다.

"예상할 수 있다면 방법도 알 수 있잖아. 가르쳐 줘, 제발… 제발, 아영아."

"아냐. 모두 죽어. 올라가지 마!"

아영은 고함지르며 머리를 뒤흔들었다.

장련이 그런 아영의 두 손을 잡고 무릎을 꿇었다.

"련 소저……."

"아가씨!"

주위에서 말리는 소리가 들렸다.

거짓일지도 모르니 괜히 현혹되지 말라는 자들도 있었다.

하지만 장련은 다급했다. 무서웠기에, 두려웠기에 더욱 아이를 재촉했다.

"아영아… 제발, 제발……."

"없어! 죽는다고! 그만해!"

"아영아……."

실랑이는 몇 번이고 이어지고 있었다. 아영이 발작을 일으키듯 밀어내는 그때.

"너도 같은 신재잖아. 같은 염력을 쓰는 아이다."

당고호가 아영에게 말을 걸었다.

"많은 아이들이 염력을 쓴다면 네가 그것을 막아줄 수 있지 않느냐?"

"……!"

사람들의 눈이 커졌다.

그랬다. 신재는 그곳에만 있는 것이 아니었다. 지금 눈앞에, 실패작이라곤 하나 아이가 있는 것이다.

때마침 심해지던 아영의 발작이 멎고, 이번엔 몸을 덜덜 떨어댔다.

"전 못 해요, 당가 아저씨……."

아영은 힘겹게 말을 토해냈다.

그런데 조금 전과는 반응이 미약하게 달랐다.

"아영!"

당고호가 큰 소리로 그녀를 불렀다.

"과거의 망령에서 벗어나고 싶다고 했지? 그럼 이용당한 이들에게 복수를 해야지!"

"아저씨……."

"복수를 해! 백배든 천배든 더한 복수를! 그게 뭐일 것 같으냐? 죽이는 것? 그렇다. 하나 구하는 거 역시 똑같은 거다. 너같은 처지의 힘없는 약한 아이들을 말이다."

"……."

"죽어가는 애들을 구해. 녀석들이 완전히 사라지고 나면… 네 악몽은 다시는 널 노리지 못할 거다. 알겠나?"

아영은 조용히 머리를 숙였다.

두려운 상대. 꿈속에서도 끈덕지게 달려드는 공포의 요체.

당고호는 그와 싸우라고 했다. 생각도 못 한 말이었다.

정말로 그걸 없애 버리고 난다면 다시는 두려운 꿈도, 끔찍한 기억도 찾아오지 않을지도 모른다.

"후우… 아아아……."

아영은 머리를 감싸 쥐며 고뇌했다.

모두가 잠시 기다려 주었다. 스스로 감정을 다스릴 수 있게.

그렇게 한동안 침묵이 일었다.

"저… 제 자신을 제어하지 못해요. 이전처럼 발작이 일어날 수 있어요. 그때가 되면 오히려 제가 사람들을……."

아영은 힘겹게 입을 열었다.

"그렇게는 만들지 않으마."

당고호는 가슴을 치며 말을 이었다.

"날 믿어라. 지금 네가 정신을 차릴 수 있는 것도, 지금까지 살아 있는 것도 당가 사람이 손을 써줬기 때문이 아니냐."

"…그건, 그래요."

아영은 고개를 들었다.

눈이 붉게 물들어 있었지만 이전과는 달리 표정이 살아 있었다.

"가겠어요."

"잘 생각했다. 나도 같이 가마."

당고호가 어깨를 들썩이며 말을 이었다.

"물론 예전 그 뛰어난 당가 사람처럼 완벽하게 제어하진 못해. 하지만 오늘 보였던 행동은 일어나지 않을 게야. 나 역시 당가에서 손꼽히는 사람이거든."

끄덕끄덕.

아영이 수긍하는 듯 머리를 흔들더니 다시금 고개를 숙였다.

"다행이로군."

그제야 능시걸의 표정이 밝아졌다.

아영의 말을 전부 믿을 순 없지만 그렇다고 거짓이라 치부하기엔 너무 놀라운 말들이 쏟아져 나왔다.

적어도 은자림이 노렸던 아이인 만큼 모두 거짓은 아닐 것이다.

"…그런데 말이다."

여전히 엄숙한 분위기가 흘러가는 가운데 당고호가 물었다.

"예전에 당가 사람이 널 도왔다고 했는데 그 사람의 이름은 아느냐?"

끄덕끄덕.

아영은 다시금 머리를 위아래로 움직였다.

"그가 누구냐?"

당고호의 질문에 아영은 주위를 둘러보았다.

그녀의 눈에 몇 사람, 몇 사람 표정이 담겼다.

찬찬히 장내 사람들을 쳐다보던 그녀가 마지막으로 당고호에게 시선을 고정하고는 입을 열었다.

"명호요."

작은 입술에서 나온 말은 모두의 가슴을 저미게 만들었다.

"명호라고 불리는 분이셨어요."

第三章

오왕, 칼을 빼 들다

타타탓.

어둠이 내려앉은 밤.

흑의를 입은 사내가 왕궁의 처마 위를 바쁘게 움직였다.

담과 처마 사이를 오가던 그는 보화전 앞에서 동작을 멈추고
는 담벼락 쪽을 바라보았다.

그곳엔 경위지휘사 궁수 몇 명이 그를 응시하고 있었다.

―이상한 점은?

흑의인은 언제든 발동시킬 수 있는 섬광탄 막대를 들고 수
화(手話)로 신호를 보냈다.

그러자 그곳에서 무관 한 명이 수화로 대답해 왔다.

―없다.

─그럴 리가 없다. 분명 무슨 기척이 있었다.

─이쪽은 이상 없다니까. 우린 이 근방을 두 시진 전부터 감시하고 있다. 다른 곳을 찾아라.

─알겠다.

파파팟.

섬광탄을 품에 넣고 흑의인은 즉시 몸을 날렸다.

지붕과 다른 쪽 건물 사이를 몇 발짝의 도움닫기로 날아오르는 동창의 무사.

그 가벼운 경공술은 강호의 무인들과 비교해도 손색이 없을 정도로 빨랐다.

─주위 경계에 더욱 신경 써라.

동창의 무인이 어둠 속에서 사라지자 무관은 수하들을 향해 손짓했다.

파파팟.

경위 무사들은 다시금 자신의 자리로 움직여 임무에 만전을 기했다.

'동서로 약 이백구십 장.'

한편, 그들의 뒤쪽 성곽 위.

상현달을 등진 반대편 위치에 광휘가 서 있었다.

멀리 돌을 던져 경위 무사들을 잠시 동요시켜 본 그는 곧 이 정도면 믿을 만하다고 생각했다.

'남북으로 삼백삼십 장.'

광휘는 황궁의 거리를 가늠했다.

금의위와 동창, 그리고 황성 내를 호위하는 무사들은 한시도 떨어지지 않고 황제에게 접근 자체를 불허했다.

무슨 경천동지할 첩자들이 내부로 숨어들었다고 하더라도 이 정도면 황제를 암살할 수 없었다.

'거기다 강직한 기개는 은자림 못지않지…….'

강호는 협을 위해 싸우지만 금의위와 동창은 황제를 위해 목숨을 바친다.

그들 자신의 지위와 가족의 풍요로운 삶을 보장하는 황제는 그들에겐 삶, 그 자체였던 것이다.

평생을 무의 수련에 힘쓴 강호의 고수들에게 실력에서야 밀릴지언정 그 정신 무장은 어느 누구도 따라올 수 없다.

'그 때문에 은자림은 과거와 달리 오왕이라는 줄을 댔지. 아마 오왕의 선택은 몇 가지 없을 것이다. 경성 바깥에서 군대를 몰고 오거나…….'

광휘의 눈이 위쪽으로 향했다.

북문. 민간에는 북서가 불길하다 여기며 집도 상가도 잘 세워지지 않는 곳.

그 실상은 천자나 천자의 군대가 긴급하게 군을 움직일 경우 사용되는 큰 문과 도로다. 만약 경성 밖에서 군을 일으켜 황궁으로 침입한다면 분명 이곳이 요지일 것이다.

'이는 천자도 알고 있을 것이다.'

여기서 또다시 괴리가 발생한다.

이 간단한 것을 천자가 모를 리 없다. 당연히 각지에서 군을 이끌 만한 이들은 환관과 동창을 통해 감시하고 있을 것이며, 거기에는 천중단 출신이었던 일왕 또한 개입되어 있었다.

'결국 내부인가? 오왕의 전략이 어떤 것인지에 따라 전쟁의 향방이 달라지겠군.'

광휘가 다시 황궁 내로 시선을 돌릴 때였다.

"시야를 좀 더 넓게 보기로 했습니다."

엊그제 처소에 들렀던 당상관의 목소리가 떠오른다.

'대체 무슨 의미일까.'

묘한 느낌이었다. 그는 마치 무언가를 떠올린 듯, 그리고 자신에게도 뭔가를 알려주려고 한 것 같았다.

그게 뭔지 광휘로서는 짐작 가는 것이 없었다. 그는 차가운 바람 속에서 조금 고민해 보다가 처소로 돌아가기로 했다.

'일단 동창의 눈도 있으니……'

파파팟.

광휘가 어둠 속으로 몸을 날렸다. 조금 전 이동하던 동창의 고수보다 몇 배는 빠른 움직임이었다.

*　　　*　　　*

화르르. 화르르.

일왕의 처소는 밤낮이 없었다.

불을 지핀 화로 옆으로 수백 개의 등잔이 켜져 있고, 몸에 잔뜩 기합이 들어간 왕부 호위무사들이 주변을 두리번거렸다. 그리고 담벼락과 지붕에는 몸을 숨긴 무사들이 주변을 경계하고 있었다.

타다닥. 타다다닥.

처소 안은 분주하기 그지없었다.

단 이각(30분) 동안 기백 명의 신하들이 들락날락했는데 직위 또한 백사 출신들부터 환관까지 다양했다.

"의심되는 자는 모두 서른둘입니다."

예부상서가 일왕 앞에 머리를 숙였다.

일왕은 서류에 적힌 이름을 내려다보더니 눈을 찌푸렸다.

"생각보다 너무 적은데?"

일왕은 황실 안으로 스며든 은자림 무리에 대한 대비를 하고 있었다.

군을 움직일 수 있는 오군도독부를 중심으로 행정을 움직이는 육부와 도찰원까지 황성 전체에 대한 대대적인 감사였다.

"혹시 놓친 건 없나?"

조금 전, 호부 쪽 장관도 다녀갔는데 그가 파악한 숫자는 열 명도 안 되었다.

이번에는 예부에서 서른둘.

각 부의 의심스러운 인원을 다 합쳐 세 자리 숫자도 되지 않는다. 잔뜩 긴장하고 있던 것이 무색하게 적은 수라서 맥이 빠지다 못해 의심스럽기까지 했다.

"전하, 아시다시피 외인이 궁으로 들어오기 위해서는 절차를 거쳐야 합니다. 환관을 제외한 권문 세력으로 들어오는 방법, 그리고 진시를 통해 들어오는 방법 외엔 없습니다."

예부상서가 허허 웃으며 말을 이어갔다.

"먼저 국자감을 통해 생원이 되어야 하고, 지방 시험인 향시에 합격을 해야 하고, 중앙에서 열리는 회시를 통과해야 관료가 될 자격을 얻습니다. 이렇게 촘촘한 그물을 불순한 자가 넘어들어온다는 건… 현실적으로 어렵지요."

"그건 뭐, 그렇지만."

중원 전역에 알려진 생원의 수는 수십만.

그러나 매번 중앙에서 시험이 열리면 그 합격자는 삼백 명정도다.

촘촘할 정도로 집안 내력, 주변 사람들을 검증하고 검증한 사람만 올려 보내니, 그 안에 은자림이 들어올 여지는 없다고보는 것이 맞았다.

"하긴, 상대도 준비할 시간이 그리 많지는 않았지."

일왕은 한숨을 덜어냈다.

은자림은 한때 전멸했다고 알려질 만큼 피해를 입었다.

그들이 재기해서 설치는 건 분명 놀라운 일이지만, 그렇다고황궁 내 깊숙한 부분까지 침투할 여지는 없었을 터였다.

"수고 많으셨네. 그만 가보게."

"예, 전하."

일왕의 말에 예부상서가 머리를 숙이며 물러났다.

"하아……."

일왕은 깊게 한숨을 내쉬었다.

이제 남은 것은 음식을 만드는 하인들이나 잡일을 하는 시종 정도다. 그들까지 다 솎아내야 완전히 끝났다고 할 수 있겠지만, 어차피 실권자도 아닌 송사리 수준으로 움직이는 것이라면 황궁에서 썩 대단한 일을 할 수도 없다.

펄럭!

일왕은 진저리 나는 서류를 멀리 내던져 버렸다.

나머지는 자신의 사람들과 황궁의 사람들이 해결해 줄 터였다.

"그럼 남은 건 오왕의 수족들인가."

일왕은 턱을 쓸었다.

소소한 줄기까지는 상관없다. 결국 큰일을 해내는 것은 큰 가지의 사람들이니까.

아마도 그 때문에 은자림은 오왕의 힘이 필요했을 것이다.

자신들이 할 수 없는, 대명천지에서 당당하게 일을 할 수 있는 최상위 권력자가.

그래서 또 어려움이 따랐다.

오왕의 파벌을 구성하는 신하들 역시 오랫동안 황제의 명을 따랐던 자들이다. 그들이 정말로 역심을 품고 오왕을 따르는지, 아니면 단순히 정권의 물결에 따라 실리적으로 움직인 것인지 파악하기가 힘들었다.

열 길 물속은 알아도 한 길 사람 속은 모르는 법.

일왕은 미간을 찌푸렸다.

"영민왕 자넨 은자림을 너무 몰라……."

넌더리가 났다. 같은 편이면서도 끊임없이 의심해야 하고, 별일 아닌 회동에도 다른 뜻을 세우는 것인지 확인해야 하는 선별 작업이라는 것이.

이 모든 상황을 자초한 것은 결국 그의 아우인 오왕, 영민왕이다.

그가 앞으로 어떻게 움직일지에 따라 얼마나 많은 피가 흐를지는 상상도 할 수 없으리라.

"그들이 원하는 게 자네가 원하는 것과 같지 않은 것을……."

게다가 오왕보다 더 무서운 것은 그들을 따라 움직이는 은자림이었다.

*　　*　　*

"세 개가 남았나?"

영민왕은 눈앞에 부복한 당상관에게 물었다.

세 개는 기일, 즉 사흘 뒤 거사를 진행한다는 말이었다.

"예. 준비는 모두 마쳤습니다."

당상관의 말에 영민왕은 자리에서 일어섰다.

불빛 아래 딱딱하게 굳은 그의 얼굴이 드러났다.

"거사의 성공은 말할 필요도 없다. 하나 그에 못지않게 신경 써야 할 것은 피해를 최소화하는 것이다."

"당연한 말씀입니다."

당상관은 고개를 끄덕였다.

상처뿐인 왕좌는 누구도 원하지 않는다.

권력을 찬탈하기 위해 오왕이 들고일어나지만, 황성에 많은 피해가 발생하면 그 피해는 즉위한 오왕이 감당해야 한다.

당장은 황제와 일왕을 따르는 대소 신료들 역시 결국은 황권을 구성하고 천하를 통치하는 사람들이다. 따르지 않는다고 쳐내고 죽이면, 그건 실질적인 황권의 악화로 이어지게 되는 것이다.

"그래도 금의위와 동창 같은 친위군의 피해는 어쩔 수 없겠지요."

"그건 감안한 바다. 내가 말하는 건 관료야. 고위직 몇 명 빼고는 온전히 수습할 수 있도록."

영민왕이 재차 강조하고는 탁자 위에 펼쳐져 있던 보고서를 보고 읊조리듯 말했다.

"한데 회회포(回回砲)라니, 참으로 기발한 발상이로군."

"예. 저도 처음엔 믿기 힘들었습니다. 과연 은자림은 은자림이더군요."

회회포 혹은 양양포.

이미 송나라 시절부터 사용된 적이 있는 병기다.

은자림이 이번 거사에 그걸 사용하겠다는 얘길 들었을 때 팽석진은 입이 떡 벌어졌다.

과연, 처한 자리에 따라 생각 자체가 달라질 수 있다는 것을 다시 한번 깨닫게 되었다.

"장군들은?"

"오군도독부의 셋은 확실하게 돕겠다는 의사 표명을 해왔습니다. 언제든 황성 안으로 들어올 준비를 마쳤습니다."

"그들이 부릴 수 있는 군사의 숫자는 몇인가?"

"일단은 천여 명. 의사 표명에 따라 혹은 우리의 대처에 따라 더 많아질지 모르지요."

"어떤 방법을 쓸 건가?"

이에 팽석진은 붓을 들어 종이에 뭔가를 적었다.

성동격서(聲東擊西). 북남(北南). 화(火).

"음……."

오왕은 잠시 눈을 감았다.

남쪽과 북쪽에서 화마가 덮쳐 오는 장면이 그려진 것이다.

"남쪽은 누가 책임자인가?"

"상림원감 진숙궁입니다."

"알겠네. 한데……."

영민왕은 잠시 뜸을 들이다 말했다.

"운 각사는?"

"때가 되면 오겠다고 했습니다."

"…아직 오지 않았다는 말인가?"

영민왕의 눈이 커졌다.

그는 노한 얼굴로 팽석진을 노려보며 재차 목소리를 높였다.

"대체 무슨 생각인 건가! 왔어도 이미 진즉에 와서 거사의 준비에 누구보다 앞서야 할 자가!"

"그것이… 일단 다른 일에 붙잡혀 있어 그것을 처리하는 중이라고 합니다. 급한 불만 끄면 바로 올라올 수 있으니 차질은 없을 것이라고……."

"지금 이보다 급한 일이 또 어디 있다고!"

쾅!

영민왕이 탁자를 내리치자 분위기가 확 가라앉았다.

곧 며칠 뒤에 있을 거사를 앞두고 역천과 혈육에 대한 배반이라는 심리적인 압박감이 고스란히 표출된 것이다.

"당장 서신을 보내 즉각 불러들여라! 무슨 이유가 있든! 어떤 일이 있든! 이 일을 최우선으로 처리하라고!"

"명!"

당상관이 급히 머리를 조아리고 나갔지만 영민왕은 분이 풀리지 않았다.

운 각사는 은자림을 주도하는 자다.

이번 거사에 그는 실질적으로 많은 일들을 하게 되어 있다.

또한 그들은 자신의 구명줄임과 동시에 나중에는 독이 될 자들이었다.

"올라와라……. 어서 올라와야 정리하기가 편하지 않겠느냐."

빠드득!

오왕은 이를 갈았다.

언제 무슨 짓을 벌일지 알 수 없는 은자림이다. 오왕은 통제할 수 없는 변수를 남겨 두고 싶지 않았다.

은자림은 이번 일에 모든 악명을 일왕과 나누고 다시 사라져야 한다. 한데 열심히 사냥을 해주고 삶아야 할 사냥개가 얼굴도 비치지 않는 상황이라니.

"후우."

영민왕은 의자에 앉아 눈을 감았다.

그의 불안한 마음이 전해졌는지 호롱 속 불이 적적한 방 안에서 슬며시 흔들렸다.

*   *   *

"황궁에서 서신이 왔다고? 또?"

매우 편안한 자세로 의자에 기대어 있던 사내, 운 각사가 부채로 입을 가렸다.

"그냥 서신 받지 말라니까. 아니지. 암만 그래도 서신도 안 받는 건 좀 그런가?"

촤아아악.

다시금 부채를 접은 그가 눈을 좌로 굴렸다.

히죽 웃는 운 각사의 앞에 서 있는 여인은 한 팔이 없었다.

그녀는 도지휘사와 함께 사라졌던 신녀, 하선이었다.

"그래서 장씨세가는?"

"황궁으로 일단의 사람들이 올라간 것을 확인했습니다."

"오오오!"

운 각사의 몸이 부들부들 떨렸다.

짝짝짝.

그가 두 손을 모아 박수를 치며 즐거워했다.

"잘됐어! 드디어 갔구나! 으하하하!"

춤이라도 출 듯 덩실덩실 몸을 흔드는 운 각사를 보고도 신녀는 별다른 감정 없이 물었다.

"그래서 언제 올라가실 겁니까. 지금 바로 출발해도 시간이 매우 촉박할 것 같습니다만."

뚝.

갑자기 박수 치는 걸 멈춘 운 각사의 표정이 매우 싸늘하게 변해 있었다.

"내가 거길 왜 가?"

"네?"

신녀는 목을 움츠렸다.

언제나 그렇지만 운 각사는 이해하기 힘들었다.

지난번에 도지휘사를 풀어주라고 한 것도, 믿고 따르는 수많은 교도들을 죽음으로 몰아넣은 것도. 그리고 지금 유일하게 역천을 성사할 수 있는 기회가 왔는데도 움직이지 않으려고 하는 것까지.

"무대가 준비되고 배우들이 모두 모였느니라."

"……"

또다시 이해할 수 없는 말을 홍얼거리며 그는 천장을 올려다보고 있었다.

명을 따르는 신녀로서 하선은 운 각사가 두려웠다. 속을 알수 없는 데다 웃는 얼굴로 언제 벼락을 내릴지 모르는 두려운 자.

그것이 바로 운 각사였다.

"용이 승천하려면 비바람이 불고 태풍이 몰아쳐야 하지. 그러니……."

끼익.

운 각사는 잠시 창밖을 보며 미미한 웃음을 띠었다.

"나는 용의 역린이나 챙겨야겠어."

그는 일어나기는커녕 벌러덩 자리에 드러누워 버렸다.

여전히 알 수 없는 기행에 신녀는 눈살만 찌푸렸다.

* * *

제천의식.

하지에 지내는 기우제와 달리 주로 동지에 이 의식이 거행된다.

하늘의 아들인 황제가 백성을 대신해 감사의 제를 올리는 것으로, 그해 풍년이 들면 감사의 제를 올리고, 흉년이었다면 내년에 풍년이 되기를 희망하는 의식이었다.

과거에는 산동 서쪽의 태산(泰山)에서 제를 올렸지만 수도를 북경으로 옮긴 뒤에는 천단(天檀)에서 의식이 행해졌다.

하지만 올해는 천자가 천단이 아닌 도성 밖에서 제를 지내기로 했다.

적수담(積水潭).

북경으로 양식을 실어 나르는 운하의 종점이라 불리는 곳이다.

처억.

환관에게 제문을 건네받은 황제가 등 뒤를 돌아보았다.

한 달 전부터 따로 시간을 내어 만든 백옥석 삼 층 난간.

천단의 원구단과 비슷한 모양을 본뜬 그곳 밑에는 셀 수 없을 정도로 많은 신하들이 있었다.

그 주변에는 금의위와 동창이 있고, 외곽에는 어림군이 황제 주변을 철통같이 보호하고 있었다.

'은자림이라…….'

암살의 위협을 보고받았음에도 황제는 여유로움을 잃지 않았다.

그 바탕에는 굳은 믿음이 있었다.

자신을 보호하고 나선 친군위. 정병 중의 정병. 금군 중에서 최고의 병사들로 가려 뽑은 수백이 이 주변을 에워싸며 포진해 있었기 때문이다.

심지어 제단의 잔정비를 하고 있는 도사들의 눈에도, 자세히 보면 신비한 정광이 어려 있었다.

아무리 폭굉을 쓰는 은자림이라 하더라도 이 많은 군세들을 뚫고 온다는 건 사실상 불가능했다.

쓰윽.

제를 올리기 위한 예식이 시작되고 황제가 하늘을 향해 고개를 들었다. 그러고는 손에 든 제문을 천천히 읽기 시작했다.

*   *   *

"마침 잘 왔네."

광휘의 방문에 군영왕은 그를 한쪽 의자로 안내했다.

황태자는 천단에서 제를 올리는 의식에 참여하지 않았다.

이는 황실이 주관하는 모든 공식적인 업무가 그렇다.

만약의 상황, 이를테면 천자에게 변고가 발생했을 시 즉각 황제를 대리하여 국정을 통솔하는 이는 바로 태자다.

황제와 태자는 한자리에 동시에 있어서는 안 되는 것이다.

"준비는 잘되고 있는가?"

자리에 앉은 광휘의 질문에 황태자는 씨익 웃어 보였다.

"준비랄 게 뭐 있겠나. 부황도 나도 평소처럼 행동하면 되는 거지."

"너무 낙관하고 있군. 은자림의 특기가 기습이라는 걸 잊었나?"

광휘가 굳은 얼굴로 말을 이었다.

"특히나 오늘 같은 날, 만세야(황제를 지칭)께서 수많은 사람들 앞에 드러나는 날은……."

"그게 부황의 계획일세, 광휘."

황태자가 말을 끊고는 광휘를 응시하며 입을 열었다.

"천자께서는 오래전부터 그들에 대비해 오셨네. 그 준비의 첫째로 천자께서는 은자림과 오왕의 힘, 그들이 부릴 수 있는 무사들과 황성 무사들에 대해 검토하셨네."

군영왕은 눈에 힘을 주며 말을 이었다.

"놈들의 전력을 최대로 잡고, 금의위와 동창으로 어느 정도까지 무력화할 수 있을까? 우리 예상으로는 금의위 삼백, 동창 이백 정도면 아무리 촉급한 상황에서도 대처는 가능하다는 결론이 났지."

"너무 적은 거 아닌가?"

"그래야 달려들 테니까."

광휘가 묻자 황태자는 고개를 저었다.

"함정일지 모른다. 그걸 생각 못 할 놈들이 아닐세. 하지만 함정인 줄 알아도 도무지 근질거려서 못 참겠다면? 그만큼 먹음직한 미끼가 붙어 있다면? 놈들의 방향은 정해지지. 부황께서는 황송하게도 자신을 스스로 내거셨다네."

"병사들은 믿을 만한가?"

"강호에 기인이사가 많다는 건 알고 있어. 하지만 천자의 어림군은 아무나 되는 것이 아니지. 속가이긴 하지만, 어림군 내에는 소림과 종남 등 구대문파의 사람들도 있네."

"음⋯⋯."

광휘는 반박할 몇 가지가 떠올랐지만 굳이 말하지 않았다.

과거 그가 황실을 방문했던 건 딱 한 번이었다.

당시 금의위와 동창이 전면으로 나서지 않은 상황이었기에 그들의 능력에 대해선 자세히 알지 못하는 까닭이다.

지금 황실에 숨어든 은자림의 전력 또한.

"거기다."

황태자는 씨익 웃으며 말했다.

"이번에 황제께서 천단에서 제를 지내시지 않고 성 밖, 적수 담에서 의식을 거행하시지. 비옥한 땅을 바라는 염원을 담아 북관을 다스리는 신께 말이야. 그래서 데려온 고명한 중원의 대사들이 누구인지 아나?"

"누구인가?"

"무당, 그리고 화산의 장문인이지."

"······!"

광휘의 눈이 커졌다.

그를 보고 군영왕이 박장대소했다.

"자네가 그런 얼굴을 하는 때도 있군그래. 내가 확신을 가지고 있는 또 다른 이유일세."

제사에는 그를 주관하는 도사 혹은 승려가 붙게 마련이다.

올해 성외에서 지내는 의식을 앞두고 황제는 아예 무당과 화산의 사람들을 불렀다.

아무리 관과 무림이 서로 불가침이라고는 하나, 천하의 주인이 부르는 자리. 그것도 삿된 자리도 아닌 만민의 복을 비는 영광스러운 자리이니 무당이고 화산이고 장문인이 초청을 피할 까닭이 없었던 것이다.

"확실히. 낚싯바늘은 제대로 갖추어졌군."

무력적인 측면에서라면 무당파와 화산파, 당대 도가 최강 문파의 두 장문인을 상대로 승세를 얻을 집단은 없을 터였다.

막연한 불안이 해소된 듯 광휘가 고개를 끄덕였다.

"한데 군영왕, 은자림은 왜 오왕과 군이 같이 행동하는 걸까."

"무슨 뜻인가……?"

문득 군영왕의 얼굴이 불편해졌다.

"모반이 실패할 상황이라면 분명 그 둘은 같은 편이지. 하지만 성공했다면? 오왕과 은자림, 그 둘의 목적이 공통된 것인가? 끝까지 함께 갈 이들인가?"

"흐음."

군영왕은 짧게 신음을 흘렸다.

막는 쪽의 입장에서만 급급하다 보니, 공격하는 쪽의 입장을 조금 소홀히 보았다고 할까.

결코 일어나서는 안 될 일이지만 천자가 시해당하고 자신마저 당하고 오왕이 정권을 잡는다면.

과연 황제가 된 오왕이 전 황제를 참살한 은자림을 가만히 두겠는가.

"제거하려 들겠군."

황태자가 신음했다.

"은자림도 그걸 알 거고."

광휘가 다시 지적했다.

"그렇군. 그렇게 보면 이상해. 자네 말은 은자림이 단순히 역모가 아닌 역성혁명을 일으키려고 한다는 건가?"

"내 생각엔."

역성혁명이란 아예 왕조 자체를 새로 세우는, 나라를 바꾸는 일을 말한다.

단순히 장군이나 간신배들이 왕실의 후예 하나를 앞세워 정권을 찬탈하는 것에 그치지 않는, 진짜 대역이 되는 것이다.

"그건… 그건 상황이 말이 안 되는데. 당금 황상께서는 이제껏 백성들에게 큰 원성을 사신 적이 없어. 전대도, 전전대도. 은자림이 역성을 노린다는 건 가능하지만… 놈들이 수천수만 명이라 해도 대의를 엎을 수는 없네만?"

황태자는 부정했다.

은자림의 수가 아무리 많은들 중원 전역을 놓고 보면 대해에서 한 바가지의 물을 퍼내는 수준이다. 사교로 움직일 수 있는 인원에는 한계가 있을 수밖에 없다.

"정말 방법은 없는가?"

그 말에 광휘가 반박했다.

"은자림을 제정신인 놈들로 봐서는 안 돼. 미친놈, 정상인과는 완전히 생각의 궤를 달리하는 놈들이다. 생각해 보게, 군영왕. 정말 방법이 없나?"

"……."

군영왕은 다시 한번 턱을 쓸었다.

왕조를 새로 세우고 기틀부터 다지는 것에는 수만 수십만의 인원과 관료와 군이 필요하다.

은자림은 그걸 가지고 있지 못하고, 따라서 이런 일은 일어날 수 없다고 보고 있었다.

하지만 지금 광휘의 지적도 일리가 있었다.

은자림 놈들은 정상인과 달랐다. 놈들의 시각과 목적을 전혀 다르게 짚고 있었다면, 이는 이쪽의 커다란 틈이 될 수 있었다.

"이거, 처음부터 생각을 달리해 봐야 하나. 은자림의 목적이 천자의 암살이 아니라 아예 나라 자체를 무너뜨리는 거라면."

일왕이 골치 아픈 얼굴을 했다.

이제껏 은자림이 오왕을 앞세워 정권을 찬탈하고 공생할 것으로만 생각해 왔다.

하지만 오왕도 은자림도 서로를 모르지 않을 터.

오왕이 은자림을 토벌할 것은 충분히 예상이 갔다.

그렇다면 은자림이 오왕과 천자와 황실 전체를 적대하고 피해를 입힐 수 있는 방법이 뭐가 있을까?

'전쟁. 하지만 그건 제쳐놨는데. 가만. 이게 꼭 불가능한 건가? 과거에도……'

문득 황태자의 머리에 섬뜩한 생각이 들 무렵.

"전하!"

와당탕!

처소 문을 급히 열고 뛰어 들어오는 이가 있었다. 바로 경성의 지휘사였다.

"도성에서 불길이 치솟고 있습니다!"

"불?"

군영왕의 안색이 확 변했다.

"시작됐군."

광휘가 읊조렸다.

"드디어 움직이기 시작한 모양이군. 즉각 경성의 군을 모아 진화에 서둘러라!"

군영왕은 냉랭하게 명을 내렸다.

적 본진에 불을 질러 혼란을 일으키는 것은 전법의 기본 중의 하나다. 그 정도는 그도, 천자도 예상한 방법이었다.

"그, 그 경성의 군이 뿔뿔이 흩어져 있습니다!"

"뭐라?"

비명처럼 지휘사가 외치고 군영왕이 어리둥절해한 순간 또 다른 신하가 들어왔다.

"전하!"

남색 복장은 형부부관(장관 아래)으로 보였는데 어찌나 급히 달려왔는지 숨을 헐떡일 정도였다.

"분부대로 군사들을 급히 대령했습니다!"

"…군사? 무슨 군사?"

"이쪽으로 경위군을 부르라고 하셔서 강준 장군이 직접 병력을……."

"이게 무슨 말이냐! 내가 언제 경위군을 불렀다고!"

군영왕의 안색이 확 변했다.

역모라는 대형 사건. 그에 대비하기 위해 천자도, 그 자신도 기본 움직임을 바꾸지 않았다. 그런데 내린 적도 없는 명령을 받고 장군이 군사들을 움직였다니.

"전하!"

"전하!"

"부르셨사옵니까! 전하!"

와르르! 콰다다당!

한데 거기에 그치지 않았다.

한두 명도 아니라 일시에 대여섯 명의 책임자들이 군영왕의 처소로 몰려든 것이다.

"이, 이게 무슨 일이야……."

군영왕은 정신이 없었다. 하지만 정작 그의 정식을 뒤흔든 건 신하들이 아니었다.

콰아아아아앙!

황성의 동쪽, 제 전반에 걸친 사무를 관장하는 최고 기관 이부에서 폭음과 함께 불길이 타올랐던 것이다.

*　　*　　*

콰아아아아앙!

황성 안에 커다란 폭음이 터지자, 궁성 내에서 그것을 조용히 응시하고 있는 자가 있었다.

"시작되었습니다. 육부의 기능은 곧 멎을 것입니다."

팽석진이었다.

그는 등 뒤에 있는 사내를 향해 부복하며 입을 열었다.

"제대로 흔들어보게."

터억.

오왕은 황상의 자리에 앉았다.

지금 그가 있는 곳은 황제가 국무를 보는 전각이었다.

황제가 내각(內閣:통치기관을 조율)을 내려다보며 지시를 내리는 그 자리에 앉아 있었다.

"공문은?"

"이미 준비해 두었습니다. 다른 왕들의 이름으로."

오왕의 물음에 팽석진이 대답했다.

지금 이 시간부터 각 부처에는 공문이 쏟아져 내려갈 것이다.

내정 인사를 담당하는 이부, 국가 재정을 담당하는 호부, 외교와 전례(典禮:황제의 행사나 예식)를 담당하는 예부, 사법기관의 형부, 국가 건설을 담당하는 공부, 군사를 담당하는 병부까지.

오왕은 중앙집권의 중심인 육부를 뒤흔드는 지휘 체계의 혼란을 야기한 것이다.

그뿐만 아니었다.

"만약을 대비해 장명 중도독부 첨사 강우(强遇)와 정윤 부도어사(副都御史) 백문(栢文)이 나설 것입니다."

팽석진의 말에 오왕은 고개를 끄덕였다.

도독부 부서의 장이며 부도어사 역시 도찰원의 부수장이다.

장관을 보좌하는 이들을 회유한 지금, 현 조정의 중앙 통치기관에 손을 쓰고 있는 상황이었다.

"폐하, 그리고 태자 저하."

여기저기서 소란이 일어났다.

황제가 나간 후, 군사들의 발소리가 도처에서 들려오는 듯했다.

오왕은 그 소리를 즐겁게 들으며 미소 지었다.

"두 분께서 얼마나 대비를 했는지 관심 없소이다."

그는 저편에 떨어진 아래를 굽어보았다. 그곳은 왕부가 모인, 일왕의 집무실이었다.

"오직 이날만을 기다리고 기다린 저만 하겠습니까?"

이를 드러낸 오왕.

드디어 천하를 향해 칼을 빼는 것이다.

第四章

일왕의 반격

대명제국은 철저하게 군부의 지휘 체계를 분산해 두는 편이었다.

이는 태조 주원장이 애초에 무력으로 역성혁명을 일으켰기 때문이다.

칼로 흥한 자는 칼로 망하는 법.

역대의 제왕들은 그것을 잘 알고 있었고, 그 때문에 반란이나 모반이 일어날 시를 항시 대비했다.

군대가 움직일 때 병부, 병적을 관리하는 것은 오군도독부. 그들의 인사권을 가지고 있는 것은 이부인 식이다.

이는 일사불란한 모반을 방지하는 장점이 있지만 이런 때엔 치명적인 약점으로 돌변했다.

"당장 재정위를 폐하고 경위 무사를 따라 움직이라는 공문입니다!"

황성 밖, 내성 남쪽에 위치한 호부.

호부상서(장관) 문호정에게 보조관인 부관이 보고를 하고 있었다.

그 아래 직급인 낭중(郞中)이라는 신하들이 하나둘씩 모여들고 있었다.

"인근 외곽 쪽에 병사들을 모으고, 태창(太倉:국고)을 지키라는 지시입니다."

"움직이지 않고 자리를 지키라는 전갈입니다."

눈 깜짝할 사이 수도 없는 공문들이 날아오고 있었다. 한두 개가 아닌 왕부 쪽에서 일시에 명령을 하달받고 있는 상황이었다.

"폐하는! 언제쯤 오신다 하셨는가!"

문호정이 눈을 찌푸리며 부관들에게 소리쳤다.

"적수담에 가셨으니 오늘 자정이 되어서야 도착하실 겁니다."

"이런!"

문호정은 이를 악물었다.

조금 전, 황성 내에서 커다란 폭발이 일어났다.

위치는 이부(吏部)가 있는 행정의 중심.

원래라면 즉각 움직여서 피해 상황을 파악하고 부상자들을 옮겨야 하는데, 뜬금없이 왕부 쪽에서 다른 긴급한 명령들이 내려오고 있는 것이다.

"상서 어르신, 경성에서 여전히 불길이 치솟고 있다고 합니다. 나중에 문책받지 않으시려면 당장 포정사(布政司:민정을 주관)를 통해서 이 일을 빨리 잡아야……."

"문책? 문책! 자넨 아직도 모르겠는가?"

한 문관이 조심스레 말을 걸자 문호정이 표정을 와락 구겼다.

"지금은 전시(戰時)일세!"

재차 호통이 떨어지자 수하가 주춤하며 한 발짝 물러섰다. 그제야 상황이 파악된 듯 얼굴에도 긴장감이 퍼져 나갔다.

"황태자께서는! 전하께서는 뭐라 하시는가!"

문호정은 다시금 정신을 다잡으려 애썼다.

지금 자신이 가장 먼저 해야 할 일을 고민하다가 외친 것이다.

"아직 보고가 들어오지 않고 있습니다."

"안 되겠다. 내가 직접 가마."

그는 공문 서류를 한 손에 챙기며 자리에서 일어섰다.

상황이 시급했다.

경성에서 불길이 치솟았으니 대규모 인원을 보내 즉각 불길을 잡아야 한다.

한데 아무리 그라 해도 병력을 함부로 움직였다간 뒷감당이 어려웠다. 아니, 뒷감당이 문제가 아니라 황제나 상관의 승인 없이는 움직일 수조차 없었다.

'너무 이상해.'

그의 머릿속에 경고성이 울리고 있었다.

아무리 그의 자리가 왕부와 가깝다곤 하나, 폭발이 일어나기 무섭게 태자를 제외한 다른 왕들의 공문이 신속하게 전해져 오다니!

이건 마치 이 일을 계획한 것 같은 느낌마저 들지 않는가.

철컥.

방문을 열고 나설 때였다.

기분 나쁜 서늘한 감촉이 목 아래를 지그시 눌러 왔다.

"…이게 무슨 짓인가, 부장."

문호정의 시선이 오른쪽으로 향했다. 조금 전까지 말을 건넸던 부관이 자신을 향해 검을 빼 든 것이다.

챙! 챙! 챙!

기다렸다는 듯 곳곳에서 부하들이 칼을 꺼내 들었다.

전혀 예상하지 못한 탓인지 방 안에 있던 문관 몇몇은 오금이 저린 듯 그대로 굳어버렸다.

"상서, 움직이지 마십시오. 상서께서는 여기에 계셔주셔야만 합니다."

턱수염에 광대뼈가 두드러진 부관이 침통한 얼굴로 말했다.

"혹 영민왕 전하께서 시킨 일인가?"

"함부로 입에 담지 마소서. 지금은 전하지만 날이 밝으면 달리 불리시게 될 몸입니다."

부관은 나지막이 말을 이었다.

폐하로.

뒤를 생략한 말을 문호정은 알아들었다.

"자네, 이제껏 부족한 것 없이 잘 대해줬다고 여겼거늘."

"……."

부관의 얼굴이 조금 더 침통해졌다. 어쩌면 그도 가책 혹은 다른 압박 때문에 억지로 움직이는지도 몰랐다.

한 가닥 기대를 걸며 문호정은 설득하듯 입을 열었다.

"자네도 알겠지만 난 중립일세. 오왕 전하는 나도 존경하는 분이야. 하지만 이 나라 조정에 국법이 존재하거늘, 이래서야 되겠나?"

텁텁한 말투.

그는 단호한 얼굴로 부관을 보고 입을 열었다.

"오십 년간 녹을 먹은 벼슬아치가 이대로 있을 수는 없지. 나를 막으려거든… 베게."

"…상서."

부관이 이를 악물었다. 그는 오랫동안 모시던 상관에게 가볍게 고개를 숙여 예를 보였다.

"그럼 최대한 편히 보내 드리지요."

패애애액.

날카로운 검이 목선을 가로질렀다. 시뻘건 피가 대문을 차갑게 물들였다.

이런 일은 도성 곳곳에서 일어나고 있었다.

＊　　　＊　　　＊

폭발로 인해 도성이 혼란스러운 그 시각.

장군 이성(李成)은 병사들과 함께 궁성으로 빠르게 진입하고 있었다.

"누구냐!"

남문에 창을 들고 서 있던 경위 무사 중 하나가 무리 지은 병사들을 향해 소리쳤다.

그러자 이성 옆의 부관 하나가 윽박질렀다.

"이놈! 무위장군(車騎將軍)이시니라! 문을 열어라!"

"…무위장군?"

경위들은 당황한 듯 주춤주춤 물러섰다.

무위장군이라면 병부 출신으로, 궁궐을 호위하는 무관직 관료다.

단순히 병졸이 맞을 일이 아닌지라 곧 남문의 지휘사가 급히 내려와 군례를 올렸다.

"이성 장군 아니십니까? 갑자기 어인 일로……."

"지금 즉각! 무기를 내려놓고 명을 받으라! 모반의 혐의가 있는 자가 있으니 속히 추포하랍신다!"

펄럭!

이성의 말에 부관이 금빛 인장이 찍힌 공문을 펼쳐 들었다.

"모반이라고요?"

남문의 경위지휘사 종명(鍾明)은 당황한 표정으로 고개를 저었다.

"대관절 무슨… 대체 어디서 나온 말씀입니까? 저희 남문의 사람들은 모두……."

"이놈이 시간을 끄는구나! 뭣들 하는가! 모두 포박하여 꿇려라!"

무위장군 이성은 말 붙일 여지도 주지 않고 노성을 질렀다.

차라라락!

말 떨어지기 무섭게 그 뒤에 있던 수십의 병사들이 창을 겨 눴다.

"무위장군……."

경위지휘사 종명의 눈썹이 꿈틀거렸다.

이성은 황궐을 수호하는 이로, 남문 지휘사인 종명보다 위이 긴 하다.

하지만 그는 오군도독부 소속이고 상대는 병부. 직속상관도 아니고 서로서로 예를 갖추는 것이 일반적이다.

"이게 뭐 하는 짓입니까! 당장 멈춰라!"

그런데 자세한 상황 설명조차 하지 않고 그의 직속 수하인 경위들 앞에서, 병졸을 앞세워 막무가내로 추포하는 것은 당치 도 않은 모욕이었다.

종명이 노해서 저지하자, 무위장군 이성도 얼굴이 험악해졌다.

"이놈! 감히 어명을 거역하는 게냐!"

"어명이라? 언제부터 병부가 어명 운운하게 되신 것이오? 게 다가 지금 내 눈에 보이는 직인은 분명 형부의 것인데?"

지휘사 종명이 싸늘하게 대답했다.

직인이 아예 천자의 옥새쯤이면 모를까, 그의 소속인 오군도 독부도 아닌 형부의 공문 따위에 물러설 생각은 없었다.

애초에 병부와 오군도독부는 같은 군 소속이면서도 서로서로 경쟁의식이 강한 기관인 것이다.

"도성의 교위는! 평시든 전시든 궁성에 함부로 무장 인원이 드나드는 것을 저지해야 하는 직책이오! 하물며 내 소속도 아닌 병부에서! 힘으로 압송하겠다니! 이런 법도가 어디 있소!"

"이런 같잖은 놈!"

장군 이성의 얼굴이 시뻘겋게 달아올랐다. 그 뒤에서 백발이 희끗한 노인 관리가 점잖게 호군을 불렀다.

"이보게, 종명 교위. 지금 자네가 내 앞에서 법도를 따지려 하는가?"

'형부상서… 밀건(密建)?'

종명의 표정이 굳어졌다.

확실히 법을 따지자면 형부만 한 곳이 없다.

엔간한 형부의 벼슬아치만 나타나도 벌벌 떠는데, 명나라 사법기관의 최고 고위직 인물이 나타난 것이다.

"상서 어르신께서 이게 무슨……."

"지금 네놈 따위에게 설명할 틈이 없다! 시행하라!"

종명이 멈칫하는 사이, 이성의 노한 목소리가 울렸다. 우르르 성문 위로 올라간 병사들이 일단의 경위들을 포박해서 내려왔다.

"이거 놓으시오!"

"내 발로 갈 것이오!"

"제기랄! 내가 뭘! 이거 사람 제대로 알고 짚은 거요?"

으드득!

종명이 이를 갈며 물었다.

"…형부상서 어르신, 지금 무슨 짓을 하고 계시는지 아시는 겁니까? 나중에 뒷감당할 자신은 있으신 게지요?"

"그건 내가 하고 싶은 말이군. 자네야말로 뒷감당을 할 수 있 겠나?"

"그게 무슨……."

"말 붙이지 마라! 이놈! 뭣들 하느냐! 서둘러라!"

우르르!

뭐라 해명이라도 듣고 싶었지만 이성이 허락하지 않았다.

그는 병부의 병사들을 이끌고 남문의 경위 무사들을 하나하 나 제압했다.

종명이 이상함을 느낀 것은 그 인원이 자그마치 삼분지 일을 넘어갔을 때였다.

"지금 우리 모두를 다 잡으려는 거요!"

차라락!

항의하는 종명의 앞에 예리한 창날들이 늘어섰다.

참으로 말도 안 되는, 단 구백 명의 병부 병사들에게 궁성의 남문이 점거당한 것이다.

"됐다. 나팔을 불어라!"

부우우웅!

오군도독부가 관할하던 남문이 병부의 손에 넘어가고, 무위 장군이 약속된 신호를 보냈다.

착. 착. 착. 착.

뒤이어 한 무리의 병사들이 성문을 통과하기 시작했다.

＊　　　＊　　　＊

병부와 군대를 관할하는 또 다른 관청인 오군도독부.

중, 좌, 우, 전, 후.

다섯의 도독부 가운데 중도독부(中都督府)의 책임자인 좌도독(장관), 진문(進問)이 방 안에 들어서다 걸음을 멈췄다.

"따로 할 얘기가 있다는 게 이건가?"

철벅.

그는 낭자한 피를 밟으며 주위를 둘러보았다.

도독첨사(都督僉事:부서장)와 십여 명의 무인들이 칼을 꺼내 든 채 자신을 노려보고 있었다.

폭발이 이는 소리에 급히 군사들을 모으던 그는, 급보가 있다는 말을 듣고 따라나섰다가 봉변을 당한 것이다.

"이제 그만 경위 무사들을 모두 넘기시지요."

첨사 강우(强遇)가 대도를 들어 올리며 느긋하게 말했다.

그의 칼에서 피가 뚝뚝 떨어져 내렸다. 진문을 지키려고 유명을 달리한 충성스러운 병사들의 피였다.

"감히 군법이 지엄한 곳에서 하극상이라니."

"좌도독, 시세를 아는 자가 호걸이라 하지 않습니까."

궤변과 아첨의 달인. 그렇게도 불리는 첨사가 피식 웃으며 말했다.

"어차피 누구의 명을 받는가에 따라 군법 또한 달라지는 겁니다."

"그간 오왕께서 황궁의 관료들에게 손을 뻗고 있다는 얘길 들었네만……."

좌도독 진문이 느리게 말을 이었다.

분노로 들끓는 노장은 이 상황에서 최대한의 침착함을 유지했다.

"너무 무모해. 대성 장군들이 이 반란에 그리 쉽게 협력하리라 생각하나?"

"하지 않겠지요. 하나 저희 역시 오군도독부 전 부서에 협력할 무장을 심어놓았습니다. 영민왕께 협력하지 않는다고 해도 상황은 변함이 없습니다."

"지나친 낙관이야. 영민왕은 일개 왕일 뿐 대의도 명분도 없어."

진문은 강우를 향해 고개를 내저었다.

"더구나 지금 이 상황을 황제께서도 아시게 될 터. 천자의 군대가 모여 도성을 치게 되면 오왕은 결국 죽는다."

"그럴 일은 없습니다. 쓸데없는 걱정이시군요. 죽을 자가 뒷일까지 걱정하실 필요가 있겠습니까?"

"흠."

진문이 심유한 눈으로 강우를 보았다.

"어째, 나에겐 주군을 선택하라고 권유하지 않나 보군?"

"뭐, 진문도독께서 올곧은 거야 이미 천하에도 검증된 터라."

차락!

"타협 없이 제거하란 명이 있었습니다."

강우가 칼을 한 번 휘두르고는 말을 이었다.

진문이 피식 웃었다.

"내가 인생을 헛살진 않았나 보군."

철컥. 쇄애액.

노장은 칼집에서 오랜만에 칼을 빼 들었다.

지금은 녹슬었지만, 한때 전장의 호랑이라는 별명까지 받았던 몸이다.

"내 단언하지. 환갑이 넘은 나이지만 여기 서너 명은 저승길에 동행하리란 걸."

"미안하지만, 저흰 그럴 생각 없습니다."

투욱.

말이 끝나기 무섭게 뒤쪽에서 복면인 셋이 천천히 걸어왔다.

그런데 복장이 특이했다. 민머리에다 눈동자 모양, 들고 있던 검의 모양도.

'천어승(天語僧)들인가.'

복장과 자세를 보니 그들이 맞는 듯했다. 소림사 속가 제자 출신으로, 동창의 무술 스승이라고 알려진 자들.

강호의 고수인 그들 셋이 진문 주위를 감싸고 있었다.

진문은 그제야 바닥에 쓰러진 자들도 그들에게 당한 것임을 깨달았다.

"…확실히 오왕 쪽을 따르지 않길 잘했군."

쓰윽쓰윽.

천천히 다가오는 세 무인을 보고 진문이 으르렁거렸다.

"감히 황궁에 강호의 야인들을 불러들이다니!"

쿵!

그는 거세게 발을 구르며 상대를 향해 먼저 달려들었다.

＊　　　＊　　　＊

예부는 종인부(宗人府), 어선방(御膳房), 국자감(國子監), 태상시(太常寺) 등 관련된 기구가 무려 열 개가 넘는다.

콰아앙! 화르르!

황성에서 폭음이 들려오자 예부 및 예하 부서는 혼란 그 자체였다.

평시라면 상서의 명에 따라 움직였겠지만 지금 예부상서는 황제의 제천행사에 참관한 상황, 부관들도 동행한 터라 육부 중 가장 통제에 어려움이 따랐다.

종인부, 태상시.

"문서들을 봉인하고 그 누구의 발길도 들이지 마라!"

"옙!"

황실의 호적과 제문의 문서 등을 보관하는 종인부와 제사와 일정을 맡는 태상시는 배정된 경위 무사들을 모으고 입구를 봉쇄하고 있었다.

황제의 명 없이는 움직이지 않는 그들이 제대로 된 움직임을 보이고 있었다.

교육기관인 국자감, 태안시는 혼란 그 자체였다.

공부.

"지금 즉각 움직여라! 어서!"

공부상서 이주감은 빠른 결단을 내렸다.

그에게 따로 공문이 오지 않았지만 이런 상황에서 우선적으로 판단한 것은 황제의 능을 호위하는 것이다.

"내가 책임질 터이니, 어디로도 움직이지 말고 이곳을 지켜야 합니다!"

"알겠소."

십오위(十五位) 중 하나인 경위 지휘관이 예를 표했다.

이들은 공부의 호위를 맡은 자들이었다.

이주감의 명에 따라 수백의 경위 무사 대부분을 이쪽으로 보냈다.

*　　　*　　　*

"도성에 불길이 더욱 거세지고 있지만 포정사는 움직이지 않고 있습니다!"

"서문에서 대규모의 병력이 출현! 병부와 형부가 움직입니다!"

"자금성 남문의 경위들이 포박당하고 있다고 합니다! 형부상서가 직접 나섰다고 합니다!"

"전하! 명을 내려주십시오! 전하!"

사방에서 전령들이 들이닥쳤다.

폭탄이 터지고 정신을 차릴 새 없이 여기저기서 보고가 빗발치고 있는 것이다.

"대체 이것이……."

황태자는 충격을 받은 얼굴로 멍하니 굳어 있었다.

전혀 예측하지 못한 상황이었다.

그가 미루어 짐작했던 오왕의 계획은 각 지방에 남아 있는 영향력을 이용한 것이다.

도성 인근에 대규모 병력을 한데 집결해 반군을 일으키는 것.

하지만 그들이 노린 건 전혀 다른 '수'였다.

"어찌, 어찌 이런 식으로 일이 벌어진단 말인가……."

도성에 불을 지펴 황성의 병사들을 흔드는 일차 혼란.

이부에 폭굉을 터뜨려 문관들을 흔드는 이차 혼란.

황제의 부재를 노려 장군들을 혼란시키는 삼차 혼란까지.

"만해 장군의 생사가 묘연합니다! 소속을 알 수 없는 일단의 군대입니다!"

"포정사가 움직이지 않는 이유가 들어왔습니다! 사사가 부장에게 살해당했다고 합니다!"

보고는 끊임없이 날아들고 있었다.

중앙 부처가 흔들린 사이 성문이 하나하나 점거당했다.

법 집행 권한을 가진 형부는 경위 무사들을 겁주었고, 거취를 정하지 않았던 병부의 장군들이 주춤하는 사이 소수의 병사만으로 자금성까지 길이 뚫렸다.

그사이 각 부처에 숨어 있던 오왕의 간자들이 활개치고 있다.

책임관을 죽이는 일도 서슴지 않고 있다는 보고도 올라오고 있었다.

'공문, 공문을 이런 식으로 써버릴 줄이야!'

군영왕은 이를 갈았다.

오왕이 노린 건 중앙집권 체제의 치명적인 약점이었다. 멋대로 난이 일어나는 것을 방지하기 위해, 반드시 공문을 통해 명령이 하달되게 만든 것을 역이용해 버린 것이다.

"정무… 그간 정무를 본 이력이 이렇게나 차이가 났던가."

"태자……."

옆에 있던 광휘가 그를 불렀지만 황태자는 여전히 멍한 상태였다.

모두 계획에 포함되어 있었다.

황상께서 은자림 방비를 위해 친위군을 모아 데리고 나간 것까지 모두 다.

"태자!"

광휘가 재차 불렀지만 그는 여전히 충격에서 벗어나지 못했다.

"주정문!"

퍼뜩!

광휘가 크게 고함지르자, 황태자는 그제야 눈을 크게 떴다.

주정문(朱正聞).

명 왕실은 주원장 이후로 모두 주씨 성을 가진다.

정문이란 이름은, 황태자의 아명이자 본명, 천중단에 입단하며 광휘와 친해졌을 때 알려준 이름이었다.

"지금 뭐 하는 건가! 오왕이 이미 칼을 빼 들었고, 모두가 네 명령만 기다리고 있다!"

"광휘, 난……."

"다 죽일 셈인가! 또다시 같은 실수를 반복하게 할 건가! 정신 차려, 군영왕! 너는 황태자다!"

번뜩.

광휘의 말에 일왕의 동공이 떨리기 시작했다.

기억에서 지웠던, 아니 지우려 했던 과거의 옛 기억이 떠오른 것이다.

"나 못 하겠네. 더는 못 하겠어."

"이건 진심이야. 이런 일인 줄 알았다면 절대로 지원하지 않았어……."

천중단 시절, 정신적으로 지쳐 있는 와중에 투입된 마지막 임무에서 주정문은 임무에 실패하고 살수들의 표적이 되었다.

벗어나던 구표 둘이 되돌아와 목숨을 버려가며 겨우 그를 구했던 것이다.

그 와중에 황실에서 지원받은 무사 둘을 잃었다.

"더는 못 해. 여긴 지옥이야!"

그 충격 이후 그는 천중단을 떠났다.

공식적으로는 마공(魔功)에 대한 부상과 그 후유증을 들었지만, 실제로는 중압감 때문이었다.

무공보다 부족한 것은 담력이었다. 자신의 능력으론 도움은 커녕 방해만 된다는 걸 깨달았기 때문이다.

"일절(一絶)이 뭐였는가?"

"……."

"임무 수칙 일절이 뭐였느냐고!"

광휘의 외침에 군영왕은 머릿속이 백지처럼 하얘졌다.

그렇게 되고 나서야 한 줄기 음성이, 그와 동시에 수없이 많은 음성들이 폭풍처럼 몰아쳤다.

"기회를 기다리지 마라. 상대는 그런 기회조차 주지 않는다."

군영왕이 떠듬떠듬 신음하듯 말했다.

광휘가 고개를 끄덕이며 다시 물었다.

"칠절은?"

"위기에 빠지면 목숨을… 자신의 목숨을 가장 빨리 버려라."

"그럴수록 적은 물러서고, 살아남게 된다."

광휘가 말을 받자 군영왕의 눈이 커졌다.

그는 기억하고 있었다.

비록 천중단에 발만 들여놓았던 명청이 황태자였지만 그 또한 분명히 배웠다.

"지금은 무슨 상황인가?"

그 말에 군영왕의 흐릿했던 눈이 또렷해졌다.

그 와중에 내뱉은 그의 목소리에는 힘이 담겨 있었다.

"십일절……. 판단이 틀렸더라도 지체하지 마라. 나아가지 못하면 어차피 죽는다."

군영왕은 기억했다.

당시 자신의 오판으로 구표 두 명의 목숨을 앗아갔던 살수의 눈빛을.

지체하지 않고 움직였더라면 자신도 구표도 모두 살았을 것이다.

"잘 들어, 군영왕."

광휘가 군영왕의 눈앞까지 다가와 시선을 맞췄다.

"자넨 지옥의 최전선에서 싸웠던 자야. 어떠한 임무도 망설임 없이 수행했던 천중단 삼 조에서."

광휘의 말에 그가 고개를 숙였다. 한동안 침묵하더니 허탈한 듯 말했다.

"그랬지. 우린 비익조(比翼鳥)였지."

짝을 짓지 못하면 날지 못한다는 비익조.

말만 들어도 가슴이 저미는 그 단어를 기억한 황태자가 짜악! 거세게 자신의 뺨을 올려붙였다.

고개를 든 일왕의 눈은 그제야 정상으로 돌아와 있었다.

"광휘, 난 오왕이 군부 전체를 장악했다고 보지 않는다."

그가 자리에 일어서 말을 이었다.

"군부 대부분의 장군들은 오직 황제 폐하의 명에 따른다. 장래를 보고 나를 혹은 오왕을 지지하기로 뜻을 정한 건 그중 소수일 뿐."

끄덕.

광휘가 수긍하며 물었다.

"얼마나 되는가?"

"보고에 따르면 회유당한 자들은 병부의 일선이다. 가담한 자들은 열 명도 되지 않아. 그들이 경성에서 움직일 수 있는 군병은 많아야 천에서 이천."

"군영왕, 지금은 전시다. 중립 같은 건 없어."

"그러니 더더욱 오군도독부로 가야지."

질끈!

광휘의 지적에 황태자가 입술을 깨물었다.

그의 말대로 지금은 전시다.

중립 운운하며 이런 상황에 할 일을 않고 방기하고 있다면, 그것만으로도 믿기 힘든 자들이다.

그렇다면 최대한 빠른 시간 안에 세력을 모아, 어차피 판이 기울었다고 느끼게 만드는 것이 결과적으로 피를 덜 흘리는 일이 될 터.

아군이 아니면 전부 적이다.

"어디부터 가면 되나?"

"도독부의 건물은 다섯 개다. 그중 중도독부가 황성을 수호하는 경위 무사들이 최고로 많은 쪽이지."

"지붕은?"

"붉은색에 노란 세로 줄무늬가 있다."

"먼저 가겠네."

파파팟.

광휘가 제 할 말만 하고는 눈 깜짝할 사이에 시야에서 사라졌다.

경공술의 최고 경지인 이형환위.

영민왕의 눈에 잠시 경탄의 빛이 일었지만 그건 잠시뿐이었다.

그는 급히 마당 앞에 서 있던 신하들을 향해 외쳤다.

"중도독부로 이동한다!"

"명을 따르겠나이다!"

밖에 대기하고 있던 장군과 대신들이 머리를 조아리며 부복했다.

타닥!

하지만 일왕은 그마저도 기다려 주지 않았다.

이미 그들 사이를 지나쳐 대문을 박차고 질주하고 있었다.

＊　　　＊　　　＊

오군도독부는 군대를 이끄는 조정 최고의 기관.

흔히 오부(五府)라 약칭하는데 그 이유가 중, 좌, 우, 전, 후. 즉, 다섯 개의 관청이란 뜻을 담고 있기 때문이다.

중앙 관청이 다섯 개이기에 한 관청당 총지휘관(도독:都督·정일품)이 두 명(좌, 우도독)이나 된다.

이는 서너 개의 성을 관할하는 역할도 있지만 경성 각 문의 순시하는 경위들을 관리하는 역할도 겸한다.

일왕이 오군도독부에 간 목적도 이와 맞닿아 있었다.

우선적으로 경위 무사들을 포섭하는 것.

그 바탕에는 오왕이 다섯 개의 오군도독부를 모두 손에 넣지 못할 거란 계산이 깔려 있었다.

"큭."

중도독부, 좌도독 진문이 어깨를 부여잡으며 비틀거렸다.

한 줄기 선혈이 손목을 타고 바닥까지 흘러내렸지만 그는 오히려 안도의 한숨을 내쉬고 있었다.

'정말로 위험했다.'

천어승이 들고 있던 곡도.

전장에서도 찾아보기 힘든 괴이한 병기는, 상대의 검을 사선으로 낚아채는 생소한 움직임을 보인다.

한순간, 진문의 검이 잘려 나가지 않았다면 분명 이 정도 상처로 끝나지 않았을 것이다.

'이놈들, 단순한 강호인이 아냐.'

구부정한 자세로 노려보고 있는 연갈색 복장의 무인.

진문은 그의 눈동자를 쳐다보며 다시 한번 검을 강하게 쥐었다.

"뭐 하는가! 빨리 죽여!"

싸움이 계속해서 길어지자 첨사 강우가 신경질적으로 반응했다.

천어승의 무위가 몇 수 높았지만 그럼에도 불안감을 지울 수 없었다.

진문 역시 수많은 전장을 지나온 노련한 무인임을 알고 있는 것이다.

"으악!"

"컥!"

게다가 뭔가 낌새를 챘는지 아래쪽에서 경위 무사들이 하나 둘씩 올라오고 있었다.

진문을 따르는 직속 무인들이다. 첨사 자신이 끌고 온 무사들로는 상대하기가 벅차기에 천어승 둘이 직접 나선 상황.

남은 천어승 하나만이 진문을 상대하는 중이었다.

파핏.

때마침 천어승이 도약하자 일순 바닥을 구르며 그의 공격을 피했다.

끼익!

탁자 밑으로 굴러간 진문은 일어나자마자 곧장 발로 탁자를 밀어냈다.

콱!

탁자를 피해 재차 도약한 천어승.

진문은 또다시 밑으로 구르며 상대의 공격을 피해냈다.

"컥."

그때 허공에서 뚝 떨어진 곡도가 진문의 왼 손목을 잘라 버렸다.

손 하나를 잃은 진문이 급히 일어서며 소매를 감아 출혈을 막았다.

"천근추(千斤墜)인가……."

허공에서 몸이 뚝 떨어지는 수법.

강호의 무인들이 사용하는 경신법 중 하나였다.

"너희들이 하나를 간과한 게 있다."

진문의 말에, 재차 공격하려던 천어승이 멈칫했다.

"내게 창가 쪽으로 등을 내줬다는 거야. 그 말은."

"……."

"이런 상황이 일어날 수도 있다는 것이지."

파파팟.

갑자기 진문이 몸을 틀어 창 쪽으로 도약했다.

십오 장 높이의 사 층에서 몸을 날리려 하는 것이다.

"막아!"

지켜보던 첨사 강우의 외침이 일던 그 순간 천어승의 몸이 흐릿하게 변했다.

창 쪽으로 몸을 부딪치려던 진문의 등으로 이미 천어승의 곡도가 날아들고 있었다.

'이런 말도 안 되는……!'

너무나 빨랐다.

상식을 벗어나는 움직임에 반격하기는커녕 그저 그 상황을 인식하는 것만도 버거웠다.

'아……?'

진문의 눈가에 절망의 빛이 새겨질 즈음이었다.

콰자자작!

창틀이 통째로 부서지며 한 줄기 그림자가 자신을 꿰뚫었다.

"끅!"

도약하다 몸의 중심을 잃고 바닥에 떨어진 진문이 신음을 토해냈다.

이후, 다시금 정신을 차린 그에게 낯선 사내의 목소리가 들려왔다.

"직무는?"

"아!"

곡도를 날리던 천어승이 바닥에 누워 파르르 떨고 있었다.

처음 보는 사내가 후드득 검을 휘둘러 피를 뿌려내며 물었다.

"직무는?"

"아, 앞에⋯⋯!"

파파팟.

진문의 외침과 동시에 두 명의 천어승들이 날아들었다.

그보다 조금 늦게 도약한 사내.

쇄애애액!

나선 방향으로 움직이는 섬광 두 개가 허공에서 번쩍이다 사라졌다.

툭. 툭.

"허⋯ 이런 거짓말 같은⋯⋯."

진문의 눈가에 경탄이 일었다.

조금 전까지, 황실에서도 쉽게 볼 수 없는 실력자였던 천어승들의 목 세 개가 바닥을 뒹굴고 있었다.

"직무가 뭔지 물었다."

피풍의를 입은 무뚝뚝한 사내가 세 번째로 물었다.

"좌도독… 좌도독 진문이오."

진문은 급히 정신을 차리며 대답했다.

창문을 부수고 들어온 사내, 광휘가 조용히 둘러보며 말했다.

"좌도독 진문, 이제 반격할 시간이네."

"……"

"황태자께서 움직이기 시작했으니까."

푸드득! 히히힝!

광휘의 말이 떨어지기 무섭게 몇 기의 기마가 급히 도달했다.

*　　　*　　　*

"중도독부 좌도독 진문. 황태자를 뵈옵니다."

왕부 호위무사들과 함께 나타난 일왕을 본 좌도독 진문이 급히 무릎을 꿇었다.

고개를 끄덕이던 일왕은 멈칫했다.

천으로 가린 진문의 한쪽 소매는 헐렁했고 붉은 피가 얼룩져 있었다.

"좌도독, 그 손은……"

"태자 전하, 소소한 일에 신경 쓰지 마십시오. 다급한 상황입니다."

진문은 일왕을 의식하며 손목을 뒤로 감췄다.

노신의 마음을 깨달은 일왕은 재빨리 화제를 돌렸다.

"진문 장군, 당장 이끌 수 있는 군사의 수가 얼마나 되는가?"

"채… 삼백이 되지 않습니다."

진문이 황송하다는 듯 고개를 숙였다.

"일각을 더 준다면?"

"기마대 백, 창병 이백 정도는 모을 수 있습니다."

"그 정도밖에 안 되는가?"

"전하, 지금은 전시입니다."

진문이 숨을 고르며 말을 이어 갔다.

"평소 같으면 관할 부대의 명을 따르겠습니다만, 내성 안에서 폭탄이 터졌습니다."

"비상시니 장군들 명만 따른다는 말인가?"

"예, 전하."

천자가 도성을 비운 상황이다. 거기다 난데없는 화재와 충돌이 일어났다. 명을 받는 것에 익숙한 병사들은 스스로 어찌해야 할지 갈피를 잡지 못할 것이다.

그러니 그걸 통솔해 줄 상관의 명만 따르려고 할 터.

"게다가 왕부에서 위조된 공문들이 날아들어 더욱 심각합니다."

"그랬지. 결국 내가 직접 발로 뛰어야 한다는 말이군."

일왕의 표정이 심각히 굳어졌다.

시간적 여유가 없는 건 아니었다. 도독부 모든 부서가 이곳 근처에 모여 있기 때문이다.

문제는 자신이 직접 움직인다고 해도 병사들을 포섭할 수 있는지는 장담할 수 없다는 것이다.

이제껏 조정에서 천자 다음의 실권자로 여겨졌던 이는 다름 아닌 오왕.

거기에 위조 공문까지 날아들었으니, 이리저리 핑계를 대며 오왕 쪽으로 몸을 돌린 장군들은 명을 거부하거나, 혹 중립 측 에서도 복지부동하느라 잘못된 판단을 내릴 수도 있으니까.

그늘진 얼굴의 군영왕을 바라보며 진문이 재차 말을 이었다.

"현 후도독부 좌도독 포량(包量) 장군이 내성 밖에서 군사들을 모으고 있습니다."

"얼마나?"

"근 이천에 달하는 병력이 내성 남문 쪽으로 향하고 있다고 합니다."

"이천이라고?"

군영왕이 어이없다는 듯 눈이 휘둥그레졌다.

그간 자신은 도성 주위의 군대를 끊임없이 통제해 왔다. 백 명 이상의 단위가 한데 집결하지 못하도록 별도로 지시까지 내렸다.

"예. 전하. 그뿐 아니라 현 후도독부 우도독 태두(泰斗) 장군 역시 일천의 군사들을 지휘하고 있다고 합니다. 추측하기로 포량 장군과 합세하려는 모양입니다."

"허!"

폭발이 터지고 나서 얼마 지나지 않은 시간에 이천이란 병력이 다가오고 있다니.

이는 일이 터지자마자 외성 남문 주위의 군사 지휘권을 장악하고, 외성 내의 군사들을 반강제적으로 겁박했다는 말이 아닌가.

으득!

군영왕이 분노로 두 주먹을 움켜쥘 때 광휘가 입을 열었다.

"잘됐군, 그건."

"무슨 말인가?"

일그러진 얼굴로 일왕이 묻자 광휘가 담담히 말을 이었다.

"손발이 따로 논다면 머리만 바꿔치기하면 되니까. 공문이 아니라 사람의 명만 따른다고 하지 않았나."

"……!"

"……!"

군영왕과 진문의 눈이 동시에 커졌다.

실로 명쾌한 말이었다.

병사들을 통솔하는 상관이 바뀐다고 해도 같은 황실의 장군들이다. 그 머리가 바뀌고 황태자가 나타난다면 따르지 않을 명분이 없었다.

적진의 군사들을 오히려 황태자가 흡수하면 되는 것이다.

"이보시오, 무사."

하지만 진문은 부정적이었다.

태자와의 관계를 의식해서인지 반 존대를 하며 광휘를 불렀다.

"방금 노신이 한 말 못 들었소? 황군이 이천이오. 이천의 군세를 뚫고 지휘관의 목을 베겠다는……."

"굳이 이천의 군세를 뚫지 않아도, 그들 또한 남문으로 들어오기 위해선 어차피 검문을 받아야 할 터. 그때라면."

"아니, 그게……."

진문이 말꼬리를 흘릴 때쯤 황태자의 눈이 빛났다.

"할 수 있겠는가?"

조금 전과는 확연히 다른, 희망을 품은 얼굴이었다.

"암살은 내 특기야."

광휘가 대수롭지 않게 대답했다.

슬쩍 창밖을 본 그는 진문과 일왕을 향해 나직이 말했다.

"특히나 이런 혼란스러운 상황에선 더더욱."

＊　　　＊　　　＊

파파팟.

황태자 군영왕은 정신없이 도독부를 향하고 있었다.

내성 남쪽에는 후, 동, 좌, 우, 전도독부가 일렬로 위치하고 있었는데 왕부 호위무사만 데리고 움직이는 중이었다.

"전하! 소인 고림(高琳)이라 합니다."

황태자의 등장에 부산했던 좌도독부 업무가 일시에 정지됐다.

한쪽에 서 있던 장군 하나가 머리를 조아렸다.

"전시 상황이다, 고림 장군. 내게 힘을 실어 줄 수 있겠느냐?"

"태자 전하의 명을 어찌 거절하겠습니까. 때마침 저희도 사태를 수습하기 위해 고심하고 있던 와중이었습니다."

황태자는 가슴을 쓸어내렸다. 상황을 보아하니 이곳은 오왕의 입김이 미치지 못한 듯했다.

"그대는 군사들을 이끌고 당장 내성 서문을 지켜라. 폐하 본인이나 옥새가 찍힌 공문 외에는 누구도 들어선 안 된다!"

"예, 전하."

황태자는 급히 자리를 떴다.

아직 둘러볼 곳이 많았던 것이다.

우도독부.

"태자시다. 모두 무릎을 꿇어라!"

말을 달려 들어가자 왕부 호위무사들이 외쳤다. 도독부 관인들이 급히 머리를 조아렸다.

그 가운데 머리를 숙이고 있는 장군 하나가 황태자 쪽으로 걸어왔다.

"전하, 소인 진현(眞賢)이옵니다. 어찌 이제야 오셨사옵니까."

입구 쪽에 군사가 제법 있었지만 어디 가지 않는 것을 보니 이들 역시 아직 상황을 파악 중인 듯했다.

"일이 그렇게 되었다, 진현 장군. 이 앞에 군사들이 있던데 수가 몇 명이냐?"

"창병 백이십에 궁수 오십 명입니다."

"좋다. 너는 즉시 동문 쪽으로 이동해 출입을 통제하라! 폐하께서 직접 오시거나 옥새가 찍힌 공문을 받기 전엔 누구도 출입을 허용해선 안 된다!"

"하, 하나……."

"혹 자신의 권위나 지위로 윽박지르는 이가 있으면 즉각 참하라! 모든 책임은 내가 진다!"

"예, 전하!"

진현은 조금 망설이는 듯했지만 일왕의 다그침에 바로 방향을 정했다.

우르르르!

진현의 명에 따라 군인들이 급히 움직이기 시작했다.

다각다각!

도독부를 나온 일왕은 때마침 기마 백을 이끌고 온 진문 장군을 맞았다.

"어떻게 되었느냐?"

"포량 장군의 병력이 남문 쪽에 거의 다 도착했다고 합니다."

"가자!"

"가자! 하! 하!"

두두두두둑!

일왕이 앞서 말을 달리고, 기마 이백이 위세를 풍기며 그 뒤를 따라 내달렸다.

다행히 도독부 중 두 군데는 손쉽게 수습되었다. 하지만 이건 애초에 그렇게 될 것이라 예상한 곳.

'광휘!'

두두두둑!

시간에 맞춰 빨리빨리 움직여야 한다. 자칫 자신들이 늦어지면 광휘가 혼자서 수천 군사들에게 둘러싸이는 위험에 처할 테니까.

*   *   *

두두둑! 두두두둑!

땅거미를 등에 진 군대가 북쪽으로 진군하고 있었다. 거대한 움직임 때문인지 중간중간 관료들이 무슨 일인가 싶어 얼굴을 보이기도 했다.

"남문 경위 무사와는 연락이 되신 겁니까?"

부대 중앙에서 이들을 끄는 부관 훈영서(訓營徐)가 입을 열었다.

총책임자인 포량 장군은 대수롭지 않게 대답했다.

"오왕께서 손을 써두시지 않았겠느냐."

"만약의 경우가 있지 않겠습니까? 요 근래에 일왕이 여러 요직의 인사들에게 뻗친 손이 적지 않다고 합니다."

"부관은 걱정이 많구먼."

훈영서의 말에 포량 장군은 입꼬리를 올리며 대답했다.

"직급도, 공문도 무섭지. 하지만 지금은 전시. 눈앞의 최고 책임자의 명을 거역했다간 즉각 참수당한다. 병력을 지휘해 본 자라면 누구나 아는 사실이야."

"과연."

훈영서가 고개를 끄덕이자 포량은 만족스럽게 주위를 둘러보았다.

부산하게 움직인 효과가 있었다.

팽석진의 승인으로 폭발이 일어날 때쯤 그는 독단적으로 외성의 남문을 장악했다.

그리고 준비해 두었던 외성 밖 군대를 끌어들인 후 이곳저곳에서 끌어모았다.

선두에 선 기마대, 그 주위를 에워싸고 있는 창병, 자신들 옆에서 호위하고 있는 궁수들까지 급히 모은 것치곤 매우 잘 짜인, 조직적인 군대였다.

"우린 내성 남문을 점검한 후 잠시 대기한다. 태두 장군의 병력이 오면 합세해서 서문, 북문, 동문, 남문을 동시에 탈환한다."

그의 바람대로 병력이 모인다면 근 사천에 달하는 군세다.

이 정도라면 군영왕이 군사들을 모으기 전에 내성 모든 곳을 탈환할 수 있다.

사실 거칠 것도 없었다.

내성 안에 주둔한 병부의 군사들도 있고, 이에 형부도 응한 상황이다.

황제가 살아 돌아오면 모를까, 이미 끝난 싸움이라 보는 게 맞았다.

"남문이 보이는군."

포량은 내성 남문인 정양문을 보자 화색이 돌았다.

곧 군대가 그곳에 당도할 때쯤.

"멈춰라!"

남문 주위에 있던 경위 무사들이 소리치며 그들을 제지하고 나섰다.

"가지."

달그락달그락.

포량과 훈영서가 앞으로 나오자 군대들이 갈라졌다.

이내 문 앞에 선 포량이 고개를 들었다.

"나는 오군도독부 소속 포량이라고 한다. 왕부의 명을 받고 왔으니 어서 길을 터라."

"……."

쩌렁쩌렁한 소리에 경위 무사들은 잠시 침묵했다. 일전의 명령을 듣지 못했는지 저마다 경직된 자세로 지켜보기에 바빴다.

때마침 성벽 위에서 한 병사가 큰 소리로 대답했다.

"포량 장군, 저희는 그에 관한 어떠한 얘기도 듣지 못했습니다."

"이노오옴!"

그 순간 포량이 노성을 질렀다.

경위 무사들이 다들 몸을 움찔거렸다. 그가 고개를 쳐들며 외쳤다.

"지금은 전시다! 정식 절차를 밟을 시간도! 여유도 없다! 내성 안에 세워진 이부에 폭굉이 터졌고 언제든 불순분자들이 튀어

나올 수 있는 마당에 감히 군사들의 진입을 막겠다는 게냐!"

포성의 외침에, 좌중에 침묵이 흘렀다.

경위 지휘관의 눈동자가 심하게 흔들렸고 다른 무사들은 그의 얼굴만 바라보고 있었다.

"문을 열어라! 너희의 작은 머리로 책임을 질 수 있는 상황이 아니라면!"

"문을… 열어라."

이윽고 기세에 눌린 지휘관이 굳은 얼굴로 수하들에게 외쳤다.

끼이이이익.

삼 장 높이의 거대한 문이 서서히 열리기 시작했다.

궁병들은 겨누던 활시위를 놓았고 칼을 쥔 무사들도 성문 옆으로 천천히 물러났다.

포량은 모두의 시선을 받으며 손짓을 했다.

"자, 다 안으로… 컥!"

풀썩.

하지만 그는 말을 다 잇지 못했다.

언뜻 허공에 붉은빛이 어른거리더니, 포량 장군의 몸이 갑자기 뒤로 넘어간 것이다.

툭. 데구루루.

심지어 몸과 분리된 목이, 모닥불에서 불똥이 튀듯 옆으로 날아가 버렸다.

"이, 이게?"

"자, 장군!"

눈으로 보고도 믿기 어려운 상황이라 수백의 병사와 기마가 비명을 올렸다.

포량 장군이 쓰러짐과 동시에 하늘에서 뚝 떨어진 한 사내에게 모두의 시선이 집중되었다.

성벽을 타고 내려오던 그가 엄청난 속도로 포량의 목을 잘라 버린 것이다.

"뭘 그리 쳐다보나."

툭툭.

피에 묻은 칼을 털어낸 광휘가 동요하는 이천의 군세를 덤덤히 바라보며 읊조렸다.

"무슨 큰일이라도 난 것처럼."

第五章

공성 무기

첨사 훈영서는 본능적으로 고개를 들었다.

거대한 성벽 위에서 사람이 뛰어내렸다는 것을 직접 보고도 믿기 힘들었다.

'천중단 출신이라는 자가⋯⋯.'

그는 최근 황궁 내 들리는 소문을 떠올렸다.

강호를 대표하는 고수가 일왕을 보좌하고 있다는 얘기를.

만약 그가 자신을 노렸다면 바닥에 쓰러진 자는 포량이 아니었을 것이다.

"황궁 병사들은 좀 다를 줄 알았더니."

광휘가 피식 웃으며 한마디 던졌다.

파파팟. 파파팟.

그 순간 창병 사이에 있던 무장 두 명이 자리에서 도약하며 광휘를 향해 달려들었다.

캉!

하지만 재빨리 꺼내 든 구마도에 공격이 막히곤 뒤로 몇 발짝 물러났다.

'응……?'

반격하려던 광휘가 멈칫했다.

구마도를 집어 든 손목에서 얼얼한 느낌이 전해진 것이다.

"천호장(千戶長)인가?"

파팟. 파팟.

상대는 대답하지 않고 달려들었다.

이번엔 무작정 창을 휘두르는 것이 아니었다.

한 명은 하단, 다른 한 명은 상단을 노리는 이른바 연합술을 펼친 것이다.

카아앙!

이번에도 그들의 공격은 광휘의 구마도에 너무나 쉽게 막혀 버렸다.

파팟.

일순 뒤로 물러서는 적들을 향해 광휘가 크게 뛰며 구마도를 좌우로 휘둘렀다.

퍼어억! 퍼어억!

둘 모두 도신에 튕겨 저만치 날아가 버렸다.

"크읍!"

"읍!"

하지만 천호장 둘은 자세를 잡고 섰다. 바닥을 구를 것이라 생각했으나 공중에서 중심을 잡아낸 것이다.

"호오……."

광휘의 눈이 조금 커졌다.

확실히 황군의 천호장다웠다. 균형 감각과 움직임 모두 일류를 넘어서는 수준이었다.

"뭣들 하느냐! 빨리 죽이지 않고!"

때마침 훈영서가 소리쳤다.

광휘가 천호장과 싸우는 사이 급히 창병들 사이로 숨어든 그였다.

"네놈은 누구이기에 이 자리에 끼는 거지?"

휘익. 휘익.

천호장 둘이 자세를 잡으며 기세를 끌어올리는 사이 광휘가 훈영서를 보며 말을 이었다.

"지휘관도 아닌 녀석이… 아, 그러고 보니."

광휘가 무언가 떠올랐다는 듯 바닥으로 시선을 돌렸다.

"여기 쓰러진 이 녀석도 마찬가지. 지휘관은 아니었지?"

"……!"

훈영서의 눈꼬리가 휘었다.

곧장 한마디 하려던 그는 순간 멈칫했다. 병사들의 눈빛이 이전과 달리 한층 가라앉아 있었기 때문이다.

"어디서 얕은꾀를 쓰려는 것이냐!"

그는 기세를 이어 병사들에게 소리쳤다.

"장군께서 명을 내리신 것을 잊었느냐! 천호장들은 어서 병력을 모아 남문으로 돌아가라! 아니, 곧바로 황성 안으로 들어가야 한다!"

그의 외침에도 병사들은 조용했다.

특히나 천호장 둘 다 별다른 반응을 보이지 않았다.

그럴 수밖에 없었다. 지휘관도 아니고 책임 부서도 다른 부관이 움직이기에 이천 명은 대군이었다.

"에잇!"

머리를 굴리던 훈영서는 이내 작전을 바꿨다.

"우선 저놈부터 없애라! 저놈이 장군을 죽이지 않았느냐!"

이번엔 효과가 있었다. 천호장 둘이 다시금 창을 쥐었고 이번엔 백호장 서너 명도 모습을 드러냈다.

'먹히지는 않는군.'

광휘는 구마도를 힘껏 쥐며 무장들을 바라봤다.

이제는 버티기다. 황태자가 올 때까지 시간만 끌어주면 해결될 터였다.

두두두둑.

"……?"

그때였다.

저편에서 대규모의 말발굽 소리가 들리기 시작했다. 사백 무리의 기마대가 그들 쪽으로 달려오고 있었다.

"모두 멈춰라! 황태자시다!"

거리가 가까워지자 붉은빛 왕부 소속 투구를 쓴 노인이 고함치듯 외쳤다.

그리고 금포를 입은 황태자가 말에서 가장 먼저 내렸다.

일왕의 등장에 천호장과 백호장은 물론이고 병사들 모두 쥐 죽은 듯 조용해졌다.

"태자 군영왕이다. 비상 상황이다. 모든 병력은 나의 명을 따르라."

그 말에 좌중의 분위기가 가라앉았고, 지켜보던 훈영서가 급히 나와 머리를 조아렸다.

"태자 전하, 이들은 도독부 소속으로 병사 지휘권을 가진……."

"자네 눈엔 내가 안 보이는가!"

"……!"

훈영서가 고개를 들다 멈칫했다.

황성 지휘권을 가진 진문의 모습을 발견한 것이다.

"…죄송합니다."

그는 곧장 꼬리를 내리며 뒤돌아섰다.

광휘를 슬쩍 쳐다본 황태자가 병사들을 향해 소리쳤다.

"지금은 전시다! 정식 절차를 밟을 시간이 없으니 너희들은 지금부터 나의 명을 따른다. 이의 있는가!"

그 말에 부대에 일순 긴장감이 어리고, 먼발치에 있던 천호장 둘과 백부장들이 뛰어나오며 부복했다.

"여부가 있겠습니까."

"따르겠습니다, 전하!"

뒤이어 이천 명에 달하는 병사들이 일시에 군례를 올렸다.

일왕은 진지한 표정으로 둘러보았다.

이후, 피식 웃어 보이는 광휘를 눈에 담으며 황성 쪽으로 고개 돌렸다.

'영민왕 네 뜻대로 되지 않을 것이다.'

*　　*　　*

소란이 일던 외성, 내성과 달리 황성 안의 자금성은 평화로웠다.

국무를 보는 태화전.

영민왕은 마당 앞에 시립해 있는 사백여 명의 무사들을 바라보고 있었다.

이들은 왕부 호위무사와 병부에서 직접 뽑은 군병들로, 지시 하나에 언제든 목숨을 버릴 수 있는 무장들이었다.

사박사박.

"흐음?"

영민왕 옆에 서 있던 팽석진의 눈가가 좁아졌다.

둘러쳐진 담 밑에서 한 사내가 빠르게 움직이고 있었다. 병부의 무사였다.

"무슨 일인가?"

눈앞에 다가온 사내를 향해 영민왕이 입을 열었다.

"문제가 좀 생긴 것 같습니다."

"…문제?"

오왕의 질문에 사내는 숨을 몇 번 고르고는 말을 이었다.

"황태자가 내성 남문 쪽에 도착한 포량 장군의 병력을 흡수했다는 보고입니다. 급기야 태두 장군의 병력까지 휘하로 두었다고 합니다."

"오호."

영민왕이 턱을 쓸자 사내가 잠시 갸우뚱했다. 그는 보고할 내용이 아직 남아 있었기에 계속 말을 이었다.

"또한 오군도독부를 돌며 장군 여러 명을 포섭한 것 같습니다. 추가로 내성의 동문, 서문, 북문에 그들을 보내 사람들의 출입을 통제하였습니다."

한마디 한마디가 중요한 급보였다.

하지만 영민왕의 표정은 여전히 변화가 없었다.

"그게 다인가?"

"예… 그렇습니다."

"나가보게."

타타탓.

잠시 멍한 표정이던 사내가 자리를 떴다.

가볍게 한숨을 내쉬는 영민왕에게 팽석진이 말을 붙였다.

"쉽게 가는 길은 없나 봅니다."

"그러게. 한순간에 사천 병력을 가로채다니, 확실히 만만치 않아. 하지만."

영민왕이 슬며시 입가에 미소를 띠며 말했다.

"오히려 더 잘되었다고 봐야겠지? 병력을 많이 모으면 모을수록 우리에겐 더 유리하게 될 테니까."

"그렇습니다."

팽석진의 수긍에 오왕은 시선을 돌렸다.

어둠이 내려앉은 저녁, 북서쪽을 바라보던 그가 다시금 입을 뗐다.

"언제쯤 시작하는가?"

팽석진이 하늘을 올려다보았다. 겨울밤이라 그런지 어둠이 짙게 깔린 지도 꽤 되었다.

"술시(戌時)라고 했으니 지금쯤이면……. 저기 보십시오!"

팽석진이 말하며 한곳을 가리켰다. 마침 영민왕이 바라보는 쪽이었다.

쿠-우-우-우-웅!

거대한 폭음이 들려왔다.

꽤 거리가 있어서인지 잔잔했지만, 그 속에서도 육중함이 느껴질 만한 진동이었다.

구구궁! 구구궁! 구구궁! 구구궁! 구구궁!

한 번이 아니었다. 셀 수 없이 들려오는 폭음과 함께 불꽃이 터졌다.

어떤 일이 일어나는지 짐작할 수도 없을 그 광경에, 경직되어 있던 무장들의 시선까지 쏠릴 정도였다.

"이제 시작됐구먼."

수도 없이 일어나는 불꽃들을 보며 영민왕이 가슴을 쓸어내렸다.

"차나 한잔하시지요."

"그러지."

영민왕과 팽석진은 태화전 안으로 들어갔다.

천하가 흔들릴 정도로 폭음이 들려왔지만 그들은 태연하게 차를 마셨다.

정사를 논하는 지엄한 태화전에서.

*　　*　　*

"태자 전하를 따르겠습니다!"

천오백의 군사를 등에 업고 태두 장군이 머리를 조아렸다.

순순히 따르지 않으리라 생각했는데 그는 별다른 저항이 없었다.

'오왕 쪽 사람은 아니군.'

일왕은 그가 무력보다 처세에 능한 무장이라 여겼다. 그 이면에는 오왕이 모든 도독부 장군을 회유하지 못했을 거라는 나름대로 논리적인 이유도 있었다.

"광휘, 가세. 단숨에 황성을 탈환하지."

푸드드득!

일왕이 고삐를 쥐자 말이 투레질을 했다. 그 뒤에 진문 장군과 태두 장군이 자연스럽게 서 있었다.

"가자니까."

일왕이 재차 불렀음에도 광휘는 인상을 찌푸리며 서 있었다. 또다시 일왕이 그를 부를 때쯤.

"뭔가 이상해."

광휘가 일왕을 쳐다보며 말했다.

"뭐가? 영민왕이 왜 전장에 나오지 않느냐고?"

일왕은 이미 예상했다는 듯 고개를 저었다.

"오제(五弟)는 일신의 무위가 뛰어난 편이 아냐. 괜히 나왔다가 화를 입는 것을 방지하기 위함이지."

"그럼 그들의 수족인 예하 장군이 왔어야지. 또는 고위직 관료들이나."

광휘의 반박에 일왕이 멈칫했다.

생각해 보니 앞서 이천의 대군 또한 장군 하나가 지휘하고 있었다.

부관도 몇 보이긴 했지만 지금은 불필요했다. 그들에겐 병사를 통솔할 수 있는 권한이 없기 때문이다.

역모라는 엄청난 사건.

그 일에, 오왕이 뻗쳐놓은 수하들이 너무도 적었다.

"싸움이 시작되자마자 오왕은 자금성 안으로 숨었다. 그게 무얼 의미할까."

광휘가 그를 응시하며 말을 이었다.

"일부러 관망하고 있다는 건가? 우리를?"

황태자는 눈살을 찌푸렸다.

"그래야 할 이유가 뭔가? 기껏 일을 벌여놓고 칼을 들지 않다니? 지나친 비약이네."

"이유야 만들면 되는 거지. 만약 황제가 변을 당한다면."

일왕이 눈을 부릅떴다.

"광휘, 이미 말했지만 부황께서는 안전……."

"아직 모르는가. 상대가 은자림이……."

구우우우웅―!

거대한 폭음과 함께 북서쪽에서 강렬한 섬광이 보였다.

"아……."

일왕이 채 떨어지지 않는 입으로 신음을 내뱉었다.

언뜻 정신을 차린 그가 읊조렸다.

"괜찮아. 폭굉 정도는 충분히 대비를."

쿠우웅! 쿠우웅! 쿠우우웅―!

그런데 한 번이 아니었다. 열 번, 스무 번, 그리고…….

구우우우우우웅―!

뒤이어 셀 수 없는 폭발음이 천둥처럼 연달아 울려왔다.

"대체 저게……."

구우우우우우웅―!

도성 밖의 적수담은 이곳과는 상당히 떨어진 거리다. 불꽃이 먼저 보이고 다음에 폭음이 울렸다.

구구구궁! 구구구궁!

제법 떨어진 거리에서 느끼기에도 강한 폭음과 불빛이라니. 당황하는 그 순간에도 폭발은 계속 이어지고 있었다.

"처음부터… 계산한 거였어."

깊은 정적 속에서 광휘의 목소리가 들려왔다.

"보고 체계를 흐트러뜨리고, 황성의 군대를 흩어지게 만드는 것. 포섭하고 회유한 모든 군대를 황제를 위해 회군하게 하는 것까지."

일왕은 입을 다물지 못했다.

이 모든 것이 계획됐다는 말이 그의 머릿속을 혼란스럽게 만든 것이다.

"그리고 그거 아나?"

광휘는 여전히 일왕을 보고 있었다.

"만에 하나 폐하께서 변을 당하셨다면."

무표정한 그의 말투에 담긴 의미가 일왕의 가슴을 또다시 얼어붙게 만들었다.

"빈 도성은 오왕의 차지가 되는 거야."

*　　　*　　　*

"원시천존이시여, 태허천존이시여……."

어둠이 내려앉은 밤.

하늘에 제를 지내던 적수담 주위는 도사들이 경문 외는 소리로 가득 찼다.

밤이 깊어질수록 고요한 호수 바람과 맞물려 웅장하다 못해 음울한 느낌까지 주었다.

"폐하, 시간이 너무 늦었사옵니다."

"흐음."

백발에 수염 하나 없는 태관이 고했다.

황제는 횃불을 든 무장들로 가득 들어차 있는 사위를 훑어보며 고개를 갸웃했다.

"이제 그만 궁으로 들어가시는 것이……."

"조금 더."

황제는 손을 내저었다.

"제의를 조금 더 진행하도록. 올해의 가뭄은 유독 깊다. 정성을 더 올려야 할 것 아닌가."

"그러나……."

"그만."

환관의 말을 황제는 그대로 물리쳤다.

표면적으로는 정성 때문이라고, 기우제와 한 해의 화복을 기원하는 것이라지만 오늘 제의의 목적은 그런 것이 아니었다.

은자림의 도발.

황제 스스로가 미끼가 되어 오랫동안 숨어 있던 놈들이 이를 드러내기를 기다리고 있는 것이다.

다만, 술시가 되도록 정작 기다리는 놈들의 움직임이 전혀 보이지 않았다.

스윽.

다시 한번 주변을 둘러본 황제는 길게 침음했다.

'대비가 너무 과했나.'

천에 가까운 금의위 무사들, 그 뒤에는 숫자조차 헤아릴 수 없는 금군들이 있다. 바닥과 벽, 어둠 속에는 동창 무사들이 몸을 낮추고 있으며, 심지어 강호 무림 고수들까지 온 마당이다.

기껏 자신이 구중궁궐에서 몸을 빼냈다고 하나, 이 정도 병력을 본다면 은자림이 겁을 집어먹고 포기했다고 봐도 이상하지 않다.

여기서 대비를 더 줄일 수도 없었다. 만인지존인 황제가 이 정도의 호위 없이 도성 밖으로 나간다는 것은, 누가 봐도 이상한 일이었으니까.

당장 그를 걱정하는 대소 신료들이 입에 거품 물고 반대할 일이다.

웅얼웅얼. 웅얼웅얼.

도사들의 제문이 또 한 차례 끝났다.

황제는 가볍게 한숨을 쉬며 고개를 저었다. 아무래도 이번 계획은 실패로 돌아간 모양이다.

"그만 멈추어도 좋다."

"…폐하?"

"궁으로 돌아가자. 이 정도면 된 것 같으니."

황제의 결정에 환관도, 대신도, 주위를 호위하고 있던 경호 병력도 모두 가슴을 쓸어내렸다.

누구보다 기뻐한 것은 경문을 외던 도사들이었다.

근 여섯 시진 동안 엄숙한 제의를 계속하느라 그들 또한 죽을 맛이었던 것이다.

"제의를 마무리하도록."

황제가 대열을 차근차근 물리며 어가에 올라탔다.

수많은 금의위들이 주변을 경계하며 나섰고, 곧 어가는 황성으로 머리를 돌렸다.

'저건… 몇 번을 봐도 요상하군.'

어가 앞쪽에 있던 금군 지휘관, 대영반의 시선이 적수담 저편에 있는 집채들로 향했다.

낮에도 보았지만, 그때는 그저 그런 집이었는데 밤인 지금은 달리 보였다.

푸륵푸륵.

바람을 맞아 희미하게 떨리는 움직임.

멀리서 볼 때는 남루한 초가로 보였던 것이, 바람에 흔들리는 착각을 일으킨 것이다.

펄럭!

'설마 위장포?'

언뜻 흔들리는 것을 제대로 눈에 담은 대영반.

'멈추라!'는 명령을 내리기까지는 좀 사소하다 싶어 멈칫댄 것이 치명적이었다.

남루하던 초가집들의 모습이 갑자기 바뀐 것이다.

화락. 화락. 화락.

때마침 위장막이 걷히고 그림이 그려진 천이 벗겨지자, 전혀 다른 구조물이 정체를 드러냈다.

금군을 이끄는 군위대장, 대영반이 눈을 부릅떴다.

"저건……?"

"무언가?"

황제가 물었다.

고개를 돌린 대영반이 막 대답하려 할 때 금위무사 몇 명이 섬광탄을 터뜨리며 주위를 밝혔다.

피이이이잇.

"혁!"

대영반은 헛바람을 삼키며 신음했다.

회회포였다.

집채만 한 무게추가 떨어져 내리는 힘을 돌려(回) 백여 장 밖의 성채도 무너뜨리는 공성 병기.

특유의 거대한 막대 기둥과, 지렛대처럼 달린 무게추가 움직였다. 이미 작동을 시작했는지 막대 기둥이 점점 뒤로 돌아가고 있었다.

그그그극!

회회포의 말미에는 무언가 묵직한 것이 실려 있었다.

"폐하……!"

퍼뜩! 대영반의 머리에 불길한 상상이 떠오른 순간 젖혀진 막대가 굉음을 내며 회전했다.

쿠우우우웅!

홍홍홍홍!

수백 근의 투석이 가능한 놈이 허공에 튕겨 올린 것은 둥그렇고 불길한 수십 개의 구체였다.

"막아라!"

파팟!

대영반은 즉각 명을 내리며 자신이 먼저 자리를 박차고 도약했다.

저것이 뭔지는 모르지만, 그의 임무는 어가의 안전이다.

파파팟!

근위 무사들, 강호 화산파와 무당파 일대 제자들이 주위 난간을 밟고 차례로 뛰어올랐다.

"폐하, 일단 소신의 뒤에……!"

태감 숙조(肅曹) 역시 반사적으로 황제의 앞을 막아서며 외쳤다.

콰아아아앙!

그때 폭발이 터지며 뜨거운 화마와 함께 강력한 풍압이 몰아쳤다.

"컥!"

"윽!"

어가가 크게 흔들리다 바닥에 주저앉았다.

굴러떨어진 황제는 흙먼지를 뒤집어쓰며 눈을 부릅떴다.

대영반은 보이지 않았다.

어마어마한 폭발을 몸으로 받아, 살점이고 뭐고 없이 그대로 날아가 버린 것이다.

콰아아아앙!

그건 겨우 시작이었다.

공중에서 또다시 강렬한 폭발이 터져 나왔다.

콰아앙! 콰아앙! 콰아앙! 쿠와아아앙!

그것은 금군을 삼키며 순차적으로 퍼져 나갔다.

"크악!"

"악!"

제 딴에는 외공과 수없는 단련으로 몸을 키워온 금의위들이 귀에서 피를 흘리며 술 취한 듯 휘청거리고 있었다.

아무리 단련된 육체라도 금석을 종잇장처럼 찢어발기는 폭약에 저항할 수는 없다.

"폐하를 지켜라!"

"폐하!"

고막이 터졌는지 귀에서 피를 쏟으며, 충격파에 내장이 상해 선혈을 흘리며 황제 주위에 인의 벽을 쌓는 금의위들.

그들은 피를 토하며 쓰러지고, 몸을 일으키려다가 또 한 번 뒹굴었지만 그 가운데서도 어떻게든 대열을 유지하려는 초인적인 인내를 보이고 있었다.

"이게 대체……."

황제가 거듭 이를 악물었다.

쿠우웅!

멀리서 회회포가 또 한 번 충격음을 울렸다.

쿠우웅! 쿠우웅! 쿠우우웅!

심지어 이번엔 하나가 아니었다. 모두 일곱이었다.

이백여 장 밖에서 끔찍한 폭약 덩어리를 투석구처럼 쏘아대는 회회포들이 일제히 작동을 시작했다.

"시야를! 시야를 밝혀라!"

피유유육! 피유유육! 피유유육!

하다못해 어둠만이라도 몰아내려고 금의위의 누군가가 섬광탄을 터뜨렸다.

화아악!

새카맣던 어둠이 빛에 살라 먹히며 하늘이 드러났다.

하늘 위에서 수백 개의 구(球)체가 만금지존의 앞뒤, 옆 할 것 없이 전방위로 쏟아지고 있는 모습이 보였다.

"맙소사……."

천자의 신음은 채 이어지지 못했다. 태감 숙조의 몸이 그를 거세게 덮쳐누른 것이다.

*   *   *

"세 냥이오."

쩔렁!

대로변을 끼고 있는 저잣거리.

붐비는 사람들로 발 디딜 틈 없는 곳에서 행인 하나가 느긋하게 음식이 나오기 기다렸다.

"이건 왜 그리 비싼 겁니까?"

주인장이 건넨 고기 완자를 본 운 각사가 퉁명스럽게 말했다.

"싫으면 가시오. 여긴 다 이렇게 받소."

주인장이 인상을 쓰자 운 각사는 급히 고개를 저었다.

"아, 아닙니다. 드리지요."

운 각사는 주머니에서 큼직한 은원보 하나를 꺼내 내밀었다.

"저, 거슬러 드릴 돈이 부족합니다만."

그런데 그걸 받아 든 주인장이 난처한 얼굴이 되었다. 은원보는 동전으로 치면 천 닢이 넘는 돈이다.

"받으시오. 그냥 기분이오."

꼬치를 받아 든 운 각사는 언제 값을 따졌냐는 듯 한 입 먹고는 씨익 웃어 보였다.

"그래도 맛은 있네."

"회주."

스윽.

막 발길을 돌리며 걸어가던 그의 앞에서 백의 여인이 고개를 조아리고 있었다.

한쪽 팔을 잃은 신녀, 하선이었다.

"무슨 일이야? 가만히 대기하라고 했는데."

"보고할 일이 있습니다. 마침내 경성에서 전쟁이 벌어지고 있다고 합니다."

"그래?"

쩝쩝쩝.

태연하게 고기 완자를 한 입 베어 먹은 운 각사가 다시금 걷기 시작했다.

하선은 몸을 돌려 재차 말을 붙였다.

"회주, 이제는 그만 올라가 보셔야……."

"또 그 얘기야? 난 안 올라간다니까 그러네."

운 각사는 인상을 쓰며 발걸음을 멈췄다.

"이것도 계획의 일부야. 그런 세세한 일까지 보고하려고 따라오지 마. 다음에는 정말 화낼 거니까."

"이런 말씀은 없으셨지 않습니까. 대계를 수행하려면 회주께서 직접……."

"그걸 다 말해줘야 아나? 저길 봐."

콰아아아앙!

운 각사가 가리키기 무섭게 귀청이 찢어질 듯한 폭음이 날아들었다.

조금 전, 운 각사가 음식을 건네받은 가게였다.

"사람이 죽었다!"

"폭탄이다!"

집에 있던 사람들이 우르르 뛰어 나오고, 도처에서 사람들이 비명을 지르며 날뛰고 있었다.

"너도 한번 먹어볼래?"

우적우적.

흠칫 굳어진 하선을 향해 운 각사는 씨익 웃어 보였다.

그는 손에 집힌 꼬치에 남은 고기 완자 하나를 입에 넣고 우물거렸다.

"…아닙니다."

점점 비명 소리가 커져 갔지만 그의 얼굴은 너무나도 평온해 보였다.

신녀는 소름이 돋았다.

이유도 없이, 그냥 내키는 대로 사람 수십을 폭사시킨 운 각사의 눈동자가 마치 미친 사람처럼 희번덕거려서.

"아니, 왜? 이거 꽤 비싼 거야. 맛있다니까."

우적우적. 짤그락! 짤그락!

고개를 갸웃하는 운 각사의 손안에서 뛰어노는 은원보를 보고 신녀는 끔찍해서 눈을 감았다.

저건 은원보처럼 보이지만 실제 내용물은 폭굉이다.

아무리 시전자가 터뜨리기 전에는 안전하다지만 저 무서운 것을 공깃돌처럼 가지고 놀고 있었다.

'정말… 무슨 일을 벌이시는지……'

이 시장 거리에는 이미 저런 것이, 은원보를 가장한 폭굉이 수백 수천 개가 뿌려져 있었다.

그것들이 일제히 발화하는 날, 이곳 하북에는 지옥이 펼쳐질 터였다.

*   *   *

"저쪽으로 무사들을 보내라!"

"폐하가 우선이다! 폐하부터 피신시켜라!"

"우왕좌왕하지 마라!"

공포는 극에 달했다.

크기가 어른 머리 하나만 한 놋쇠 구체는, 끔찍하게도 충정으로 가득 차 있던 금의위 전열까지 무너뜨릴 정도의 위력을 가지고 있었다.

"쿨럭……."

충격으로 몸을 가누지 못하는 황제.

태감 숙조가 몸으로 대신 맞아준 덕에 겨우 목숨을 건졌다. 그럼에도 귀와 코에서 가늘게 피를 흘리고 있었다.

'이것이… 폭굉인가.'

사방에서 죽어나가는 금의위를 보며 황제는 간헐적인 신음을 흘렸다.

참혹했다. 폭발의 범위는 무려 십 장이 넘었고, 광범위하게 사방으로 떨어져 내려, 대비하기란 불가능했다.

더구나 물체가 닿는 순간 터져 나가 어찌 방비를 해야 할지 갈피도 서지 않았다.

'다르다. 보고와 달라. 분명 크기는 주먹만 하고 폭발 범위는 오 장가량이라고 들었거늘!'

휘잉! 휘잉! 휘잉!

지금도 간간이 떨어져 내리는 폭굉은 크기도 크고, 폭발력도 훨씬 더 끔찍했다.

아마도 작정하고 만든 특제품일 터.

나름대로 정치판의 수라장을 모두 버텨온 황제마저 정신을 차리기 힘든 상황이었다.

하지만 그중에서도 유독 담담하게 대처해 나가는 자들이 있었다.

"몸으로 막아라!"

"천하의 안녕이 달린 일이로다!"

콰아아앙!

도복을 입은 사내들이 스스로 몸을 내던지며 폭발의 충격을 막아 냈다.

"폐하, 괜찮으십니까?"

"장문인……."

청수한 백발의 노인, 무당파 장문인 대원진인(大元眞人)이 황제를 부축했다.

"일단 이곳을 떠야겠습니다! 무례를!"

콰악!

무당파 장문인이 내력을 돋우며 황제를 안아 들었다.

콰아아앙! 콰아아앙! 콰아아앙!

사방에서 터지는 굉음과 충격에 울컥, 그의 입가로 선혈이 흘렀다.

"길을 뚫어주시오!"

역류하는 기혈을 내공으로 누르며 대원진인은 금군에 고함질렀다.

"알겠습니다!"

제일 먼저 죽은 대영반 대신 임시로 지휘하던 위사 하나가 이를 악물었다.

그가 칼을 뽑고, 이십여 명의 금의위 무장들이 허우적허우적 술 취한 듯 흐느적거리며 한데 모였다.

"북쪽으로 나간다! 길을 뚫어라!"

"충!"

위사의 명을 받은 금의위들이 기합 소리와 함께 앞으로 달려 나갔다.

콰아아아앙! 콰아아아앙!

폭음이 터지면서 육편과 육골이 사방으로 날렸다.

살점이 비처럼 쏟아져 내리고, 깨지고 흩어진 뼛조각이 낙엽인 떨어졌다.

"으아아아아!"

그럼에도 단 한 명도 주저하거나 속도가 줄어들지 않았다. 핏발 선 눈으로 제가 먼저 죽으려는 듯 달려드는 군병들.

'놀랍구나. 이것이 금의위……'

대원진인은 탄식했다.

그야말로 지옥이지만 그곳에 가는 걸 마다하지 않는다.

강제가 아니라 황제의 안녕을 자기 몸보다, 가족보다 더 귀히 여기는 자발적인 충정은 오래 도문에 몸담은 그가 보기에도 숭고할 지경이었다.

"장문인! 뒤에……"

타닷!

언뜻 비명이 울렸다.

무당파의 장로 하나가 소리치자 대원진인이 반사적으로 도약했다.

하나 놋쇠구 하나가 너무나 가까이 다가온 뒤였다.

"하아압!"

콰아아아아아앙!

엄청난 열기가 주위를 뒤덮었다.

다행스럽게 금의위 무사 하나가 온몸을 던져 최악의 사태를 막아낸 것이다.

'이대론 안 된다……'

대원진인은 입술을 깨물었다.

몸을 날려 폭탄을 저지하는 군병들의 기상은 숭고하지만 상황이 너무도 나빴다.

대체 무슨 요물인지, 광범위하게 떨어지는 폭탄은 하나하나가 십여 장을 찢어발길 만큼 끔찍한 위력을 담고 있었다.

심지어 터질 때마다 주변 수십 장의 모든 사람들에게 타격을 입혔다.

"아아아아!"

쿠웅!

필사적으로 막아내고 있는 금의위의 수도 이미 반절 가까이 줄어들었다.

내기를 오래 수련한 도사들조차 울컥울컥 피가 솟구치는데, 아무리 정련된 무장이라 하나 금의위들이 그 충격의 여파에 무사할 리가 없었다.

이 상황을 타개할 뾰족한 묘안이 필요했다.

"대원진인! 저길 보시오!"

멀리서 급하게 다가온 화산파 장문인, 긴 수염을 한 현각도사(玄覺道士)가 한 곳을 가리켰다.

도망치던 방향에서 이름 모를 흑의인 백여 명이 길을 막고 있었던 것이다.

"드디어 적들이 정체를 드러냈소. 우리가 뚫을 테니… 장로들!"

"예!"

"갑니다."

"예, 장문인."

영환도사의 외침에 노인 셋이 곧장 달려왔다.

지이이잉—!

강호에서도 보기 힘든 무인이란 걸 증명하듯 그들의 검 끝에 곧장 일렁임이 맺혔다.

"하압!"

이윽고 세 명의 화산파 장로들이 달려 나가자 적들도 반응했다.

투욱. 투욱. 투욱.

잠시 뭐라 속닥이는가 싶더니, 그들 사이로 세 명의 무인이 움직인 것이다.

타타탓. 바바박.

떨어져 있던 거리가 서로 점점 가까워졌다.

파파팟.

화산파 장로들이 먼저 검기를 뻗으며 흑의인 셋의 목을 날려 버렸다.

"……?"

일순, 장로들의 눈이 의아함으로 물들었다.

죽은 흑의인은 여전히 움직이고 있었다. 목이 없는 상황에서도 자신들 쪽으로 걸음을 멈추지 않았던 것이다.

콰아아아앙!

그 순간 장로 셋의 육체가 삽시간에 화마에 잠겨 버렸다.

"……!"

갑작스러운 폭발에 대원진인과 현각도사는 경악했다.

목이 잘려 나간 후에도 한참을 내달리는 흑의인들. 그보다 더 놀라운 것은 스스로 폭탄을 든 채 폭사하는 그들의 행동이었다.

투욱. 투욱.

그것이 끝이 아니었다.

자욱한 먼지 틈새로 뭔가가 날아오고 있음을 느낀 것이다.

"피하게에에에에!"

대원진인의 앙칼진 비명 소리가 뻗어 나가던 그때.

쿠와아아아아앙!

날아온 다섯 개의 구(球)가 이십여 장을 초토화시키며 주위 모든 것을 날려 버렸다.

第六章

그대는 누군가?

　"크윽! 커억. 커억."

　바닥을 구르던 황제는 땅을 짚자마자 곧장 헛구역질을 해 댔다.

　간발의 차였다.

　대원진인은 무례하게도 그를 아예 내던졌고, 그 임기응변 덕에 황제는 목숨을 부지할 수 있었다.

　"크으으……."

　황제는 몇 번의 심호흡 뒤 고개를 들었다.

　시야 가득히 폐허로 변한 현장이 보였다.

　피를 뒤집어쓴 시체들, 눈앞을 가리는 뿌연 먼지와 바람에 날리는 분진들.

지독한 참상이었다.

'어떻게 이런 일이…….'

무당파와 화산파의 도사들이 막아내는 가운데, 분진에 섞인 단 세 발의 폭굉이 있었다.

그 세 발만으로도 일대가 초토화되어 버린 것이다.

그그그그극!

"아!"

넋을 잃고 있던 황제의 고개가 일순간 홱 꺾였다.

투웅!

회회포의 무게추가 떨어지는 소리가 났다.

분명 동창과 금군의 일부가 달려갔는데도 회회포는 작동하고 있었다.

쿠우웅! 쿠우웅! 쿠우웅! 쿠우웅!

잠시의 틈도 주지 않고 회회포가 작동했다.

공중으로 솟구친 놋쇠구가 황제의 시야에 포착되었다.

"황제 폐하! 폐하!"

"어디 계십니까!"

때마침 금의위들의 목소리가 주변에서 들려왔지만 황제는 이를 악문 채 하늘 위로 솟은 철구(球)만을 바라보고 있었다.

"짐은 무사하다! 모여들지……. 커억!"

일갈하던 황제가 몸을 휘청이며 피를 토해냈다.

폭굉과 함께 터져 나온 충격파는 눈으로 보이는 외상만이 문제가 아니었다.

몸속 내부까지 뒤흔들어 놓아 일어서기조차 어렵게 만들었다.

"하오나 폐하!"

"오지 말고 사방으로 흩어져 방비하라 하지 않느냐!"

황제는 외침과 동시에 자신의 얼굴을 수차례 때렸다.

짜악! 짜악! 짜악!

통증과 함께 이성이 돌아왔다.

이런 상황에서 수하들을 더 곤경에 빠뜨려선 안 된다는 걸 안 것이다.

그는 결연한 눈빛으로 소리치며 다시금 몸을 일으켰다.

"아직 은자림이 있다! 이 판국에 짐 앞으로 모이는 이들은 한곳에 모여 놈들의 포격을 더 유도하는 것으로 간주하고 즉각 참수할 터이니!"

도와줄 사람도, 도와줄 수도 없다는 걸 알고 있음에도 그는 포기하지 않았다.

죽는 순간까지도 대명제국의 위신과 명예, 황제로서의 존엄은 잃지 말아야 된다는 생각뿐이었다.

그렇게 필사적으로 정신을 다잡던 황제의 눈에 빗살 하나가 투영되었다.

쉬익!

"……?"

그것은 눈부신 화살 같았다.

그 화살이 황제를 향해 날아오던 구(球) 하나를 관통해 버렸다.

콰아아아앙!

"……!"

폭발이 일었다.

떨어져야 할 빗줄기가 하늘로 솟구치며 놋쇠구를 날려 버렸다.

황제는 그것이 비가 내리는 것이 아님을 깨달았다.

"당고호! 저쪽에도!"

"걱정하지 마시오. 손은 눈보다 빠르니까."

그와 동시에 낯선 사람들의 목소리가 귓가로 들려왔다.

생경한 복장에 체형도 제각기 특이한 자들이었다.

어림잡아도 대여섯 명의 사내들이 일시에 들이닥친 것이다.

쿠우우웅!

공중에서 발견된, 아직 채 떨어지지 않은 네다섯 개의 폭굉.

파파파파팟.

이번에도 빗물이 솟구쳤는데, 황제의 눈에는 그것이 소낙비처럼 느껴졌다.

콰아아앙! 콰아아앙! 콰아아앙! 콰아아앙!

폭굉이 실타래 엮이듯 공중에서 줄지어 터져 나갔다.

당고호가 펼친 만천화우가 사방으로 떨어지는 구(球)를 하나도 남긴 없이 제거해 버렸다.

"폐하! 폐하! 무사하십니까?"

사방에서 터지는 폭음에 귀가 먹먹하다.

황제는 한참 후에야 그 소리가 자신에게 말을 거는 것임을 알아차렸다.

타악!

젊은 사내였다.

참혹한 전장의 먼지를 잔뜩 뒤집어쓰고, 땀으로 범벅된 얼굴을 숙이며 예를 올리는 사내.

"그대는 누구… 아!"

말을 떼던 황제의 고개가 다시금 한쪽으로 움직였다.

기이이익. 기이이익. 기이이익!

여전히 멈출 줄 모르고 기계음이 들려왔다.

한데 이번엔 한 곳이 아니었다.

쿠우우웅! 쿠우우웅! 쿠우우웅! 쿠우우웅!

동시에 네다섯 곳에서 쏘아 올리는 발포 소리.

허공에 떠오른 수십 발의 구(球)는 여기서 보았던 그 어떤 것보다 많은 숫자였다.

"아영아! 네 차례다!"

넉넉한 소매를 휘두르며 누런빛 당(唐) 자가 쓰인 옷. 사천당문의 사람으로 보이는 이가 수십 발의 폭굉을 보고 외쳤다.

사아아악!

부르기가 무섭게, 한 장한에게 안긴 소녀가 소복을 입고 괴이한 주문을 외웠다.

"아라타샤 아라샤……."

새하얀 소복에 길게 땋은 머리. 소녀의 팔이 내둘리는 것과 함께 놀라운 일이 벌어졌다.

툭. 툭. 툭. 툭. 툭. 툭. 툭. 툭. 툭.

쏟아져 내리던 놋쇠구들이 한순간 정지되었다.

그것이 끝이 아니었다.

"아라샤……."

쉬익! 쉬익! 쉬익!

소녀가 손을 한번 휙 내저었다. 그러자 정지되어 있던 폭궁이
한데 엉켜 버린 것이다.

쿠와아아앙!

줄지어 터져 가는 폭음.

끔찍한 살인 병기 수십 개가 공중에서 불꽃을 터뜨리며 한순
간에 모두 사라져 버렸다.

"그대들은 대체……."

황제조차 입을 쩌억 벌리게 하는 상황이었다. 눈으로 보고서
도 이해하기 힘든 초인적인 능력들이었다.

"하북에서 달려온 장씨세가 사람들입니다. 강호의 동도들은
소인을 묵객이라 부르고 있습니다."

"장씨세가? 묵객?"

예를 올리고 있던 사내, 묵객이 담담히 입을 열었다.

천자의 시선을 받은 그는 더욱 예를 갖추며 말을 이었다.

"예. 폐하가 위험에 빠졌다는 얘기를 듣고 한달음에 달려왔습
니다."

"하북이면… 여기서 수백 리가 아닌가."

얼굴을 굳힌 황제가 공터에 나타난 낯선 소녀와 사내의 인상

착의를 한 번 더 눈여겨보며 말을 이었다.

"장씨세가가 어디인가? 짐이 알지 못하는 문파다."

"그러니까……."

삭! 타악!

"폐하, 저희는 아시겠습니까?"

묵객이 설명하려 할 때 한 젊은이가 먼지 범벅이 되어 날아들었다.

"그대는?"

황제의 시선이 옆으로 움직였다.

"긴 세월 동안 폐하 곁에서 충정을 바쳐온 무가입니다."

천자의 눈에 이채가 생겨났다. 지금 나타난 젊은이는 황실에서 취하는 군례를 정확히 갖추며 고개를 숙이고 있는 것이다.

"하북의 팽가! 소인, 팽가운이라 하옵니다!"

"팽가? 정녕 그대가 팽가 사람이라고……?"

황제는 사물을 더듬듯 그제야 팽가운의 행색을 눈여겨보기 시작했다.

어깨에 붉은색으로 새겨진 범(虎)의 문양, 가슴 아래로 내려지는 은빛의 긴 수실.

강호에 무가는 많지만 황제가 인정하는 곳은 많지 않다. 그리고 하북의 팽가는 황실 입장에서 보면 대단히 귀한 이들이었다.

대대손손 관부에 사람을 출사시키는, 하나하나가 전장에서 활약하는 일기당천의 무인이었으니까.

"시기가 늦어 송구하옵니다. 얼마 전부터 황실을 노리는 불측한 무리들의 소문이 들렸으나, 너무도 참람한 일이라 빨리 움직이지 못했습니다."

"그대가… 정녕 팽가인가?"

이미 들었음에도 황제는 거듭 물었다.

"그렇습니다, 폐하. 다행히 손이 닿는 곳에 장씨세가의 사람들이 있어 급히 연수하여 달려왔습니다. 이곳은 상황이 좋지 않으니 급히 빠져나가시지요."

"장씨……. 팽가……."

황제는 앵무새처럼 같은 말만 반복했다.

쿠르릉. 쿠르르릉.

지독한 참상이었다. 저편에는 은자림의 무리가 건재했고 하늘에는 여전히 폭굉이 날아들고 있다.

주변에 자신의 손발처럼 황제를 호위해 오던 금의위들은 없었다.

믿었던 화산과 무림의 도사들도 혼전 중에 다 흩어져 모습이 보이지 않았다.

꾸욱!

"기억하겠다."

"…폐하?"

팽가운이라는 젊은이의 어깨를 부여잡은 천자의 손이 떨렸다.

제왕이 함부로 감정을 드러내서는 안 된다는 것을 당연히 알고 있었지만.

"내 반드시, 그대들을 기억하겠다."

꾸욱!

그렇기에 더 감정이 북받쳤는지 모른다.

만인의 군주로서 진정하기 위해, 지독한 참상 안에서 위엄을 잃지 않기 위해 홀로 인내하던 그의 앞에 이런 참극에도 불하지 않고 싸우려는 이들의 충정과 용맹함이 느껴져서.

"기억할 것이다."

팽가운이 같은 말을 계속 반복하는 천자를 보고 고개를 숙였다.

나름대로 힘주어 격동을 누르는 그 울림이, 어깨로 전해지는 가느다란 떨림이 무언지 알 것 같았기 때문이다.

"그래서 어디로 가나?"

아직 상황이 끝난 게 아니란 걸 알고 있던 황제가 물었다.

"모시겠습니다!"

타악!

묵객이 단월도를 뽑아 들고 앞장섰다. 어가도 가마꾼도 없이 발로 움직이는 황제 앞에, 뒤늦게 무당파와 화산파의 장문인이 날아들었다.

"폐하!"

"옥체 무탈하시옵니까!"

"다들 살아 있었나?"

황제는 주위를 둘러보았다.

무당파 외에도 화산파 장문인 현각도사와 제자들이 도착해 읍을 해 보이고 있었다.

"불충을 용서하십시오. 상황이 너무나 급해……."

"난 괜찮으니, 저들을 돕게."

대원진인의 말을 끊고 황제가 손을 내저었다.

아무리 옥체를 내던졌다 한들, 그만한 위기 상황에서 그 정도 분별을 못 할 정도로 어리석지는 않았으니까.

"저들은……?"

"공신들일세."

대원진인이 묻자 황제가 고개를 내저었다.

그의 얼굴에는 단호한 결의가 비쳤다.

일촉즉발의 상황에서 만금황상의 목숨을 구한 공은 강호를 대표하는 명가로 올려주어도 모자라지 않으리라.

"조금 전에 짐을 구한, 앞으로 그대들처럼 강호를 이끌어갈 이들이지."

그렇다면 마땅히 그에 대한 상을 주는 것이 옳다.

새로운 공신의 무리에 올리는 것이 좋으리라 다짐하는 황제였다.

＊　　　＊　　　＊

장씨세가가 경성에 다다랐을 때 하오문에서 첩지가 날아들었다.

황제가 제사를 지내러 간 적수담 쪽에서 은자림이 대규모로 움직였다는 내용이었다.

회회포(回回砲).

처음에는 어리둥절했던 장씨세가 사람들은, 은자림이 때때로 얼마나 극단적으로 나가는지를 깨닫고 곧장 적수담으로 향했다.

직접 본 현장은 참혹했다.

대명천지에 황제를 피습하려 하는 과격함에 질려 그들은 숨 돌릴 틈도 없이 바로 싸움터에 뛰어들었다.

"개방 쪽은 어떻소?"

팽가운이 묵객을 보며 한마디 건넸다.

천자는 무당파와 화산파에 맡긴 상황이었다. 원래 그들이 호위였으니까.

거기에 마침 금의위까지 도착하자 말을 건넬 여유가 생긴 것이다.

"글쎄. 발포 소리가 더는 들려오지 않는 걸 보면 대충 해결된 것 같은데……."

"하긴, 개방 고수들이 전부 움직였으니."

장씨세가 일행은 적수담 근처에 도착하자마자 곧장 두 방향으로 병력을 나눴다.

개방 고수들은 전부 공성 병기 쪽으로, 천중단을 포함한 고수들은 황제를 구하기 위해 움직인 것이다.

"문제는 저들이겠군."

팽가운의 말에 묵객은 고개를 끄덕였다.

은자림을 같이 상대해서일까. 그의 눈빛이 예전보다 조금 부드러웠다.

아무래도 같은 적을 목표로 하고 싸우다 보니 감정이 많이 희석된 것이다.

사아아악.

미동도 없이 침묵을 지키고 있는 은자림은 천중단이 한 발짝 나아가 공세를 취하는 것에도 별다른 행동을 보이지 않았다.

대신 어느 순간 사이한 기운들이 감지되고 있었다.

"응?"

스스스슥.

팽가운이 그것을 알아차렸을 때 한데 모여 있던 흑의인 중 세 명이 독단적인 움직임을 보였다.

"한가락 하는 놈들 같군. 이놈들은 내가……."

"아니, 제가 할게요."

묵객이 움직이려던 그때, 옆으로 다가온 아영이 먼저 손을 뻗었다.

말릴 틈도 없이 불꽃이 치솟았다.

콰아아앙! 콰아아앙! 콰아아앙!

"허……!"

빠르게 달려오던 흑의인들이 폭발과 함께 산화해 버린 것이다.

아영이 염력을 통해 폭굉을 발동시킨 탓이었다.

"모두 폭굉을 소지하고 있었어요."

"크음."

"흠."

천중단 단원들이 얼굴이 찡그렸고 당고호와 묵객이 짧게 신음을 내뱉었다.

"그럼 저기 서 있는 저들 모두가 폭굉을 들고 있다는 말이오?"

한 박자 늦게, 팽가운이 놀라서 물었다.

"전부는 아니에요. 넷에 하나 꼴이에요."

"그걸 어찌 아오?"

"폭굉을 든 신자들의 눈에는 초점이 없어요."

아영이 단호하게 말했다.

은자림과 거리가 제법 떨어져 있었지만 장씨세가 일행들은 초점이 없는 눈을 어떻게 보았냐는 질문을 하지 않았다.

아영은 이미 범인의 능력을 벗어나 있었기 때문이다.

"물론 신자들도 마기(魔氣)를 익혔지요. 두려움을 없애는 데 매우 효과적인 기운이니까요."

아영이 설명을 덧붙였다.

사람은 막상 죽는 순간이 닥치면 누구라도 멈칫하게 되어 있다. 죽음을 초탈한 무인이든 미치광이든 똑같다.

죽음을 두려워해서가 아니라 사후 세계를 직접 경험해 보지 못한 공포 때문이다.

"그럼 신마와 신녀들은 있나?"

갑자기 등장한 방호가 아영에게 물었다.

그들도 예전 광휘에게 삼괴사라 불리는 은자림의 중추들에

대한 얘기를 들은 적이 있었다.

폭광을 들고 있는 자는 신자, 마공을 쓰는 자는 신마, 그리고 신자와 신마를 양성해 내며 사술을 부리는 자가 신녀 아닌가.

"신자를 제외한 대부분은 신마들이에요."

"그나마 다행이군. 신녀가 가장 까다롭다고 들었으니……."

"대신에 신재가 있어요. 그것도 세 명."

"뭐라고!"

설마하니 신재가 있을 줄은 생각하지 못한 방호가 반사적으로 소리쳤다.

과거 광휘는 신재가 천중단 단원들이 가장 곤혹스러워했던 상대라고 했다.

은자림 중 절대자라 불리는 그들의 말에 염악과 웅산군, 구문중도 조금 당황한 얼굴이 되었다.

"신재?"

당고호나 팽가운, 묵객은 굳이 설명을 듣지 않아도 알 수 있었다.

쓰윽. 쓰윽. 쓰윽.

은자림의 무리 사이에서 소녀 셋이 나타났다.

그런데 그 모습이나 체구가 아영과 비슷한 것이 흡사 판박이 같았다.

"이거 설마하니……. 아니겠지?"

"아영이 같은 아이가 무려 셋이라니."

절레절레.

묵객과 팽가운은 서로 약속이나 한 듯 고개를 저었다.

아영의 능력은 그간 함께했던 장씨세가 사람들이 가장 잘 안다.

그런 아영의 능력을 지닌 소녀가 자그마치 셋이나 나선 것이다.

＊　　　＊　　　＊

쉬이이익.

사아아악.

주변의 부서진 기물들, 검과 병장기 등의 날카로운 날붙이가 솟아올랐다.

독사가 혀를 날름대는 것 같은 풍경에 팽가운은 고개를 가로저었다.

"이거 어찌 갈수록……"

절레절레.

그로서는 이 미친 집단을 직접 상대해야 한다는 사실에 웃음밖에 나오지 않았다.

조금 전 능력을 발휘한 아영과 동급의 신재가 셋, 그리고 폭굉을 장비한 수도 없는 신자들.

"뭐 어려워할 필요 없다. 신자들을 죽이기 위해선 기공을 발출하거나 이형환위 같은 보법으로 상대하면 되니."

'…뭐요?'

팽가운은 별 대수롭지 않은 일이라는 투의 염악을 보고 속으로 발끈했다.

도기를 쓰는 게 어디 쉬운 일인가. 자신은 이형환위 같은 보법은 아직 흉내도 내지 못하는 판국인데.

"대체 천중단은 어떻게 저런 놈들과 싸웠……!"

"대비하라!"

"충!"

파파팟.

그 순간 팽가운의 옆을 지나친 금의위들이 대열을 만들어 천자 주변에 철통같이 자리를 잡았다.

'과연 금의위……'

가히 꺾일 줄 모르는 투지를 보고 팽가운은 내심 감탄했다.

자신들이 오기 전부터 금의위는 동료들의 죽음을 수도 없이 목도했을 터였다. 누구보다 폭굉의 무지막지한 힘을 잘 알고 있을 터.

그런 상황에서도 결코 꺾이지 않는 기개를 보였다.

"저들도 대열을 바꾸는군."

좌르륵.

웅산군의 말처럼 은자림도 대형을 변화시켰다.

폭굉을 소지한 부담감 때문인지 일순간 흩어지며 황제 주변을 감싸듯 포위하는 형국으로 바꿔 버린 것이다.

원을 그리며 대형을 펼치다 보니 은자림의 숫자가 두 배는 늘어나 보였다.

꿀꺽.

폭굉의 두려움 때문인지 침을 삼키던 팽가운에게 묵객이 슬쩍 한마디를 던졌다.

"얼굴이 굳었군. 설마 겁먹은 게요?"

"…난 원래 표정이 이렇소."

호승심이랄까.

굳어 있던 팽가운의 표정이 풀렸다. 농담 섞인 묵객의 도발에 이상하게도 긴장이 사그라든 것이다.

"그럴 줄 알았소."

명문가의 공자답게 대번에 감정을 추스른 팽가운을 보고 묵객이 피식 웃어 보였다.

"다들 긴장해라."

철컥.

적들의 기세가 바뀐 걸 빠르게 감지한 구문중이 검을 꺼내 들었다.

한순간 일대에 긴장이 팽팽해졌다.

천자를 호위한 화산파와 무당파, 그리고 대명제국을 대표하는 금의위가 있었지만 적들은 생각 이상으로 위험하고 치명적이었다.

"온다."

구문중의 경고가 떨어졌다.

타다다닥!

수많은 발소리와 함께 은자림이 뛰어들자 누구보다 빨리 달려 나간 자들은 역시나 천중단이었다.

*　　　*　　　*

쉬이이이익!

전방위로 달려드는 은자림을 상대로 천중단원들의 움직임은 단연 독보적이었다.

콰아아앙! 콰아아앙! 콰아아앙!

서로 칼이 부딪치기도 전에 폭굉을 소지한 신자만을 골라 날려 버렸다.

쇄애액! 쇄애애액!

그뿐 아니라 적진 한가운데로 뛰어들어 삽시간에 이십여 명의 신마들을 해치웠다.

"컥!"

묵객 역시 은자림을 향해 강렬하게 도기를 쏟아냈다. 이후, 재차 도기를 생성해 낸 그는 무슨 일인지 멈칫거리며 주위를 살폈다.

'신자가 누구냐……'

앞서 달려 나간 천중단처럼 신자와 신마를 구분하려 했다.

신자는 은자림의 일반 신도로 폭굉을 들고 있다. 그리고 신마는 신자 중에서 마기를 움직일 줄 아는 고수다.

한쪽은 단단하고, 한쪽은 위험하다.

일단 폭굉을 든 자를 도기를 쏘아 일격에 쳐 죽이는 것이 상황을 유리하게 만들 터.

그런데 그게 생각 외로 쉽지 않았다.

파바박! 퍼벅!

혼전 상황이다. 적아를 구분하기조차 어려운 환경에서 똑같은 흑의를 입은 신자와 신마를 구분하기란 여간 힘든 일이 아니었다.

쓰윽.

때마침 그의 눈앞에 은자림이 달려왔다.

콰득!

묵객이 도기를 뿌리려던 순간 갑작스레 거대한 체구의 사내가 나타나 상대의 목을 꺾어버렸다.

천중단의 웅산군이었다.

"힘을 아껴야 하오."

그는 묵객을 쳐다보며 차근히 말을 이었다.

"그대가 대단한 내공의 소유자란 걸 들었소. 하지만 아무리 내공이 많다 하더라도 무턱대고 도기를 쓰는 건 무모하오. 얼마 지나지 않아 제풀에 쓰러지고 말 테니까."

"맞는 말씀입니다만. 신자들과 신마들을 일일이 구분하기가……."

말을 하려던 묵객이 움찔하며 고개를 돌렸다.

콰아아아아! 콰아아아앙!

계속 줄지어 터지는 폭굉들.

선두에 선 천중단원들은 폭굉을 소지한 은자림을 집중적으로 찾아내 죽이고 있었다.

"…어떻게 찾아내는 겁니까?"

묵객은 혀를 내둘렀다.

그 역시 도기를 마구 쏘아내면 몸에 무리가 간다는 걸 알고 있었다.

하지만 선택의 여지가 없었다.

아영이 말을 쉽게 해서 그렇지, 대련이 아닌 전장에서 눈에 초점이 있는 자와 없는 자를 분간해 낸다는 건 애당초 불가능했다.

그런데 천중단은 그걸 해내고 있다.

콰앙! 콰앙! 콰앙!

적진 한가운데를 파고들어서 신마들을 죽이고, 폭굉을 든 신자들은 기(氣)를 쏘아 스스로 폭발하게 만들고 있었다.

잠시 묵객이 바라보는 쪽을 보던 웅산군이 입을 열었다.

"발을 보는 거요."

"발……?"

웅산군이 고개를 끄덕이며 말을 이었다.

"폭굉으로 무장한 신자들은 상대의 움직임에 민감하게 반응할 수밖에 없소. 자아를 잃었기 때문에 온통 눈앞의 대상에만 신경이 쏠려 있소."

"그럼 마기를 익힌 신마들은……?"

"조금 빠르지. 아주 짧은 순간의 반응이지만, 어쨌든 차이가 있소."

웅산군의 대답은 단순했지만 묵객은 묵객대로 또 혀를 내둘렀다.

상대가 내딛는 발만 보고 그가 어떤 상태인지 예측한다.

적과 조우하자마자 순간적으로 적의 시선을 흔들고, 그 반응에 따라 대응한다.

이런 걸 가능하게 하려면 상대의 움직임을 한눈에 담는 동체시력, 자신의 몸에 반응하는지를 보는 직관력, 그가 폭굉을 들고 있다고 판단이 서면 즉각 반응하는 반응 속도까지 그 모든 것이 한 번에 이루어져야 한다.

"혹시 대협께서도 천중단입니까?"

"그렇긴 하지만 우린 막부단이오. 은자림과 직접 싸워본 적은 없소. 적어도 나는."

"없다고요? 그럼 어떻게 그런 걸⋯⋯."

"경험이오."

대화가 길어지자 웅산군이 차악, 주먹을 들어 올리며 좌중을 경계했다.

"상대를 만났을 때 어떤 식으로 싸울지, 저들의 약점이 무엇이며 어떻게 대응할지, 이런 것들은 모두 경험으로 습득했소."

"허어⋯⋯."

"살아남은 천중단 단원들 역시 나보다 경험이 많았으면 많았지 적지는 않을 거고."

묵객은 말을 잇지 못했다.

그간 광휘의 기이한 전투 방식은 몇 번 보아왔지만, 그건 무공이 아니라 싸움 방식일 뿐이라고 평가절하 한 적이 있었다.

그런데 웅산군의 말을 들어 보니 이건 어찌 보면 무공보다 더 대단한 것이었다. 이들은 무학을 추구하고 있었던 것이다.

"폭굉 든 신자들은 우리가 처리할 테니 묵객께선 금의위를 도와서 신마를 처리하시오."

타악!

대답을 듣지도 않고 자리를 박차고 사라지는 웅산군을 본 묵객은 허탈한 웃음이 나왔다.

"이거 뭐 내 입장은……."

환골탈태란 기연을 얻은 그이거늘, 오늘따라 자신이 참으로 초라하게 느껴졌다.

아는 만큼 보인다는 말처럼 요즘 들어 만나는 이들은 예전보다 더 대단한 사람만 있는 것 같았다.

"더는 뒤처지지 않는다."

묵객은 주눅 들기는커녕, 오히려 호기가 일었다.

강한 고수가 있다는 것이 자신이 추구하는 무학에 대해 더 진지하게 접근할 기회가 된 것이다.

*   *   *

투웅!

은자림과 상대하는 무당 일대 제자 도운(道雲)의 자세가 크게 흔들렸다.

내공이 밀린 것은 아니었다.

마기에서 거미가 피부에 올라타는 것처럼 불쾌하고 이질적인 느낌을 받았다. 이 때문에 본능적으로 물러서다 정심(正心)이 깨진 것이다.

쇄애애액.

휘청이는 사이 상대의 검이 날아왔다.

옷자락에 그을음이 생기며 스쳐 지나간 부분이 바스러졌다.

"원시천존!"

도운의 표정이 굳어졌다.

적이 내뻗는 검의 투로가 너무나 생경했다.

대부분의 검법은 그 검파가 추구하는 정신적 요체를 따라 움직이고 실전을 통해 적의 방심을 찾기에 최적화되어 있다.

한데 상대의 검법은 너무 직설적이며 때론 허술함까지 더해져 있다.

언뜻 보면 상대하기 쉬운 것 같지만 그 단점을 마공이란 파괴적인 힘이 희석시킨다.

지르르릇!

"크윽!"

이 때문에 무공이 더 뛰어난 그가 계속해서 뒤로 밀리고 있는 것이다.

"컥!"

"크윽!"

문득 주위를 둘러본 도운의 눈에 금의위 한 명이 은자림을 베는 모습이 들어왔다.

무예를 익힌 자들이다. 거기다 적을 두려워하지 않는 집념 때문인지 무당파 제자들보다 더 효과적으로 싸움에 임하고 있었다.

"제길!"

도운은 도인답지 않게 욕설까지 내뱉으며 검에 내공을 실었다. 한데 이번에는 그게 화근이었다.

쉬이익!

마기에 당하지 않으려 손에 힘이 들어가자 상황에 맞지 않은 검초가 나온 것이다.

한순간 빠르게 치고 들어오는 검 끝에 미미하게 맺힌 녹광에 그의 얼굴에 절망이 일었다.

'이, 이렇게 내가……'

쐐애애액!

그 순간 흑의인이 동작이 굳었다.

풀썩!

쓰러진 그의 뒤에서 등에 검을 박아 넣은 장년인은 앞머리로 얼굴을 가린 구문중이었다.

"마공이라고 해서 특별할 것 없다. 상대가 강(强)이면 유(流)로 맞서고, 급히 움직이면 급하게, 느리게 움직이면 느리게 따른다."

"……."

"기본에 충실하여라. 제아무리 변화무쌍하고 생경한 검법도 결국 이치에 맞지 않으면 무너지는 법이다."

사악.

말과 함께 그는 바로 돌아섰다.

그가 조금 전에 합류한 장씨세가 사람들과 한 무리란 걸 떠올린 도운은 이를 악물었다.

"무, 무당파를 무시하지 마라!"

"……?"

"무당이 약한 것이 아니다! 내가 약한 것이야! 감히 어디라고 장씨세가가 무당을 얕보느냐!"

그의 말에는 분함과 억울함이 잔뜩 서려 있었다.

구문중은 앞을 보지 않고 비스듬한 자세로 피식 웃어 보였다.

"네 눈엔 내가 무시하는 걸로 보이느냐?"

"……?"

"내가 지금 읊은 구결이 어느 무공인지 모르겠느냐?"

순간, 도운의 눈이 커졌다.

그의 말을 다시 한번 복기하니 문득 머릿속에 두 가지 구결이 떠오른 것이다.

'이정제동(以靜制動). 이유제강(以柔制剛).'

움직이지 않는 것으로 움직임을 제압하고, 부드러움으로 강함을 제압하는 것.

놀랍게도 낯선 남자는 태극의 묘리를 설명하고 있었던 것이다.

"그럼."

터억. 턱.

구문중은 한마디를 던지고는 뒤돌아섰다.

그러고는 한순간 쉭! 하며 시야에서 사라졌다.

"아……."

도운의 눈썹이 사르르 떨렸다.

타 문파가 무당의 묘리를 설파한다는 것은 굉장히 위험한 발언이었다.

도운의 눈에 그런 것은 들어오지도 않았다.

"맹인이었어."

처음엔 그가 일부러 눈을 감았다고 생각했다.

하지만 대화 도중 장발의 남자가 앞을 보지 못한다는 걸 직감적으로 깨달은 것이다.

"그럼 어떻게 내 무공을……."

앞을 보지도 않고 자신이 어떤 무공을 펼쳤는지 알고 있었다.

무당 사람이란 건 또 어떻게 알고 있는가.

"장로님들께 한번 물어봐야겠구나."

투욱.

도운은 생각을 털어내고는 급히 바닥에 떨어진 검을 잡았다.

아직 감상에 젖을 여유가 없었다. 적들이 여전히 많이 남아 있기 때문이다.

*　　　　*　　　　*

터어엉. 터어엉!

격돌은 강렬했다.

은자림과 대등하게 싸우는 금의위가 모루처럼 단단하게 버티고 있는 사이.

쐐애액!

천중단이 예리한 송곳처럼 균열을 만들어 상황을 유리하게 이끌어가고 있었다.

전장의 유리함이 모든 상황을 지배한 것은 아니었다.

은자림과 격돌한 지역과 조금 떨어진 곳에서 아영은 신재라 불리는 세 명의 소녀와 초인적인 힘 대결을 벌이고 있었다.

지이이잉! 지이이잉!

허공에서 놋쇠구 다섯 개가 이리저리 움직였다.

신재 셋이 아영을 제압하기 위해 꺼내 든 폭굉이었다.

지이이잉! 지이이잉!

다행히 아직 한쪽으로 쏠리진 않았지만 아영이 쏟아내는 공기의 파동, 염력이 점차 약해지고 있었다.

"조금만 버텨라!"

아영의 다급한 목소리에 당고호는 이를 악물었다.

지금 그는 신마들에게 둘러싸여 있었다.

이제껏 거리를 두고 암기를 던질 때는 편했지만, 매번 날린 암기가 소녀들의 능력 때문에 모두 비껴 나갔다.

그 때문에 실책이 일어났다. 암기의 고수가 무사처럼 싸움 전면에 뛰어들었다가, 기다렸다는 듯 몰려든 신마들에게 사방을 포위당한 것이다.

'이놈들… 평범한 신마가 아냐.'

설상가상으로 그를 둘러싼 신마들의 마기가 심상치 않았다.

아영과 동급의 신재를 보호하기 위함인지, 아무래도 이 중에서 가장 강한 고수들만 포진시킨 듯 보였다.

눈에서 녹광이 새어 나올 정도로 강렬한 기운을 뿜어내고 있었으니까.

"추웅!"

"컥!"

"커억!"

그 순간 뜻하지 않은 도움의 손길이 있었다. 금의위가 한쪽 벽을 뚫으며 나타난 것이다.

"괜찮소?"

"난 괜찮소. 어서 함께 저 소녀들을……."

겨우 숨을 돌린 당고호가 두 개의 비수를 꺼내며 아영 쪽을 흘깃 봤다.

휘청!

그 순간 아영이 땅에 주저앉았다.

"아영아? 괜찮으……."

허둥대며 당고호가 달려가던 순간.

콰아아아아아앙!

"칵!"

"크악!"

폭광 위력이 십 장을 삼켜 버렸고 근처에 있던 금의위 다섯이 날아갔다.

"크억!"

핏발 선 당고호의 시선이 홉뜨였다.

폭발 속으로 아영의 모습이 사라졌다 싶었는데, 그 짧은 사이 누군가 그녀를 품에 안고 폭굉의 폭발 범위에서 빠져나온 것이다.

짙은 눈썹의 남자, 팽가운이었다.

"괜찮소?"

"놓… 쳤어요."

겨우 목숨을 건진 아영이 새파랗게 질린 얼굴로 한쪽을 가리켰다.

"놓치다니? 뭘……."

퍼뜩!

시선을 돌린 팽가운이 경악했다.

신재들 간의 격돌 중에 새로이 날아든 폭굉 여섯 개가 아군의 심장부, 황제가 있는 지점으로 날아들고 있었다.

"폭굉이오!"

팽가운은 전력을 다해 황제를 향해 소리쳤다.

타악!

크기는 작았다. 회회포에서 쏘아지는 특제 폭굉은 아니다. 하지만 신재들이 직접 염력을 사용했기에 속도가 어마어마하게 빨랐다.

"막아라!"

다행히 팽가운의 경고 덕에 무당파와 화산파가 늦지 않게 대응했다.

즉각 검진을 펼치며 기민하게 반응한 것이다.

콰아아앙! 콰아아앙! 콰아아앙!

장로들이 가장 빨리 도약하며 공중에서 폭굉 세 개를 쳐냈다.

콰아아앙! 콰아아앙!

검기로 밀리자 무당파 제자가 장법으로 폭굉 두 개를 위로 쳐 올렸다.

"하나가……!"

장로 하나가 비명처럼 소리 지르자 화산파, 무당파 장문인이 이를 악물며 동시에 도약했다.

몸을 던져서라도 막는다. 두 사람이 동시에 손을 뻗었다.

둥실.

"헛!"

궤적을 예상하고 치려던 두 장문인의 얼굴에 경악이 어렸다. 폭굉이 제멋대로 하늘로 치솟아 오른 것이다.

두둥실!

그리고 크게 물결친 폭굉이 그들을 완전히 피해서 황제를 향해 화살처럼 빠르게 떨어졌다.

쐐애액!

"아……."

팽가운은 탄식했다.

화산과 무당의 장문인은 대처는 명불허전이었다.

그들은 허공에서 몸을 트는 신기에 가까운 경공술을 보였다.

하지만 이미 늦었다. 폭굉이 황제의 눈앞까지 다가간 것이다.

콰아아아아아아—!

"안 돼!"

"폐하!"

반 장 거리에 있던 대원진인, 현각도사가 절규했다. 황제의 눈앞에서 섬광이 피어오른 순간.

슈우우우우우욱!

퍼져 나가던 폭염(爆焰)이 거짓말처럼 한쪽으로 빨려 들어갔다.

슈아아아아아아아아앙!

뒤이어 강렬한 빛과 함께 불기둥이 되어 하늘로 치솟아 올랐다.

"이 무슨……."

짧은 사이 눈앞에 펼쳐진 그 광경은 지켜보던 모두를 경악게 했다.

＊　　　＊　　　＊

황제는 멀쩡히 서 있었다. 믿기지 않는 광경이었다.

쏴르륵.

반딧불처럼 수도 없는 불꽃이 쏟아져 내렸다. 눈앞에서 폭평이 터진 여파였다.

한데 지척에서 터졌음에도 황제의 몸은 상처 하나 없이 온전했다.

"어떻게 내가 살아 있는가……."

그 또한 살아 있음을 직감하는 데 꽤 오랜 시간이 걸렸다.

사락.

폭발의 여파로 불어닥친 바람에 피풍의가 거세게 흔들렸다.

거친 천, 사막의 유랑민이나 입을 법한 두툼한 장포를 둘러쓴 누군가가 그의 앞을 가로막고 있었다.

황제는 이자가 지금의 이 말도 안 되는 상황을 만든 자임을 직감했다.

"그대들은……."

차악.

남자가 돌아섰다.

중원의 천자를 마주 보는 그는 거만하지도, 무례하지도 않은 절도 있는 자세로 군례를 올렸다.

"아……."

주위를 둘러보고 황제의 눈이 가늘어졌다.

남자 뒤에 서 있는 무사들은 모두 피풍의를 입은 채 머리를 숙이고 있었다. 가만히 서 있는 것뿐인데도 삼십여 명의 무리에서는 수만 대군을 방불케 하는 어마어마한 기세가 몸을 덮쳐왔다.

황제는 자신의 목소리가 떨리지 않기를 바라며 겨우 입을 열었다.

"…누구인가?"

촤락.

그가 피풍의를 한 번 흔들자 삼십여 명의 무리들이 일시에 강호의 예에 맞춰 포권을 해 보였다.

촤아악!

그들 앞에 말없이 서 있던 노인이 살짝 군례를 올리며 웃음을 지었다.

"단리형입니다, 폐하."

무영대를 등에 지고 예를 올리는 무림맹주.

머나먼 서역으로 사라졌던 그가 수만 리를 건너 황제 눈앞에 나타난 것이다.

第七章

전황을 바꿀 물건

"맹주께서……."

황제 쪽을 바라보던 묵객이 탄식했다. 서역으로 떠났다던 무림맹주가 정말로 이곳에 나타난 것이다.

"참 극적이지. 안 그래?"

옆에서 방호가 팔짱을 낀 채 염악에게 말을 거는 것을 듣는 둥 마는 둥 묵객은 고개를 갸웃거렸다.

'무슨 무공이 저런…….'

갑작스러운 등장도 놀라웠지만, 묵객은 조금 전 맹주가 펼쳐 보인 무공이 신경 쓰였다.

폭발과 함께 사방으로 퍼져 나가는 폭염(爆炎).

맹주는 그 강렬한 열기와 폭발을 자신 쪽으로 빨아들이고,

그조차 하늘로 날려 버렸다.

'저게 대체 무공이 맞는 건가?'

힘의 방향을 돌려서 털어내는 사량발천근의 수법은 강호상에도 많다.

하지만 폭발과 함께 사방으로 비산하는 모든 충격을 인간의 육신으로 조종하기란 불가능하다. 즉, 묵객이 아는 상식선에서 저런 무공은 없었다. 아니, 저런 건 무공이라 할 수조차 없었다. 가히 천지조화 같은 도술이라 할 만한 것이다.

"건곤대나이(乾坤大挪移)……."

흠칫!

염악과 방호가 주고받는 몇 마디에 묵객은 몸이 굳었다.

"형장, 지금 건곤대나이라고 했소?"

"응? 어?"

"아니, 그런 말 한 적 없는데?"

묵객의 물음에 방호는 당황하고 염악이 무슨 소리냐는 듯 되물었다.

'…잘못 들었나?'

건곤대나이는 사량발천근의 궁극이다.

적은 힘으로도 큰 힘을 흘려 버리는 무의 경계를 넘어서, 몸속 기공을 격발시켜 자연의 힘마저 자유롭게 조종할 수 있는 것이다.

사량발천근이 무의 묘리라는 기본을 담고 있다면 건곤대나이는 무의 극의(極意)라는 이상을 추구한다.

"정말 그런 말 하지 않았소? 내 분명 들었는데……."

"허, 그 사람 참 싱겁기는. 우린 말한 적 없다니까."

묵객이 갸웃하며 다시 물었지만 방호는 이제 역정까지 내며 손사래를 쳤다.

어찌 보면 그도 그럴 것이, 건곤대나이라는 무공은 바로…….

"누가 왔다고?"

그때 구문중이 말을 걸어왔다. 그 역시 일대의 폭음과 함께 놀라서 웅산군을 데리고 나타난 것이다.

"맹주께서 오셨습니다."

"허……."

짧게 침음하는 구문중은 재빨리 맹주를 찾기 위해 정신을 가다듬었다. 앞이 보이지 않는 그였지만, 맹주가 뿜어내는 기운을 모를 리가 없었다.

"그건가?"

"그래, 그거야."

웅산군이 의미심장하게 묻자 방호와 염악이 조용히 고개를 끄덕여 주었다.

"이것 참……."

그런 천중단을 보며 묵객은 개운치 못한 듯 입맛을 다셨다.

*　　　*　　　*

"이제야 알 것 같군."

묵객과 천중단 단원들이 감탄하는 가운데 팽가운은 손으로 이마를 짚었다.

"팽석진이란 분은 왜 기일을 지정해 줬을까요?"

조금 전에 그는 거의 주마등을 보았다.

황제에게 폭굉이 날아가던 순간 끝났다는 생각과 함께 이번 일에 엮인 모두의 말이 머릿속을 스쳐 지나갔다.

그중에 가장 기억나는 것은 장련의 말이었다.

"정계의 상황은 시시각각 변하잖아요. 시기나 주위 상황을 고려해야 하고요. 한 치 앞도 볼 수 없는 상황에 황궁에서 역모의 기일을 아예 정해놓는다는 게 좀⋯⋯."

"숙부, 정말이지 징하시오."

팽가운은 어이없다는 듯 한탄했다.

팽석진, 그의 숙부는 정말 마지막의 마지막까지 양쪽에 줄을 대어놓고 목숨을 부지해 둔 것이다.

굳이 오방을 통해 자신에게 매를 보낸 것도, 맹주가 때맞춰 등장할 수 있었던 까닭도 전부 팽석진, 당상관인 그가 중심에 있었다.

"정말이지⋯⋯."

팽가운은 다시 한번 고개를 저으며 한숨을 내쉬었다.

다행스럽게도 이번 한숨에 담긴 감정은 안도에 가까웠다.

＊　　　＊　　　＊

"자네가 여길 어떻게……."

황제는 쉽게 말을 잇지 못했다.

참으로 극적인 상황이었다. 경성에서 수천 리인 서역으로 갔다고 보고받았던 자가 이곳에 나타날 줄이야.

"폐하, 사정이 바쁘오니 일단 불순한 무리들을 처리하고 나중에 말씀드림이 어떠하올지요?"

맹주는 잠시 멍해진 황제를 일깨웠다.

퍼뜩 정신을 차린 천자가 손을 들며 명했다.

"…그리하라."

맹주가 간단히 묵례 후 천천히 뒤돌아섰다.

솨아아아아아―.

폭발로 일어난 먼지 사이로 은자림이 보였다.

놀랍게도 무림맹주의 등장에도 그들은 동요하거나 도망치려는 기색이 없었다. 여전히 싸울 생각인 것이다.

"한 놈도 남김없이."

철컥. 철컥. 철컥. 철컥. 철컥. 철컥.

맹주가 손을 들자 무영대 대원들이 요란한 소리를 내며 검을 뽑아 들었다.

그중 맨 앞에 선 무영대장 한진이 자세를 낮추며 폭발적으로 기세를 끌어모았다.

"죽어라!"

"존명!"

"명!"

파파파파파파파파팟.

명이 떨어지자마자 일시에 사방으로 흩어졌고, 한 명도 예외 없이 모두 검기(劍氣)를 생성해 냈다.

"컥!"

"악!"

"읍!"

그야말로 파죽지세.

이미 천중단이 폭굉을 든 신자들만 골라 주살했고, 금의위의 활약으로 은자림의 병력은 반 이하로 줄어든 상황이었다.

이 판국에 서른 명이 쏘아대는 검기는 저 사납던 은자림조차 한순간 주춤할 정도로 강력했다.

"하압!"

"캬악!"

가장 강력한 모습을 보였던 신재들과 그 주위의 신마들도 나름대로 기민하게 대응했지만 전황은 확연히 기울어갔다.

콰아아아앙!

신재가 꺼낸 폭굉은 날아오기 전에 무영대의 검기를 맞고 터져 버렸다.

콰드드득!

한 신마는 무영대의 수많은 검기에 온몸이 난자당했다.

"잡아라!"

"수로 눌러!"

신재 하나당 절정고수 여섯이 달라붙었다. 이제껏 쪽수와 폭발물로 저항해 온 은자림이 아무리 발악해도 속절없이 무너져 가기만 했다.

그렇게 적의 숫자가 하나하나 줄어갈 때쯤 주위를 훑던 맹주의 시선에 생각지도 못한 얼굴이 담겼다.

'저들이 왜 이곳에……?'

한때 최전선에서 싸웠던 천중단 단원들이었다.

'저 여인은…….'

반가움이 일기도 전에 맹주의 얼굴이 굳어졌다.

당문의 뚱뚱한 남자가 안아 든 소녀.

한때 천중단을 궤멸 직전까지 몰고 갔던 아영, 그 소녀를 발견한 것이다.

"맹주, 어떻게 여기까지 오신 겁니까?"

"오랜만입니다."

화드득. 퍼륵!

요란하게 도포 자락을 휘날리며 두 노인이 날아들어 예를 표했다.

단리형은 화산과 무당, 두 장문인을 확인하며 포권했다.

"여기서 뵙는군요. 그간 잘 지내셨습니까?"

"정말 다행입니다. 이런 적시에 나타나셔서……. 자칫 천추의

한을 남길 뻔했습니다."

"이제 한시름 놓을 수 있겠군요."

대원진인과 현각도사가 하는 안도의 말에, 단리형이 강하게 부정했다.

"아직 안심할 때가 아닙니다."

"하면 남은 적들이 있다는 말입니까?"

대원진인이 당황한 얼굴로 물어보자 맹주가 고개를 끄덕였다.

"예. 노부가 서역까지 쫓던 무리들이 있었습니다."

맹주는 고개를 돌렸다. 그곳은 황성, 황제가 기거하는 곳이었다.

"한데 이놈들이 제가 황실로 방향을 틀자마자 종적을 감추더이다."

"어떤 놈들인지는 모르겠으나 유인하는 걸 포기한 것 아니겠습니까?"

"그럴 리가 없습니다. 반년이 넘게 저희를 끌어들인 자들이니까요."

말과 함께 맹주는 다시금 인상을 찌푸렸다.

은자림의 마지막 독종 중의 독종.

녀석들은 천하의 역병 같은 놈들이었다. 추적하는 걸 포기하면 누군가를 죽여서라도 끝까지 자신을, 그리고 천하를 괴롭힐 것이다.

"하면……."

"아마 놈들 역시 전갈을 받았을 겁니다. 그런데 지금 이곳에 나타나지 않았다는 말은……."

맹주가 저 멀리 폭굉의 연기가 흘러나오는 황성을 보며 이를 바득 갈았다.

"목표가 제가 아닌 다른 곳에 있다는 뜻이지요."

*　　　*　　　*

풀럭풀럭.

황량한 들판에서 불어오는 밤바람이 유독 세차다.

오천에 육박하는 군사들이 도성의 남문 밖에서 흉험하게 창날을 겨누고 있었다.

"자넨 최선의 판단을 한 거야."

광휘의 말에 일왕이 착잡한 표정으로 끄덕였다.

"그랬으면 좋겠군."

북서쪽에서 불꽃이 치솟은 것을 보고 일왕은 크게 놀라 전령을 급파했다.

마음 같아서는 당장 황제를 구하러 가고 싶었지만, 정작 그랬다간 도성이 텅 비어 뒷일을 감당할 수가 없게 된다.

'이것이 단순한 연막이라면 정말 좋겠구나…….'

일왕은 거듭 한숨을 내쉬었다.

급한 김에 군대를 장악했던 그는 점점 상황이 나빠지는 것을 느끼고 있었다.

술렁술렁.

군사들의 동요가 피부로 느껴졌다.

황성의 군대는 이제껏 거의 오왕이 좌지우지해 온 병력이다. 일단 황제의 변고가 의심된다고 윽박질러 자신을 따르게 했지만, 대치가 길어질수록 이제껏 황제를 대신해 명령을 내린 오왕 그를 향한 군사들의 마음이 흐트러져 가는 것이다.

다다다닥.

"......!"

문득 말 두 필이 급히 달려오고 있었다.

'태(太)'라는 글자가 적힌 깃발을 보아 자신이 보낸 전령이었다.

"어떻게 됐느냐?"

이히히힝.

전령이 말에서 내리기도 전에 일왕이 급히 마중 나와 물었다.

전령이 땀이 범벅된 얼굴로 몸을 내던지듯 땅에 급히 내려 부복했다.

"적수담이 맞습니다."

"무어라! 부황의 생사는!"

"차마 확인할 길이 없었습니다! 밤이 깊은 데다 연기가 자욱합니다! 심지어 폭굉의 폭발이 곳곳에서 보이는 터라……."

"큽!"

일왕은 일그러진 표정으로 신음을 내뱉었다.

결코 일어나선 안 되는, 일어나지 말아야 일이 생긴 것이다.

"어떻게 할 건가?"

광휘가 물었다.

그도 일왕이 어떤 마음일지 모르지 않았으나 지금은 감정에 휘둘릴 여유가 없었다.

"하아……."

일왕은 이를 악물고 숨을 죽이며 무언가를 참아냈다.

그렇게 숨 몇 번 고를 시간이 흘렀다.

"자넨 우리가 어떤 상황이라고 보나?"

일왕이 광휘를 향해 물었다.

"고립되어 있지. 사면이 적으로 둘러싸여서."

"표면적으로는 그렇지. 하지만 이는 오히려 기회로 볼 수도 있네."

일왕은 의아하게 바라보는 광휘를 향해 숨을 크게 들이쉬었다.

"자네도 알겠지만 폐하의 생사는 알 길이 없네. 이 마당에 병력을 뺐다간 우린 다시는 황성을 탈환할 수 없어. 오왕을 따르는 장군들이 군대를 모아 철통같이 성벽을 방비할 테니까."

"하면……."

"황성을 치겠네."

일왕은 광휘가 아닌 내성을 보며 눈을 사납게 떴다.

절체절명, 최악의 위기에 몰린 그의 얼굴에서 조금 전 수심하던 모습은 찾아볼 수 없었다.

"진문 장군!"

"옛!"

"준비를 서둘러라! 이대로 성내로 진군한다!"

"하오나 태자 전하……."

"그만! 모든 책임은 내가 지겠다!"

만류하는 진문 장군의 말을 손을 저어 끊고, 황태자가 사납게 소리 질렀다.

"군대의 기치를 정비하라! 날이 밝기 전에 모든 것을 끝내라!"

"…충!"

충! 충! 충!

장군이 고개를 숙이고, 깃대가 펄럭였다. 황태자의 모진 결단에 오천 군대가 일사불란하게 움직이기 시작했다.

'그래도 황태자는 황태자군.'

광휘는 천천히 고개를 끄덕였다.

지금 일왕의 판단은 감정을 추스르고 상황을 냉철하게 분석한 끝에 나온 결정이다.

자칫하면 아버지의 생사를 도외시하고 권력만을 탐하는 자로 몰릴 수도 있다.

그러나 군왕의 길은 원래 모든 것을 끌어안고 가지는 못하는 법.

"전군! 진격하라! 도성을 어지럽히는 이들을 모두 제압하라!"

일왕이 손수 대장기를 두 손으로 휘두르며 병력을 독려했다.

촤악. 촤악. 촤악. 촤악.

물결처럼 수많은 병사들이 발 맞춰 황성을 향해 진군할 때 갑작스레 폭음과 함께 화염이 일어났다.

콰아아앙! 콰아아앙! 콰아아앙! 콰아아앙! 콰앙!

"악!"

"아악!"

도성에서 터지는 수많은 폭발들.

성문은 물론이고 내성 안의 주요 관청들까지 붉은 불길에 휩싸이고 있었다.

"이게 대체……?"

일왕은 눈을 부릅떴다.

일어날 리 없는 일이 일어나고 있었다. 자폭이라니. 자신들이 도성까지 빠져나온 마당에 오왕의 군대가 이런 짓을 할 이유가 없었던 것이다.

"영민왕! 대체 무슨 생각이냐!"

콰콰쾅! 콰콰콰쾅! 콰콰콰콰콰쾅!

심지어 이번에 터진 쪽은 황성이었다.

폭굉은 적아를 가리지 않고 탐욕스레 주변을 집어삼켰다. 마치 아군을 미끼로 자신들까지 다 잡아 죽이려는 듯 보였다.

"성내에 우리 쪽 사람이 더 있는가?"

터지는 불길을 보던 광휘가 일왕에게 고개를 돌리며 물었다.

"그럴 리가. 있다면 이미 여기 합류했을 테지."

"아군이 없는데 폭굉이 터졌다면…….'

딱딱하게 굳은 얼굴로 주위를 관망하던 광휘가 침음했다.

"일왕, 함정이다."

"함정……?"

"오왕의 짓이 아니야. 이건, 은자림이야."

일왕은 흠칫 놀라 몸이 굳었다.

그런 그를 향해 광휘가 신들린 듯 번득이는 눈으로 물었다.

"지금 상황을 봐. 만세야께서 혹여 귀천하시게 되면 나라가 어찌 되는가?"

"당연히 오왕 그 녀석이 이 나라를……."

"오왕도 죽으면?"

"뭐?"

예상 못 한 질문에 일왕이 눈을 크게 떴다.

"오왕도 죽으면 어찌 되느냔 말이다!"

"아……?"

일왕이 따라오지 못하자 답답해진 광휘가 바로 본론으로 치고 들어갔다.

"황제가 죽고! 황태자도 죽고! 그리고 오왕마저 죽으면! 어떻게 되는가! 전시 상황에서 도성 안에 남아 있는 군사들은 누구의 지시를 받나!"

"……"

일왕의 눈이 흔들렸다.

이는 그도, 그리고 오왕도 절대 예상 못 한 방향이었다. 어차피 은자림이 오왕을 제대로 대우해 줄 거라고 생각하지는 않았다.

그렇다고 기껏 세운 왕자를 죽일 거라고도 짐작 못 했다. 이는 왕실의 혈족이기에 당연한 일이다.

"자네가 황권을 잡는가?"

강호에서 야인으로 오래 살아온 광휘, 그가 지목한 냉정한 진실에 일왕이 치를 떨었다.

"아닐세."

"그럼?"

광휘가 재차 물었다. 일왕이 그의 생각을 따라왔는지 어떤지 확인한 것이다.

"천자께서 천하를 통치하시지만, 새외에서 남해까지 모든 곳에 계실 수는 없는 일이지……."

일왕은 두 손을 들어 얼굴을 감싸 쥐었다.

"천자의 어지(御旨)가 새겨진 명령과 지령이 당도하면 어느 성의 성주든 지부대인이든, 지체 없이 따르는 것이 관건이다. 그것이 이 거대한 제국을 움직이기 위한 단초이고."

"짧게 말하게."

광휘는 다시금 재촉했다. 이미 황태자는 그와 같은 결론을 내리고 있었다.

심정은 이해하지만 지금은 기다려 줄 때가 아니었다.

"옥새(玉璽)야. 은자림은 처음부터 그게 목적이었어."

두어 번 크게 숨을 몰아쉰 다음, 황태자가 말했다.

옥새가 찍힌 명령서. 그걸 받아 든 관료는 누구나 천자에게 직접 명령을 받은 듯 따를 수밖에 없다. 이는 대명황실의 권위이자 나라를 지탱하는 명령권의 중추다.

"역모가 성공해도, 실패해도 놈들은 이익이 되지. 나라를 뒤엎으면 뒤엎는 대로, 뒤엎지 못하면 못한 대로 대명황실의 권위를 조롱거리로 만드니까."

"녀석들은 어차피 황실과 원수지간이니까."

일왕의 말을 광휘가 간단하게 요약했다.

결론은 이미 나와 있었다. 아니, 오히려 늦었다. 이제야 겨우 놈들의 생각을 따라잡았으니까.

"그럼 내가 지금 어디로 가야 하는가?"

"교태전(交泰殿)……."

황태자가 이글거리는 눈으로 도성의 한곳을 노려보았다.

"그곳에 옥새가 있네."

第八章

부서지는 구마도

달그락.

"지금쯤이면 상황이 정리가 됐겠군."

영민왕은 눈앞에 놓인 탁자에 찻잔을 내려놓으며 입꼬리를 올렸다.

전운이 감도는 황성 밖과는 반대로 자금성 주위는 소음 하나 들리지 않을 정도로 조용했다.

특히나 국정을 보는 태화전은 평온함마저 느껴질 정도로 잔잔한 분위기가 흐르고 있었다.

"앞으로 많이 바빠지실 겁니다, 폐하."

"폐하라. 아직 그렇게 불리기는 이른데."

옆에 시립한 팽석진의 말에 오왕은 입꼬리가 절로 올라갔다.

만족스러운 시간이었다.

예정보다 계획이 좀 꼬이긴 했지만, 천하를 앞둔 거사에 이 정도 변수야 당연하지 않은가.

"아랫것들도 앞으로 바빠지겠군요. 오왕께서 천자로 등극하실 터이니, 준비해야 할 것이 한두 가지가 아니지 않겠습니까?"

"허. 그리되는 겐가?"

영민왕은 기분 좋게 웃어 보였다.

말만 들어도 흥분되는 일이었다. 대명제국의 천자, 그 아래 백만 대군을 통솔하는 자신의 모습이.

"그럼 그만 쉬고 다시 일해야겠군. 새로운 제국을 맞이하기 위해선 일각도 모자라."

"지당하신 말씀입니다."

오왕이 단상에서 내려오자 팽석진이 그 앞에 섰다.

조금 전 일왕이 도성 밖으로 나갔다는 보고를 들었다. 이제 군병을 돌려 무주공산이나 다름없는 황성을 점거하고, 철통처럼 경계를 굳힌다.

시일이 지날수록 방어는 더욱 굳건해지고, 중립파들은 결국 대세에 따를 수밖에 없다.

그야말로 알고도 당할 수밖에 없는, 철저한 굳히기였다.

콰아아앙! 콰아아아앙!

"……?"

한데 느닷없는 폭음과 진동이 덮쳐왔다. 한가롭게 걷던 영민왕의 걸음이 휘청였다.

"이, 이게 무슨 소린가!"

폭음이 들린 곳은 외성 밖이 아니었다. 황성의 안에서 폭발이 일어난 것이다.

이는 예정대로라면 있을 수 없는 일이었다.

"당상관!"

영민왕이 소리치자 당상관은 황급히 머리를 숙였다.

"저는 모르는 일이옵니다."

"모른다니! 지금 그게 그대가 할 소리인가!"

오왕이 역성을 돋웠다.

이미 황성에 존재하는 지휘부는 통째로 흔들렸고, 남은 군대는 일왕이 알아서 죄 끌고 나가준 상황이다.

여기서 폭굉이 터지게 되면 내성 안에 있는 군사들, 오왕 자신의 수족 같은 충성스러운 군사들만 해를 입게 되는 것이다.

콰아아아앙! 콰아아아앙! 콰아아아앙!

"크윽!"

계속되는 폭발이 천지를 뒤흔들었다. 실내에 있던 두 사람의 몸까지 저르르 흔들릴 정도였다.

영민왕은 이제 안색이 새하얗게 질렸다.

"여봐라! 밖에 누구 없느냐!"

무슨 이유 때문에 터지는 것인지 몰라도 이런 대규모 폭발은 그에게 유리할 것이 없었다.

천자에 오르기 위해 수반되는 조건 중 하나가 경성의 최소한의 피해가 아니었던가.

드르륵.

일왕의 외침에 급히 문을 열고 들어온 자가 있었다. 그는 바로 상림원감 진숙공이었다.

"진숙공! 이 어인 일인가! 지금 무슨 연유로 폭발이 일어난 겐가!"

영민왕이 눈을 부라리며 외쳤다.

한데 그를 바라보는 진숙공의 눈빛은 무심했다.

"그대가 여기에 왜 와 있는 것인가! 선황의 안위가 어찌 되었는지 아직 파악……."

"들어오너라."

감히 오왕의 말을 끊고, 진숙공은 열린 문으로 손을 흔들었다.

스륵.

긴 장포를 둘러쓴, 작은 아이였다. 그 모습을 본 팽석진은 눈을 부릅떴다.

"저 아이는……?"

과거 진숙공이 팽석진에게 선물로 보낸 소녀였다.

귀가 먹고, 혀가 잘리고, 문자마저 알아보지 못한다는 아이.

항상 옆에 있는지 없는지 신경도 쓰지 않았던 어린 여아가 지금 진숙공의 옆에 와 있는 것이다.

"너무 걱정하지 마십시오. 저희들 계획대로 잘 진행되고 있습니다."

"저희들?"

팽석진이 미간을 찌푸렸지만 진숙공은 담담히 말을 이어나갔다.

"두 분께선 잠시 이곳에 계셔줘야 될 것 같습니다. 우리 모두의 대계를 위해."

"서, 설마……."

"네, 네놈잇!"

팽석진은 경악을 금치 못했고, 오왕도 얼굴이 시뻘겋게 물들었다.

좀 전까지 손안에 들어올 것 같았던 천하가, 한낱 불알도 없는 반쪽짜리 사내에게 강탈당하게 생긴 것이다.

"네놈이 미쳤느냐! 감히 어느 안전이라고……."

"글쎄. 미친 게 대체 어느 쪽인지."

진숙공이 알 듯 모를 듯 한 미소를 지으며 오왕을 향해 물었다.

"권좌를 손에 쥐려고 형제는 물론, 제 아비까지 범하려는 자가 할 소리요?"

"……!"

"더 말 않겠소. 여기서 한 발짝도 움직이지 마시오. 만약 이 방 밖으로 나오게 될 경우."

까닥.

진숙공이 소녀에게 손짓했다.

두둥실!

그 순간 오왕과 팽석진은 보았다.

소녀가 긴 소매를 들어 올림과 함께 허공에 떠오른 물건.

"이놈이 일시에 터질 거요. 그 뒷일은 말 안 해도 알겠지?"

그것은 모든 계획의 시발점이라 할 수 있는 폭굉이었다.

✳   ✳   ✳

늦은 밤.

태화전에서 일을 마무리한 진숙공은 느긋하게 걸었다.

입가에 훈훈한 미소를 짓는 그 얼굴은, 조금 전까지 오왕과 팽석진을 겁박했던 사람과는 딴판으로 보였다.

자박자박.

대로변과 사잇길을 거침없이 걷던 그는 헌 담장 앞에서 걸음을 멈췄다.

"…흠."

사방에 널린 시체들.

황궁의 무사들이 주위에 널브러져 있었다.

머리를 처박거나, 목이 날아가거나, 눈도 채 감지 않은 채 죽은 처참한 모습들이었다.

끼익, 끼이익.

담장 옆으로 늘어진 문 하나가 힘없이 흔들린다. 압도적인 폭력의 흔적이었다.

"후우."

진숙공은 잠시 한숨과 함께 옷매무새를 만지고는 열린 문으로 조용히 발을 옮겼다.

마당은 낯선 사람들로 가득했다.

스물 남짓한 인원 중 절반은 서역의 회회족처럼 회색 천을 치렁치렁 몸에 두른 복색이었다.

"이 새끼, 넌 뭐야?"

낯선 사람들 사이에 비대한 체격의 중년인이 그를 먼저 발견하고 사납게 물었다.

"……."

어처구니없다는 듯 진숙공이 대답하지 않자 그가 다시 입을 열었다.

"대장, 이상한 놈이 기어들어 왔는데요?"

그러자 한쪽 벽에 등을 기대고 있던 매부리코의 남자가 말을 받았다.

"돼지 머리, 그냥 죽이면 되지 대장께 뭘 물어."

"하긴 그렇죠? 야. 너 열루 와……."

진숙공에게 다가가던 저두, 돼지 머리라 불린 이가 주먹을 불끈 쥐며 위협적으로 다가가다.

픽! 하는 소리와 함께 갑자기 그가 쭈욱 뒤로 나가떨어졌다.

누군가 그를 후려친 것이다.

"아이고. 이 새끼, 여전히 똥오줌 못 가리네……."

퍼퍼퍼픽!

"악! 악! 윽!"

얼굴을 감싸 쥔 저두를 사정없이 밟아대던 사내, 그가 진숙공을 바라보며 활짝 웃었다.

"어이구, 우리 진 원감 오셨습니까!"

그는 백령귀였다.

놀랍게도 서역까지 맹주를 유인하며 도망쳤던 그가 이 자리에 나타난 것이다.

"먼 길 오시느라 고생하셨습니다."

진숙공이 머리를 조아리며 조심스레 입을 열었다.

"암, 고생했지. 갑자기 일정이 바뀌었다고 해서 고생이 이만저만 아니었다고."

"죄송합니다. 본의 아니게 심려를 끼쳐 드렸습니다. 저희가 예측한 황실의 상황이 전혀 다른 양상으로……."

"그건 됐고. 것보다 진 원감."

툭툭.

백령귀가 그의 어깨를 두들기며 한곳으로 눈짓했다.

"나라를 뒤엎는데 옥새는 왜 필요한 거야?"

서역에 있는 그를 불러들일 때 명기해 놓은 장소는 옥새가 있는 바로 이곳 교태전이었다.

"황제가 궁을 비운 사이 도성에 폭탄이 터집니다. 그럼 황궁은 전시 상황이 되겠지요."

진숙공이 백령귀를 응시하며 말을 이었다.

이미 오래전부터 계획된 사안이었음에도 상대가 워낙 폭력적인 인물이라, 차근차근 다시 일러줄 필요가 있었던 것이다.

"전시 상황에서 군병들은 상관의 통제에 절대적으로 따르게 됩니다. 하지만 황제가 없는 마당에 장군들도 쉽사리 움직이지 못하지요. 그때 이 옥새는 천명 그 자체입니다."

"그럼 옥새를 이용하면 황군을 묶어둘 수 있다는 거야?"

"그 정도가 아니라 아예 우리 지시를 듣게 됩니다. 옥새가 찍힌 어지를, 감히 거짓이라 의심할 자가 누가 있겠습니까."

"하핫! 불알도 없는 할아비가 배짱 하나는 두둑하다니까! 십만 황군을 일일이 상대하려면 얼마나 골치 아픈데."

킬킬킬킬!

진숙공의 말에 백령귀가 박수를 쳤다.

은자림은 그간 보인 대로 황제가 목적이 아니었다. 전시 상황에 옥새를 잡아, 군대와 제국의 명령권 전체를 교란시키는 것이었다.

그 책략은 정확히 성공했다.

그간 천자와 일왕, 오왕이 이것을 판단하기 어려웠던 것은 현 시국에서는 만들어지지 않는 상황 때문이었다.

평시 상황일 때 만들어지지 않는 가정이 전시 상황에야 비로소 성립되었기 때문이다.

진숙공이 말했다.

"이젠 끝난 싸움입니다. 옥새가 강탈당한 것을 알면 모두가 우리를 따르게 될 겁니다."

옥새는 천하에 단 한 사람, 천자만이 쓰는 것이다. 옥새가 찍힌 공문서가 날아들면 누구도 거역할 수 없다.

그런 상황에서 도성 밖에 나간 황제가 죽는다면… 이 옥새를 쥔 자가 황제까지 될 수 있다.

"흠!"

백령귀는 만족스러운 듯 고개를 끄덕였다. 그는 힐끔 진숙공을 보더니 다시금 활짝 웃어 보였다.

"이히히히! 역시 자넨 최고의 군사야. 내가 그 많은 사람 중에 자넬 뽑길 잘했어. 이히히히히히!"

백령귀는 이내 뒤쪽에 서 있던 무리를 향해 손짓했다.

"너희들은 저기 가서 옥새 꺼내 와. 아, 근데 무슨 도장이라고 했지?"

"천자신보(天子信寶)입니다. 전시의 병력을 통솔할 수 있는……."

"아, 귀찮으니까 그냥 있는 도장이란 도장은 다 꺼내 와."

"옙!"

백령귀의 말에 수하들이 기민하게 움직였다.

그중 조장급으로 보이는 몇 명의 사내들은 부하들을 통솔하면서 여기저기 금붙이, 은붙이들을 털어 제 주머니까지 채우고 있었다.

"그런데 영민왕이란 놈, 죽였나?"

백령귀가 진숙공을 향해 물어다. 그는 무슨 하자가 있는 사람처럼, 잠시도 목을 가만두지 않고 이리저리 움직이고 있었다.

"아직 손을 쓰지 않았습니다. 요긴하게 쓰일 때가 있을 것 같아서 말이지요."

"그냥 죽여! 일정도 제 맘대로 바꾸고 일 처리도 제대로 못하는 놈! 그냥 다 깡그리 죽여 버리고 새로 세워! 새 나라, 새 인물! 이히히히히!"

짝짝!

말하다 말고 백령귀가 자기 말이 마음에 드는지 손뼉을 치며 크게 웃었다.

"그게… 황제로 내세울 만한 사람을 아무렇게나 구할 수는 없는 노릇이라……."

진숙공은 난감한 얼굴이 되어 말끝을 흐렸다.

"아, 그거라면 걱정 마. 이공(李空)."

백령귀가 건물 구석을 바라보며 소리쳤다.

"옙. 대장."

"그놈들 데리고 와."

"이미 준비해 놓았습죠!"

곧장 대답이 들려왔고 이내 어둠 속에서 두 손이 포박된 남자들이 줄지어 나타났다.

우르르르!

"……!"

순간 이제껏 감정을 드러내지 않던 진숙공이 처음으로 눈썹을 꿈틀거렸다.

포승에 꽁꽁 묶여 모습을 드러낸 자들은 모두 곤룡포를 입은 차림, 바로 이왕, 삼왕, 사왕이었다.

"이놈들 있잖아. 대충 간판으로 세울 놈들 다 잡아 왔어. 잘 했지?"

"……."

진숙공은 섣불리 대답하지 않았다.

자신이 알고 있는 백령귀는 머리가 비상하지 않은 자였다. 오히려 단순한 쪽에 가까웠다.

하지만 그 단순함에 지독한 폭력이 결합되자… 감히 아무도 생각도 못 한 일을 실제 행사로 바꾸어 버리는 것이다.

"자, 누가 황제 할래?"

백령귀가 돌아보자 이공이란 사내가 젊은 청년의 머리채를 잡아 백령귀 앞에 끌어다 놓았다.

"이게 무슨 짓이오! 감히 우리가 누구인 줄 알고!"

격렬하게 저항하는 이왕은 병부 소속으로, 나름대로 권위와 자존심을 아는 무골이었다.

그 격한 반응에 백령귀가 진숙공에게 슬쩍 웃어 보였다.

"아, 미안해. 진 원감, 좀 깔끔하게 진행을 했어야 하는데……."

그가 머리를 긁어대더니 삽시간에 이왕의 가슴에 칼을 박아 넣었다.

촤락. 푹!

"컥!"

단말마의 비명을 흘리며 몸을 떨어대는 이왕에게 씨익 웃어 보이고는 진숙공을 보았다.

"잠시만 기다려."

쐐악!

칼을 빼자 곧장 이왕이 바닥에 주저앉았다. 지켜보던 왕들이 숨 돌릴 새도 없이 삼왕을 향해 물었다.

"네가 황제 할래?"

"어. 어. 어……."

삼왕은 겁에 질려 버벅거렸다.

그는 전형적인 문인으로 권력 다툼에는 관심이 없는, 그림이나 그리고 풍월이나 즐기던 한량이었다.

그런데 눈앞에서 형이 죽고, 황제의 이름을 시정잡배처럼 불러대자 반쯤 넋이 나가 있었다.

"나, 나는… 윽!"

쿠욱!

뭔가를 말하려던 삼왕이 곧장 눈이 튀어나올 듯 경련했다.

백령귀가 그의 가슴에 또다시 칼을 박아 넣은 것이다.

풀썩.

삼왕까지 떨어져 나간 후 백령귀가 얼굴을 문질러 댔다. 피가 튀었는지 얼굴에 핏물이 뚝뚝 떨어졌다.

그렇게 백령귀가 사왕에게 고개를 돌릴 때쯤.

"…하, 하겠습니다! 제가 황제를 하겠습니다!"

사왕이 자진해서 소리쳤다.

"그래. 네가 황제 해."

백령귀는 만족스러운 듯 진숙공에게 고개를 돌렸다.

"어때? 이러면 영민왕이란 놈 죽여도 되지?"

"……."

진숙공은 이 미친 광경에 소름이 돋았다.

졸지에 왕 둘을 죽이고 흰자위를 이리저리 굴리는 백령귀.

"분부대로 하겠습니다."

그는 다시 한번 실감했다. 제어가 되지 않는 지극한 폭력이 얼마나 무서운 괴물인지.

"좋아. 좋아. 잔대가리 굴리는 놈은 제거하면 되지."

짝짝.

백령귀는 박수 치고 좋아하며 자리에서 방방 뛰었다.

그때 뭔가 떠올랐는지 진숙공을 향해 다시금 말을 걸었다.

"그런데 운 각사는 안 왔어?"

"…예. 아직 보이지 않습니다."

"하여간에 미친놈, 또라이. 그런 놈하고 같이 무슨 일을 하려니 피곤해 죽겠어, 정말."

끌끌끌.

온 얼굴에 피 칠갑을 한 채 백령귀는 운 각사를 욕했다. 그의 시선이 문득 옆으로 움직였다.

쿠웅. 와르륵!

옥새와 교태전의 문서를 잔뜩 꺼내 오던 사내들이 갑자기 자리에서 고꾸라진 것이다.

휙휙휙휙휙.

그와 동시에 횃불들이 꺼졌다.

"뭐야! 씨발!"

갑자기 주위가 암흑으로 바뀌자 백령귀가 버럭 고함질렀다.

"큭!"

"흑!"

간헐적인 비명이 계속해서 이어졌다.

언뜻언뜻 그림자가 망령처럼 흐늘거리며 사라졌다가 나타났다. 사람의 시선으로는 따라잡기 힘든 신속한 움직임이었다.

횐!

그러나 짐승, 그 이상의 육감을 가진 백령귀는 처마 위로 고개를 들었다.

달빛에 반사된 피풍의.

얼굴은 보이지 않았지만 그는 직감적으로 익숙한 모습을 떠올렸다.

"설마… 너?"

"알아보는군."

차락. 후드득.

달빛을 배경으로 광휘가 칼을 휘둘러 피를 뿌려냈다.

짙은 눈썹, 각진 이목구비가 천천히 드러났다.

불쾌감을 잔뜩 담은 사내의 눈이 모두의 얼굴에 각인되었다.

"기껏 죽였더니 다시 살아나긴 했다만."

광휘였다.

과거, 적진에서 죽였던 그를 다시 이곳에서 만난 것이다.

"이번엔 부활 못 하게 만들어주마. 모조리 토막 내서 불에 태워 버릴 테니까."

*　　　*　　　*

"아, 씨발… 진짜 욕 나오네."

백령귀는 툴툴댔다.

좌우를 살피며 중간중간 입술을 무는 모습이 마치 정서불안처럼 보였다.

그것은 과거 누구보다 많이 싸웠고, 어떤 자인지 몸소 겪은 자가 눈앞에 닥친 두려움 때문이었다.

"이봐, 영감탱이. 저놈이 왜 여기 있어? 엉?"

말투가 사납게 바뀐 백령귀가 진숙공을 향해 쏘아붙였다.

"일왕이 불러들였습니다."

"…군영왕? 아, 그러고 보니 그놈도 천중단이랬지. 맞네. 아이씨. 하필… 에휴."

땅이 꺼질 듯 한숨을 푹푹 내쉬던 백령귀는 처마 위에 서 있는 광휘의 얼굴을 보고는 재차 한숨을 내뱉었다.

"……?"

그런 그의 눈에 움직임이 감지되었다.

이제껏 처마 끝자락에 몸을 숨기고 있던 은자림 신도 둘이 광휘를 향해 천천히 다가가고 있었던 것이다.

"에휴……."

백령귀는 탄식과 함께 고개를 절레절레 저었다.

파밧!

그 순간 광휘를 향해 비호처럼 날아간 두 흑의인은 기병기인 월도(月刀)를 가슴 쪽에 파지한 채 몸을 회전하며 공격을 시도했다.

"컥!"

"큭!"

그리고 싱겁게도 끝났다.

광휘를 알아보지 못하고 덮치던 그들은 너무 허무하게 피를 쏟으며 처마 밑으로 떨어져 버린 것이다.

"쯧쯧. 상대를 봐가며 덤벼야지. 야! 너희들도 내 지시 없이 나서지 마! 저놈 정말 싸움 잘하니까."

백령귀가 으르렁대자, 서역에서 따라온 다섯의 수하들은 뒤로 한 걸음 물러났다.

"잠깐. 영감탱이."

함께 물러서던 진숙공은 백령귀의 물음에 고개를 숙였다.

"예."

"폭굉 있으면 하나 내놔봐."

"예? 그게……."

"아냐, 아냐. 됐다. 생각해 보니까 폭굉에 죽을 놈이 아니다."

이내 시큰둥한 표정으로 변한 백령귀가 광휘에게 울상을 지었다.

"아, 이봐. 진짜 너와 싸우기 싫은데. 그냥 우리 일 좀 하게 모른 체해주면 안 되냐?"

자박자박.

그러면서 조금씩 광휘와의 거리를 좁히는 백령귀.

"서로 갈 길 가자고. 너도 할 일이 있을 것 아냐? 그간 잘 처박혀서 잘 썩어가다가, 왜 맨날 내가 무슨 일만 하려고 하면 뒤꽁무니를 쫓아와서 엿같이……."

쉬익!

말과 함께 광휘 앞으로 달려든 그가 품속에서 놋쇠구를 꺼내 던지며 고함질렀다.

"열받게 하냐고오오!"

콰아아아아아아앙!

다름 아닌 폭굉이었다. 없는 척 진숙공에게 달라고 해놓고, 기습적으로 광휘를 노린 것이다.

휘릭휘릭.

광휘는 그곳에 없었다.

출렁대는 처마를 밟고 거의 오 장이나 솟아 폭발의 범위를 빠져나갔다.

열기와 함께 자욱한 연기 속으로 떨어져 내리던 광휘가 눈썹 을 꿈틀댔다.

"왜 갑자기 나타나서."

시커먼 연기와 분진으로 시야에 아무도 잡히지 않는 공간에 서 백령귀가 고함치며 쇄도해 온 것이다.

"나한테 지랄이야아아아아아아!"

촤라라라라락.

공중에서 날갯짓하듯 움직이는 연검.

흡사 뱀의 혓바닥처럼 어느 방향이든 자유자재로 변화하고 휘어지는 검을 광휘가 재빨리 방어해 냈다.

치칫. 치칫. 치칫. 치칫.

일순간에 이십여 번을 맞부딪쳤다.

두 칼날이 맞닿은 어느 시점에서 번갯불이 광휘의 검신을 따라 이동했다.

자루, 손목, 소매를 타고 옮겨 붙던 불꽃이 광휘의 얼굴을 스치고 짧게 터졌다.

피잇!

광휘의 뺨에서 가느다란 핏줄기가 피어올랐다.

'빠르다.'

칼날과 칼날이 부딪치는 불꽃. 지극히 미세한 쇳조각과 입자를 공세로 이어가는 쾌검.

어쩌면 과거 천중단 시절에 상대했던 것보다 더 강해진 것 같았다.

"이 씨발 놈아! 그걸 막아? 그걸 막냐고!"

채챙! 챙! 투욱. 파파파팟.

뭐가 억울한지 백령귀가 악을 쓰며 내지르는 공격에 광휘가 연신 뒤로 밀렸다.

계속 밀리던 광휘가 실처럼 뻗어 나오는 연검에 맞대응하려던 그때.

휘리리릭!

연검의 방향이 무려 세 군데로 갈라져 오며 목, 가슴, 다리를 노렸다.

'상단, 중단, 하단.'

광휘는 상, 중단을 막고 하단은 찌르기로 맞교환했다.

채챙! 챙! 푹!

공방이 멈췄다. 한참 서로 검을 휘두르던 그들은 자리를 바꿔 맞은편으로 되돌아갔다.

"흐음……?"

백령귀가 고개를 갸웃했다.

그의 무릎에서 핏물이 뚝뚝 흐르는 것이, 광휘의 공격을 제대로 허용한 것이다.

"옛날에 비해 느려졌네."

"……?"

"내가 많이 약해졌거든. 그래서 조금 걱정을 했는데… 별거 아니잖아!"

광휘의 미간이 좁아졌다.

백령귀가 약해졌다는 말이 쉽게 납득이 되지 않았다. 분명 광휘 그 자신은 예전보다 훨씬 빨라지고 예리해졌다고 느꼈는데.

그런 그가 상대하는 백령귀가 오히려 예전보다 약해졌다니?

지이이이잉─!

광휘의 의문이 채 가시기도 전에 백령귀가 강기를 생성해 내고는 씨익 웃었다.

"이 정도라면 이길 수 있겠어. 정말이야. 네놈 정도는……."

파라라라락.

나비가 날갯짓을 하듯 팔랑거리는 연검. 빙글빙글 원을 그리던 검신 주위로 무학의 절정이라는 강기가 소름 끼치도록 날카롭게 맺혔다.

"죽일 수 있겠다고오오!"

패애애애액.

부지불식간에 날아오는 강기.

'피할 수 없다!'

너무나 빠른 공격에 광휘가 구마도를 들어 앞을 막았다.

전에 검기를 상대로 사량발천근을 썼던 그 특유의 방법이었다.

쩌어어어엉!

"컥!"

광휘의 몸이 뒤로 쭈욱 밀려 나갔다.

본시 강기는 검기와 달라 흘리는 것도 쉽지 않거니와 날아오는 백령귀의 강기는 톱날처럼 들쭉날쭉하게 변해 사량발천근으로 제대로 흘려내지 못한 것이다.

"뭐 해?"

"……!"

광휘가 고개를 들자 백령귀가 지척에 와 있었다. 동시에 파라락거리는 그의 연검이 쏘아졌다.

이번엔 칼을 가슴 쪽으로 파지한 광휘는, 물러서지 않고 저돌적으로 달려들었다.

카카카카캉!

백령귀의 연검과 광휘의 괴구검이 허공에서 얽히며 수십 번 교차했다.

한 지점에서 광휘와 백령귀가 함께 뒤로 물러났다.

지이이이잉!

백령귀가 원거리 공격을 위해 강기를 생성해 냈다. 입이 귀밑까지 쭈욱 찢어진 그가 마지막 손을 휘두르려던 순간.

"어?"

뚜욱 하고 하늘에서 자신을 향해 무언가 떨어져 내렸다. 방금 전 교합에서 광휘가 하늘로 던진 구마도였다.

콰콰콱!

"쌍!"

대체 얼마만큼의 힘이 실렸는지, 구마도가 땅에 자루까지 박혀 들어갔다.

뒤로 물러선 백령귀에게 광휘가 짓쳐 들어왔다.

"에랏!"

백령귀도 물러서지 않고 반사적으로 도약했다.

콰앙!

그리고 광휘와 한 지점에서 교차했다.

부르르르.

백령귀가 히죽, 웃었다. 분명 손끝에서부터 감촉이 느껴진 것이다.

"허……?"

그러나 만족스러운 표정을 다 짓기도 전에 백령귀가 신음을 흘렸다.

분명 베는 손맛이 왔는데, 광휘는 눈앞에서 사라지고 없었다. 구마도와 함께.

꿈틀. 부르르르.

가늘게 떨리는 손을 부여잡으며 그가 뇌까렸다.

"뭐야, 술래잡기냐?"

✳   ✳   ✳

"형님들, 이건 어떻게 합니까?"

부서진 교태전 밑으로 흑의인 몇이 한데 모여 있었다.

먼저 황실에 잠입한 은자림 신도들이다. 그들은 옥새의 처리 여부를 묻고 있었다.

"어떻게 하긴? 들고 튀어야지. 안 그래?"

저두가 엉망이 된 얼굴을 문지르며 말했다.

"걍 가만히 놔둬. 괜히 옮겼다가 대장께 한 대 더 처맞을라."

옆에 있던 매부리코의 이공이란 사내가 고개를 저었다.

"그럴까? 하하."

저두가 찔끔하며 쉽게 수긍해 버리고는, 옆쪽을 흘깃 쳐다 봤다.

회회족처럼 천을 겹겹이 두른 사내와 여인, 그리고 거대한 도를 가슴에 끌어안은 거구의 무인이 처음부터 지금까지 아무런 말 없이 지켜보고 있었다.

"알았어. 거기 가만 놔두……."

"컥!"

"윽!"

저두가 말하던 순간 옥새에서 멀어지던 흑의인 셋이 갑자기 자지러졌다.

툭. 데구루루.

그리고 피 분수와 함께 그들의 목이 공깃돌처럼 굴렀다.

"적이다!"

광휘의 등장에 근처에 있던 흑의인들이 곧장 덤벼들었다.

삐이익!

호각이 요란하게 울리고, 바깥에 있던 자들까지 담장을 넘으며 하나둘씩 가세했다.

쇄액! 쇄액!

광휘는 흑의인 두 명의 목을 날렸다.

쇄액! 쇄액! 쇄액!

그리고 또다시 달려드는 세 명의 목을 베어버렸다.

시야에 포착된 여섯 명.

광휘가 자신 쪽으로 달려오는 흑의인을 보며 칼을 휘두르려다 멈칫했다.

'이놈들……'

그의 몸이 본능적으로 거부 반응을 일으킨 것이다.

'폭괭이다.'

한순간에 각인된 그들의 모습에서 광휘는 직감했다.

달려오는 동선, 바라보는 시선, 찰나간 스쳐 가는 상대의 흰자위.

최악.

광휘는 지체 없이 구마도로 앞을 막곤 괴구검을 오른손에 파지했다.

그러고는 뒤도 돌아보지 않고 흑의인에게 달려들었다.

콰아아아아아앙!

기다리기라도 했다는 듯 폭발이 일대를 뒤흔들며 사방으로 뻗어 나갔다.

쿠우우우우—!

신자 여섯이 소지한 폭굉이 터지자 불기둥은 무려 십여 장까지 퍼져 나왔다.

"화려하구먼."

백령귀는 미리 피신한 수하들을 보며 만족한 듯 웃어 보였다.

허약한 자들을 배치하고, 뒤이어 폭굉을 든 신도들을 섞어 놓았다.

"대장, 생각보다 약한 녀석인데요?"

흥에 겨운 듯 저두가 그의 말을 받았다.

치솟는 화염 더미를 바라보고 있자니 절로 흥이 난 것이다.

쉬이이이이—.

그 기쁨도 잠시, 서서히 걷히는 연기 사이로 한 움큼 들어간 바닥에 거대한 도신이 모습을 드러냈다.

엄청난 열기와 충격을 시커먼 병기 하나로 막아낸 광휘였다.

"대장, 지금……."

"건드리지 마."

저두가 채근하자 백령귀가 쯧 혀를 차며 말렸다.

"저놈 저런 때 건드리면 죽는다. 툭 치면 넘어질 것 같지? 그런데 저런 때가 제일 예민하더라고."

"어째서……."

저두는 갸웃했다. 폭발의 충격에서 벗어나지 못한 광휘는 당장 칼만 휘두르면 일 합도 막지 못하고 무너질 듯한 나약한 모습이었다.

하지만 백령귀는 오히려 그런 모습을 가장 경계했다.

"광마(狂魔)."

"…예?"

"됐다. 무식한 너한테 말해서 뭐 하나?"

쯧쯧. 백령귀는 혀를 차며 저두를 물렸다. 반쯤 쓰러질 듯, 위태위태하게 흔들리는 광휘를 노려보며.

"폭꾕을 든 자들은 어떻게 구분해야 합니까?"

예전의 일이었다.

흑우단 칠조 조장 서운길.

숨은 은자림을 쫓아 색출해 죽인… 칠조를 무려 반년이나 이끌던 조장이었다.

"발을 봐야지."

늘 서운길 그가 하는 말이었다.

광휘가 항의했다.

"이번엔 그럴 시간이 없었습니다. 조장도 보셨겠지만 고개를 돌리자마자 덤벼들었습니다."

신자들의 기습은 늘 그랬다.

시간 여유를 주지 않고 갑작스레 달려든다. 더구나 이번엔 공중에서 달려든 자였다.

"발을 볼 시간이 없다면 눈을 봐야 한다."

"발을 볼 시간도 없는데 눈이라고요?"

"시간이라면 있었다. 네가 찾지 못했을 뿐이지."

서운길은 너무도 당연하게 말했다.

광휘를 타이르는 눈빛과 목소리가 확신에 차 있었다.

"자아가 없는 신자들도 결국 너를 중심으로 움직인다."

"……?"

"아무리 기습이라도, 그 기습은 나를 중심에 둔다. 네 위치가 어디에 있는지, 동공은 어느 쪽으로 움직이는지 즉각 파악해라. 직관적으로 움직이면 대응할 수 있다."

"조장……."

광휘는 한숨 쉬었다.

그게 말처럼 쉬운 거라면 애초에 이렇게 묻지도 않을 터였다.

하지만 서운길은 툭툭, 가볍게도 말했다.

"당차게 수련해라. 수련으로 극복하지 못하면 경험으로 극복해야지. 쉽게 익힐 수 있다면 그게 더 이상한 게 아니더냐?"

짝짝짝!

백령귀가 박수를 치며 박장대소했다.

"하하하핫. 대단해. 역시 저놈은 다른 놈들이랑 다르다니까!"

"……"

언뜻 비아냥거리는 칼칼한 목소리에 광휘는 그제야 정신이 돌아왔다.

치이익.

열기에 달아오른 구마도가 손아귀를 뜨겁게 자극한다. 언제 의식을 잃었는지도 모르지만 광휘는 바로 대답했다.

"너무 재촉하지 마라."

드르륵. 휘청.

구마도를 잡고 몸을 지탱한 광휘. 상처와 흉터로 가득한 그의 몸이 모습을 드러냈다.

후드득.

피풍의는 폭풍과 열기에 찢기고 오그라졌다.

하지만 그는 아픔도 통증도 모르는 듯한 얼굴로 상대에게 살의만 쏘아 보냈다.

"하나하나 놓치지 않고 죄다 죽여줄 테니까."

위협적인 광휘의 모습에 잠시 멍하니 있던 백령귀가 옆으로 시선을 돌렸다.

"봐. 보라고. 참 대단하지 않나, 영감쟁이?"

백령귀가 손뼉을 치며 환호했다.

혼자서는 부족했는지 옆에 있는 노인에게도 권유하듯 말했다.

"예. 그래 보입니다."

"그렇지? 내가 뭐랬어. 그런데……"

"……"

"그래 보였으면 그렇게 멍하니 있지 말고……."

쫘악.

"윽!"

백령귀가 진숙공의 머리채를 잡아채고는 자신의 얼굴 앞으로 당겼다.

"그럼 박수 쳐. 망할 영감탱이야!"

짝짝짝! 짝짝짝! 짝짝짝! 짝짝짝!

사방에서 열심히 들려오는 박수 소리.

머리채가 잡힌 진숙공도 그제야 열심히 박수를 쳤다.

"히히히히! 이제 그만."

진숙공의 머리채를 놓은 백령귀의 손짓에 좌중의 박수 소리가 뚝 하고 멎었다.

"저기, 광휘. 네놈의 상대는 내가 아냐. 사실 이건 그놈을 위해 애써 아껴놓은 건데… 하지만 써야겠어. 네놈이 여간 까다로운 게 아니니."

"……."

말없이 바라보던 광휘를 아랑곳하지 않고 백령귀는 짝 하고 손바닥을 마주쳤다.

그 신호에 반응하듯 수십 명의 흑의인들이 담장을 타고 넘어 왔다.

무뚝뚝하게 서 있던 광휘의 시선에 투영된 그들의 눈엔 초점이 없었다. 모두 폭굉을 든 신자들인 것이다.

쩌저저저적.

"……?"

구마도를 다시 세우려던 광휘의 눈이 커졌다.

균열이 생기고 있었다.

수년을 함께 싸워 온 구마도의 중심에 하나둘 실금이 생기더니, 이윽고 눈에 또렷할 만큼 거대한 금이 가기 시작했다.

쩌적!

'하필 이럴 때……'

광휘는 이를 악물었다.

구마도의 재질은 운철이다. 하늘에서 떨어진 별의 조각. 엄청난 열기와 압력을 견디는 운철은 수백 수천의 폭굉에도 견딜 수 있는 강성의 철이다.

'전부 쓰지 못한 부분이 문제야.'

그러나 구마도같이 거대한 도를 통짜 운철로 만들 수는 없었다.

애초에 너무 강한 소재이기에 일반적인 강철도 적절히 섞여 있었다.

쩌렁!

그것이 결국 더 버티지 못한 것이다. 수많은 폭굉의 폭발 속에서.

투투투투투툭.

큰일이었다.

폭굉으로 무장한 신도들 수십의 사이에서.

무엇보다 이들 모두를 합친 것보다 더 위험한 적, 백령귀를 앞두고.

짜자자자작.

구마도가 수십 조각으로 깨져 버렸다.

第九章

전우(戰友)

"대장, 저거 이제 끝난 거 아닙니까!"

광휘의 구마도가 깨지자 저두가 고래고래 소리쳤다.

그는 이제껏 상대가 폭굉을, 반경 십 장을 가루로 만들어 버리는 폭발을 몇 번이나 버티고도 살아 있는 게 기가 막혔다.

하지만 그것도 여기까지다. 저자가 지금껏 살아남은 것은 순전히 저 신병이기 같은 대도(大刀) 때문 아닌가. 그게 깨진 이상이 많은 신자와 신마들을 상대하는 건 불가능했다.

"……."

"대장?"

한데 백령귀의 표정이 어딘지 이상했다.

이제껏 희희낙락하던 즐거운 표정이 사라지고 목에 가시가 걸린 사람처럼 매우 불편해 보였다.

"약묘."

"예, 대장."

갑작스러운 백령귀의 부름에 젊은 여인 하나가 고개를 내밀었다.

"신자와 신마들을 통제해라. 가까이 붙이지 마."

"대장?"

"대장!"

저두와 이공이란 사내가 동시에 반문했다.

약묘는 신수(神手)라는 자로, 권능을 가진 여인이다.

과거 서역의 길 안내를 맡았던 여인인데, 묘족(苗族) 출신으로 일행에 합류했다.

비록 신재처럼 염력을 부리거나 신녀처럼 신도들을 만들어 내지는 못하지만, 대신 신마와 신자에게 생각을 즉각 전달하는 특별한 능력을 지니고 있었다.

"이미 제대로 서 있지도 못하는 놈을 상대로……."

"바라칸."

백령귀는 저두와 이공의 반발을 들을 생각도 없다는 듯 또다시 입을 열었다.

"옙."

온몸을 천을 칭칭 두른 사내가 대답했다.

그는 서역 땅을 지배한 자. 회회족의 수장으로 일컬어지는 인물이었다. 백령귀는 그에게 단호하게 지시했다.

"신수를 보호해."

"……."

좌중이 조용해졌다.

바라칸이 나서서 직접 보호하라는 말에, 약묘는 물론이고 그를 알고 있는 진숙공까지 놀라움을 내비친 것이다.

"꼭 그래야 합니까?"

저두와 이공의 입이 쩍 벌어진 가운데 바라칸이 참다못해 나섰다.

그 역시 한 지방의 패주다. 이미 신수가 나선 마당에 자신까지 나서야 막아줘야 한다는 것에 반발한 것이다.

"묻지 말고 시키는 대로 해, 새끼야."

"……!"

백령귀가 으르렁거리자, 바라칸의 미간이 슬쩍 좁아졌다. 그 시선에 아랑곳하지 않고 백령귀는 후욱! 숨을 크게 들이쉬었다.

"적어도 세 배는 빨라질 거야."

"……!"

수하들은 긴장했다. 평소와 다른 백령귀의 경직된 얼굴이, 이제껏 보이지 않았던 긴장감을 갖게 만들었다.

"그 이상으로 강해진다. 보면 알 거야. 저놈이 얼마나 미친놈인지."

촤라라라락.

백령귀의 손에서 연검이 흐물흐물하게 치솟았다.

요지유의 검. 허리에 둘둘 감고 있던 연검이 쫙 펴지니 길이가 무려 삼 장에 육박했다.

"얼마나 엿같은 놈인지를."

＊　　　＊　　　＊

광휘의 눈이 가늘게 뜨였다. 그는 자신의 주위를 에워싸는
흑의인을 관조했다.

'신마들도 있군.'

셋에 한 명 꼴로 보인다.

아마도 무력이 약한 신자들의 틈을 메우려는 방책일 터.

"응?"

스스스슥.

은자림의 대열이 갑자기 변했다.

운집해 있던 신자들이 자발적으로 간격을 띄우기 시작했고
마기가 느껴지는 신마들이 벌어지는 그 틈을 메우고 있었다.

자아가 없는 신자들이 대형을 바꿨다는 건 누군가 손을 쓰
고 있다는 거다.

'저 여인인가.'

광휘는 조금 떨어진 곳에서 겹겹이 보호를 받고 있는 여인을
발견했다.

"신수라……. 재밌군."

툭.

광휘가 자루만 남은 구마도를 바닥에 던져 버렸다. 잠시 고개

를 숙인 그가 검지를 까닥였다.

"덤벼."

구마도가 깨져 나갔지만, 그는 이걸로 끝이라는 생각은 하지도 않았다.

이보다 더 절망적인 상황도 몇 번이고 거쳐온 이력이랄까.

파팟.

광휘의 도발이 끝나기 무섭게 가장 앞의 신자 하나가 공중으로 도약했다.

그가 지척에 당도할 즈음 광휘의 신형도 함께 움직였다.

콰아아아아앙!

폭굉이 터지자마자 강한 열기와 함께 튕겨 나온 광휘.

'신자 셋. 신마 하나.'

이제껏 천중단에서부터 폭굉의 폭발에 대한 경험이 누구보다 많은 그였다. 딱 아슬아슬할 정도로 폭발 범위를 벗어난 광휘는, 검을 역수로 잡으며 신법을 펼쳤다.

"카악!"

광휘가 움직이는 지점을 포착, 신자 셋이 괴성과 함께 재빨리 몸을 던졌다. 신마는 마공을 뿌렸다.

쇄애애애애액!

하지만 그것이 그들의 마지막이었다.

팟. 팟. 팟. 팟. 팟. 팟.

광휘의 이형환위가 한 동선에서 무려 여섯 번이나 펼쳐지며 좌우, 사선 방향으로 서 있던 그들이 반응할 겨를도 없이 그대로 목을 날려 버린 것이다.

'신자 다섯. 신마 둘.'

콰아아앙! 콰아아앙! 콰아아앙! 콰아아앙!

앞선 자들과 달리 이번엔 신자들이 광휘를 보자마자 자폭했다.

그러나 광휘는 이미 저만치 떨어져 있었다. 가히 신기에 가까운 움직임이었다. 그는 폭굉의 폭발력을 오히려 반발력으로 이용하며 이동한 것이다.

'신자 둘. 신마 둘.'

촤아악! 촤아악!

광휘는 마공을 뿌리는 신마 하나를 벤 뒤, 폭굉을 든 신자의 허리를 베었다.

콱! 콱!

폭발에 채 반응하지 못한 신자, 신마들을 순차적으로 날려 버렸다.

"……!"

때마침 급습하듯 다가온 폭굉을 소지한 신자 하나.

팟!

동시에 펼쳐진 광휘의 이형환위.

콰아아아앙!

이번에도 그는 정확히 피해냈다. 폭풍과 열기 속을 빠져나오며 다른 신마와 신자 사이로 질풍처럼 달려들었다.

쇄액! 쇄액! 쇄액!

숨 몇 번 쉴 사이에 무려 스무 명이 넘는 은자림을 혼자서 도륙해 낸 것이다.

"저런 미친!"

상황을 주시하던 저두가 욕을 내뱉었다.

저건 빠르다고 말할 수준이 아니었다. 아무리 이형환위라고 해도 저럴 수 없었다. 그냥 앞으로 달려가는데 환영이 무려 여섯 번이나 나타났다.

본래 이형환위는 한순간 극도로 빠른 움직임과 방향 전환으로 환영에 가까운 착시를 일으킨다. 하지만 누가 저걸 보고서 이형환위라 말할 수 있겠는가.

"약묘!"

굳은 표정으로 지켜보던 백령귀가 소리쳤다.

그러자 약묘가 고개를 끄덕이며 재빨리 알 수 없는 주문을 외웠다.

*　　　*　　　*

파파파팟.

양쪽에서 신자들이 달려들었다.

우측으로 움직이려던 광휘는 순간 멈칫했다.

"……!"

죽이기도 전에 신자의 몸에서 불꽃이 먼저 터진 것이다.

콰아아아아아앙!

"쿨럭!"

열기와 함께 그의 몸이 뒤로 튕겨 나왔다.

이번에는 정통으로 맞았다. 충격파로 인해 입가에 진한 핏물이 흐르고 있었다.

휘청!

그는 몸을 바로 세우며 이를 악물었다.

'저 여인을 죽여야 한다.'

신수는 확실히 골치 아픈 상대였다.

여기 모인 수많은 이들을 손발처럼 조종할 수 있는 자다. 광휘 자신이 아무리 빠르게 움직이더라도 모든 방향에서 착시를 일으킬 수는 없다. 어디선가는 궤적이 보일 것이고, 멀리서 순차적으로 자폭의 지시를 내리면 당할 수밖에 없다.

폭굉을 든 신자의 가장 큰 약점이 부족한 자아인데, 그게 보충되면 신마보다 더 위험한 것이다.

"퉤."

광휘가 입가의 피를 뱉으며 재차 여인에게 질주했다.

파파파파팟.

주위에 있던 신자들이 기다렸다는 듯 움직였다. 그리고 조금 전처럼 광휘가 지근거리에 도착하자 알아서 자폭해 버렸다.

콰아아앙! 콰아아앙!

광휘도 두 번 당하지는 않았다.

이미 한 번 경험한 터라, 그 전에 방향을 이리저리 바꾸며 스스로 죽게 유도한 것이다.

그런데 이번엔 신마가 문제였다.

패애액! 패애애액!

이형환위를 쓴 후, 잠시 느려지는 그 지점을 포착해 마공을 뿌려대자 광휘로서는 물러설 수밖에 없었다.

파파팟.

이를 악문 광휘가 엄청난 높이로 도약했다.

피유유유육!

그 모습을 본 주위의 신마들이 기회다 싶어 저마다 마공을 뿌렸다.

동시에 폭굉을 든 신자 두 명이 같이 따라 뛰며 광휘와 맞닿는 지점에서 자폭했다.

콰아아아아앙! 콰아아아아아앙!

광휘의 몸이 거대한 폭발에 휘말렸다.

*　　　*　　　*

"또 허상이라니!"

진숙공의 표정이 와락 구겨졌다.

이번에는 당연히 죽었으리라 생각했다.

그런데 허공을 밟고 공중으로 치솟던 상대가 다시금 이형환위를 쓸 줄이야.

"믿을 수가 없군. 저게 가능하다니……."

진숙공이 재차 짤막한 탄식을 흘렸다.

허공을 계단처럼 밟고 올라서는, 경신술의 극의라는 허공답보 중에 또 한 번 빠른 움직임으로 허상을 만들어내는 이형환위라니. 전혀 다른 두 가지 절기를 동시에 펼쳐 보인다는 건 말도 안 되는 일이었다.

눈으로 보고도 이게 가능한가 싶었다.

"대체 어떤 무공을 익혔기에……."

허공답보는 그렇다 처도 이형환위는 디딤축, 즉 지면을 밟는 탄력으로 몸을 움직인다.

그런데 저자는 허공을 밟으며 이형환위를 펼쳐냈다.

진숙공은 아무리 봐도 절세의 경신법 두 가지를 연속적으로 펼쳐 보이는 지금 상황이 납득이 되지 않았다.

경천동지할 무위도 무위거니와 그것을 뛰어넘는 발상과 임기응변이라니.

콰카카캉! 쇄애애액! 콰카카캉!

그사이 광휘는 차츰차츰 여인과 거리를 좁혀갔다.

신자들이 폭굉으로 불꽃의 진을 치고 신마들이 몸으로 벽을 쌓으며 대비하고 있었지만 허공답보와 이형환위로 단번에 뚫어 버린 것이다.

그렇게 약묘란 여인 앞에 다다랐을 때 기다란 실선과 함께 날아오는 암기의 소리를 들었다.

피유유육.

"……!"

검을 세워 받아치려던 광휘는 직감적으로 멈칫했다.

우득!

그의 허리가 기이한 각도로 꺾이고 아슬아슬하게 몸을 틀며 피해내자 사선으로 날아온 암기가 땅에 파고들어 몇 번의 불꽃을 튀기며 뒹굴었다.

퍼퍼퍼펑!

'석궁?'

광휘가 바닥을 보며 미간을 좁혔다.

석궁용 화살. 그것도 화약으로 개조된, 불꽃을 머금은 활.

만약 받아쳤다면 화약이 폭발하며 얼굴 쪽을 덮쳤을 개량된 활이었다.

*　　　*　　　*

'중원의 노(弩)가 아니다.'

촤라라라락.

또다시 날아오는 암기.

피이이이익.

광휘는 어둠 속에서 살아 움직이는 여섯의 고슴도치를 보았다.

촤작! 촤작! 촤작!

그 고슴도치의 형상이 변했다. 마치 벌의 날갯짓처럼 고슴도치의 등에서 뭔가 파락파락 움직였다.

그 움직임이 팔자처럼 흔들리며 예측하기 힘들게 변한 것이다.

따따따따딱.

더구나 어떻게 된 영문인지 광휘가 암기를 쳐낸, 그 검신을 타고 불길이 옮아 붙었다.

본능적으로 위기감을 느낀 광휘가 검을 공중으로 던졌다.

콰앙!

그 순간 작은 폭발이 공중에 피어올랐다.

'어디서 수작을······.'

광휘가 미간을 찌푸렸다.

환술에 걸렸다. 신자들을 조종하던 여인과 눈이 마주친 사이.

투욱.

그러지 않았다면 괴구검을 잡으려고 뻗은 손에서 아무런 감촉이 느껴지지 않을 리 없었다.

쓰윽.

광휘는 재빨리 눈을 감았다.

이 종류의 환술은 시각을 교란하지만 청각까지 제어하지는 못한다. 괴구검은 분명 허공에서 떨어졌을 터.

타타탁.

눈을 뜨자 좌측에서 달려드는 신마 하나가 보였다.

그리고 바로 앞에 널브러진 괴구검이 눈에 들어왔다.

광휘는 바닥에서 흙을 집어 좌우로 흩뿌렸다.

팅!

때마침 금속음이 들렸다.

'방향감각을 비틀었군.'

파팟.

좌측에서 도약한 신마가 눈앞에 당도하는 순간 광휘가 움직인 위치는 좌측이 아닌 우측이었다.

촤아아아악!

그가 주먹을 내뻗자, 좌측에 있던 신마가 그대로 밀려 나갔다.

덥석.

이번에는 광휘가 뒤쪽의 허공에 손을 뻗자 놀랍게도 괴구검이 손에 잡혔다.

파팟. 파파팟.

왼쪽, 그리고 뒤쪽에서 달려드는 신마들에게, 광휘가 손에 쥔 모래를 공중에 뿌리며 짧게 읊조렸다.

"칠검."

사사사사사사삭!

사방으로 연신 뻗어 나가는 검에 신마들이 뒤로 나자빠졌다. 일순 폭굉도 함께 터졌지만 광휘는 이미 그곳에 없었다.

'어떻게……'

광휘를 지켜보던 바라칸이 인상을 찌푸렸다.

분명 약묘가 환술을 펼쳤다. 그런데 사내는 그 약점을 한순간에 알아낸 뒤 연속적으로 비틀었다.

'고작 흙으로?'

이 환술은 단순히 감각을 한 번 비트는 것이 아니다.

처음에는 앞이 뒤로, 뒤가 앞으로 방향감각이 틀어졌다면 다음에는 앞이 오른쪽으로, 뒤가 왼쪽으로 다시 한번 감각이 바뛰었을 것이다.

이 전법으로 신마와 신자가 달려들 때 그는 필살을 확신했다. 한데 광휘란 자는 그사이 모래를 던져 교란의 감각까지 파악해 냈다.

'오른손에 쥔 검에다.'

계속 모래를 뿌려대며, 이 순간 어느 방향으로 감각이 뒤틀어졌는지를 파악한 것이다.

절체절명의 순간 대응하는 임기응변, 그리고 그것을 실현해 내는 공간지각능력.

하나하나 차분히 분석해 보면 못 할 것은 아닌데, 그걸 처음 겪은 순간 바로 파악해 낸다는 건 놀랄 만한 감각과 판단력이었다.

파파팟!

"이런!"

어느새 광휘가 다시 여인의 지척까지 당도했다. 놀란 바라칸은 소매 사이에 숨겨놓은 석궁을 또다시 급히 발동시켰다.

피유육!

살폭(殺爆).

광휘를 향해 쏘아져 날아간 화살.

화약을 이용해 쏘는 화살이며, 그 촉에는 백린(白燐)이 잔뜩 묻어 극독이자 위험한 폭발물이 된다.

한데 의아하게도 이번엔 그가 피하지 않고 정면으로 맞서고 있었다.

콰각!

"……?"

바라칸은 보았다. 가공할 속도로 날아오는 화살을 돌려 버리는 기상천외한 수법을.

기형검의 검극이 처억, 화살의 몸대에 얹히나 싶더니 빙글 돌아 거꾸로 자신들에게 날려 보낸 것이다.

쉬이이익!

그런데 어이없게도 날아간 속도보다 더 빨랐다!

"악!"

바라칸이 반응하기도 전에 비명과 함께 약묘가 화살에 맞아 쓰러졌다.

"이놈!"

수치를 당했다. 바라칸이 이를 드러내며 소매의 모든 기관 장치를 펼치려는 그때.

"비켜!"

느닷없이 튀어나온 백령귀가 광휘를 향해 열 가닥의 검기를 뿌려냈다.

파파파팟.

다시금 펼쳐지는 광휘의 이형환위.

눈알을 희번덕거리며, 광휘의 환영이 끝날 지점을 정확히 파악해 낸 백령귀가 소리쳤다.

"이게 진짜야!"

지이이이잉—!

기다란 강기 다발이 채찍처럼 덮쳐오는 순간 광휘가 몸을 비틀며 반격했다.

피이이이익.

부지불식간, 괴구검을 백령귀에게 던진 것이다.

정확히는 백령귀 옆에 엉거주춤 서 있던 은자림, 폭굉을 든 신자였다.

'약묘가! 그럼 신자가 통제를 못 받······.'

백령귀의 머리에 일순 생각이 잡히려는 순간 폭굉이 터졌다.

콰아아아아아아앙!

"악!"

열기와 충격파를 이기지 못하고 백령귀가 데굴데굴 바닥을 뒹굴었다.

"큭큭큭!"

그는 온몸에 화상을 입은 상태에서도 광휘를 향해 씨익 웃어 보였다.

"인마! 너도 당했어!"

"······?"

백령귀에게 마지막 일검을 날리려던 광휘가 멈칫했다.

자신을 향해 날아오는 두 개의 검기.

백령귀의 수하인 저두와 이공의 검기였다.

'뭐지?'

광휘는 불길한 기운에 오싹 소름이 끼쳤다.

검기를 피하지 못한 게 아니었다. 좌우로 날아가는 검기의 방향은 자신의 옆이었고 주위엔 신자와 신마도 없었다.

다만, 알 수 없는 이질감이 드는 것이 검기의 방향이 너무나 뻔하다는 것이다.

사사삭!

그렇게 두 검기가 광휘의 양옆 바닥을 허망하게 파고들었다.

'설마!'

불길한 감각에 이끌린 광휘의 눈이 찢어질 듯 커졌다.

지면에서 섬광처럼 번쩍이는 열기.

땅 밑이었다.

광휘가 전투에 정신이 팔린 사이, 조용히 땅 아래로 파고든 신자가 있었다. 그가 들고 있는 폭굉을 향해 검기가 쏘아진 것이고.

콰아아아아아아아아─.

폭굉이 터졌다. 광휘의 열에 달뜬 눈에는 온 세상이 정지된 듯 보였다.

주마등이랄까. 느릿느릿하게 움직이는 시간 속에서 유일하게 살아 움직이는 것은 화마(火魔), 자신을 살라 먹으려 뻗어오는 혀였다.

그보다 더 빠른 건, 바로 충격파였다.

드륵.

온몸에 충격파를 얻어맞은 광휘는 신체가 갈가리 찢겨 나가는 충격 속에서도 손을 들어 올리고 있었다.

양쪽 방향에서 흙더미와 함께 솟아오른 불기둥이 광휘의 몸을 덮쳐오는 와중에도.

그것이 대응의 전부였다.

화아아아아아아악!

결국 양쪽에서 터진 폭굉의 열기가 광휘의 온몸을 덮쳤고.

쓰으으으으―.

한순간 기이한 일이 벌어졌다.

광휘의 몸을 덮쳤던 열기가 말려들듯 그의 손아귀로 파고들었다.

응축되듯 모이던 열기는 광휘가 두 손을 내미는 동작을 따라 한곳으로 이동했다.

콰아아아앙!

바로, 백령귀가 있는 위치였다.

＊　　　＊　　　＊

쓰으으으으―.

안개가 눈앞을 뿌옇게 가리고 있었다.

광휘는 얼마나 시간이 지났는 지 인식하지 못했다.

그저 반사적으로 움직였다. 그를 덮친 폭굉의 열기를 백령귀 쪽으로 돌렸다. 하지만 자신 역시도 열기를 이기지 못하고 밀려나갔다.

"허억. 허어억."

광휘는 끝끝내 쓰러지지 않았지만 제대로 호흡할 수 없을 만큼 상태가 좋지 않았다.

또한 투갑을 차지 않은 다른 손은 크나큰 화상에 익어버리다시피 했다. 거의 손이 움직여지지도 않을 정도였다.

"대체 어떻게 된 거야!"

"우선 대장의 상태부터!"

멀리서 놈들의 목소리가 들렸다.

운 좋게도 조금 전, 자신이 되돌린 폭굉의 열기에 피해를 받은 듯했다.

"호교신공(護教神功)······."

뚝. 뚝.

광휘는 입가로 흐르는 피를 닦지도 않고 흐느꼈다.

쓰고 싶지 않았던 무공이다. 본능적으로 살기 위해 쓰긴 했지만 애증이 얽힌 무공이라서.

차라리 지금 살아 있는 것이 원망스러웠던 과거의 잔재라서.

"고작 반 갑자의 내공인데도 되는가······."

광휘가 탄식했다.

한때는 고마웠던 적도 있었다. 하지만 그 모든 것들은 더럽혀져 버렸다. 환술도, 폭굉의 충격으로 제대로 움직이지 못하는 이 더러운 몸도.

이제껏 싸워온 괴구검은 어디로 날아갔는지 보이지도 않았······.

"언제 봐도 좋은 검이야."

"······?"

당황한 듯 광휘의 눈썹이 꿈틀거렸다.

이 순간에 들릴 목소리가 아니었다.

건들건들하지만 친숙한, 정감 있고 자신에게 너무나도 따스했던 목소리.

"아무리 생각해도 광 노사는 허풍쟁이야. 항상 자신은 누굴 편애하지 않는다더니, 자네에게만 이런 좋은 검을 만들어주지 않나."

자박. 자박.

발소리도 그렇다. 땅을 내딛는 미약한 움직임만으로도 그가 몇 치를 걷고, 어떤 동작으로 움직이는지 알 수 있는 자였다.

한때는 형제, 그 이상의 정을 나누었던 친우였다.

"그간 많이 보고 싶었네, 광휘."

"…난 그다지."

정감을 가득 담은 목소리에도 광휘는 덤덤히 받았다.

지금처럼 피가 튀고, 몸을 가누기 힘든 나약한 모습을 보이고 싶지 않았다.

고개를 들기는커녕 서 있기도, 말하기도 힘든 상황이었지만 그래서인지 옛날 같은 무덤덤한 목소리가 잘도 나와줬다.

"거, 섭섭하구먼."

드륵.

고맙게도 그는 자신의 정면이 아닌 등 뒤로 걸어갔다.

흔들리는 몸을 일으켜 세우고는 동등한 위치에서 같이 바라보겠다는 의지다.

그는 항상 그랬다. 광휘와 등을 맞대고 말하곤 했다. 몸 뒤에서 단리형의 등이 느껴지자 광휘가 몸을 좀 더 일으켰다.

"뭐, 가끔……."

철컥.

그가 광휘의 손에 괴구검을 넘겨주었다. 폭발 후의 고요한 적막 속에서 광휘의 입꼬리가 슬쩍 올라갔다.

"가끔씩 생각은 나더군."

은은한 달빛 아래 최악의 위기 때 서로를 의지했던 동료.

무림사 고금을 통틀어 최고라 불리던 흑우단 내 하나의 생존자, 무림맹주 단리형. 그리고 광휘.

한때 절대자라 불렸던 강호 최고의 고수 둘은 명의 옥새가 담긴 교태전 앞에서 서로 등을 맞댄 채 검을 들어 올리고 있었다.

第十章

이미 이룬 신검합일

"괜찮으십니까, 대장?"

"야! 정신 좀 차려 봐!"

저두와 이공이 백령귀와 바라칸의 상태를 살폈다.

그들은 확신했었다. 약묘는 죽는 순간까지 신자 둘을 땅에 매복시켰고, 백령귀가 광휘를 밀어내 그 위치까지 유도했다.

그런데 저놈이 사방으로 터져야 할 폭꽝의 폭발을 제멋대로 조종해 버린 것이다.

"거, 건곤대나이……?"

그런 백령귀의 수하들과 달리 진숙공은 분진과 연기가 자욱한 광휘 쪽을 보며 중얼거렸다.

폭꽝이 터지는 순간 그가 본 건 불의 폭풍이었다.

거대한 열기가 광휘란 자를 덮쳤다. 그런데 일순, 그의 손으로 빨려 들어가나 싶더니 곧이어 백령귀와 바라칸을 향해 그 불꽃이 포(砲)처럼 쏘아졌다.

상식적으로 말도 안 되는 무위가 계속해서 펼쳐지자 이제는 충격도 별로 크지 않았다.

'저자도 명교 출신인 건가……'

그것밖에 결론이 나오지 않는다.

건곤대나이는 본시 명교의 선택받은 사자들이 익히는 호교신공이다.

마니교, 지금은 마교라 불리고 있지만 세속에 물들기 전 그들의 이름은 명교였으며, 이는 본시 대명제국의 뿌리와도 얽혀 있다.

'각 대의 교주들만 사용했다는 절세무공이……'

방식이 워낙 괴이하여 마공으로 보일 수 있지만, 건곤대나이는 기실 마공이 아니다. 명교가 후에 마교로 바뀌었지만, 그들의 모두가 마교는 아닌 것처럼.

어쨌든 그 무공을 광휘가 펼쳐냈다.

"아, 씨발, 그만 떠들어. 쪽팔려 죽겠으니까."

벌떡!

갑자기 바닥에 너부러져 있던 백령귀가 일어나 고래고래 소리쳤다.

우두둑! 투둑!

일으킨 몸 아래로 불타서 재가 된 옷자락이 떨어져 내렸다.

온몸에 끔찍한 화상을 입었음에도 그는 거의 고통을 느끼지 못하는 듯했다.

"야! 일어나, 병신아."

백령귀가 쓰러진 바라칸의 얼굴을 발로 툭툭 쳤다.

"저기, 대장……."

"일어나라고!"

몇 차례 툭툭 건드리자 바라칸도 눈을 떴다.

폭굉의 폭발과 열기는 적아를 가리지 않는다.

사방으로 퍼지는 열기를 집중적으로 맞았으니 분명 죽었어야 함에도 생각 외로 피해가 크지 않았다.

"내가 말했지? 저놈, 미친놈이라고."

주르륵. 투둑.

백령귀는 찢어진 옷 사이로 흐르는 피를 소매로 슥슥 문대며 말을 이었다.

"그래도 손해 본 장사는 아냐. 저놈도 제 몸이 아닐 거거든? 그러니 남은 건 내가 다 처리한……."

"대장, 누가 왔는데요?"

"뭐?"

저두의 말에 백령귀가 눈살을 찌푸렸다.

연기가 걷히면서 그 사이로 광휘와 함께 서 있는 무인이 보였다.

세상에서 두 번째로 보고 싶지 않은 그가, 하필 지금에야 등장한 것이다.

"…쌍!"

*　　　*　　　*

"그나저나 놀랍군."

폭굉으로 일어난 먼지가 천천히 가라앉았다. 한참 동안 등을 맞대고 있던 단리형이 먼저 입을 뗐다.

"뭐가 말인가?"

퉁명스러운 광휘의 물음에 단리형이 입꼬리를 올렸다.

"자네가 건곤대나이를 펼친 것 말이야. 일 갑자도 안 되는 내공으로 그게 되던가?"

광휘가 주변을 둘러보았다.

분진과 흙먼지가 사그라든 일대는 지반 몇 곳이 통째로 주저앉거나 팬 흔적들이 가득했다. 수많은 폭굉이 만들어낸 결과였다.

광휘는 약간 불편한 심기를 담아 나직이 말했다.

"내공 위주의 무공을 버린 거지, 쓰지 않는 건 아니야."

고집이 담긴 광휘의 말에 맹주가 풋, 하고 웃으며 고개를 끄덕였다.

"하긴, 자네가 내게 가르쳐 준 무공이니 나하고는 비교도 안되게 익숙할 테지."

"……."

"그래도 좀 억울하군. 난 오 갑자의 내공을 쌓았을 때에야 비로소 쓸 수 있었던 무공인데… 광휘?"

휘청!

단리형이 말하는 사이 쓰러질 듯 광휘의 몸이 흔들렸다.

등을 등으로 받치고 있는 와중에도 중심을 제대로 잡지 못한 것이다.

투욱.

급히 그의 어깨를 받쳐 든 단리형을 보며 광휘가 탄식하듯 말했다.

"그러니까 이 모양 이 꼴이 아닌가."

"…참 위안이 되는 말이군."

단리형이 어이없는 얼굴로 부축하고, 광휘가 다시 자리에 바로 섰다.

터억.

흔들림은 잠깐이었던 걸까. 광휘가 단리형의 손을 스윽 밀어내며 말했다.

"천자께서는?"

"무탈하시네."

"이번 일 중에서 최고로 다행한 일이군."

광휘가 안도의 한숨을 쉬었다. 그 모습에 단리형이 눈에 이채를 띠며 고개를 끄덕였다.

"대원들도 와 있더군."

"…여기까지?"

"자네가 부른 게 아니었나?"

"부르긴 했지만, 황실까지 오란 얘긴 안 했어."

"허, 그럼 아영이란 소녀가 온 것도 모르겠군."

"…뭐라고?"

광휘는 놀라서 딱딱하게 굳은 얼굴이 되었다.

그 모습에 단리형은 다시 한번 피식 웃어 보였다.

"여전히 집안일에 둔감해. 그런 부분은 세월이 지나도 변함이 없군."

"글쎄, 맹주만 할까. 높으신 분이 정작 중요할 때는 강호에 얼굴도 비치지 않더니."

"그건 사정이…… 허허허."

어이없다는 듯 웃어 보이는 단리형이었다.

풀럭풀럭.

잠시 대치 중이던 흑의인이 하나둘씩 몰려들기 시작했다. 대부분 기묘한 마기를 띤 것이, 신마들인 듯했다.

그런 와중에도 맹주는 편안해 보였다.

마치 눈앞의 흑의인이 보이지도 않는 듯, 너무나 여유 있게 말을 걸고 있었다.

"거참, 옛날 생각 나는군. 자네와 함께 있으면 좋았지. 세상에 두려울 것이 없었는데……."

"난 늘 두려웠는데. 이번엔 또 얼마나 골치 아픈 일을 넘기려나 하고."

"오. 그래서 도와달라고 들고 간 일감을 죄다 내팽개쳤고?"

"일이란 일은 다 불러들이는 분이 할 소린 아니지."

미묘하게 옥신각신을 하는 사이, 점점 포위가 늘어났다.

신마와 신마 사이에 신자도 따라붙었다.

다만 이리저리 죽이고 박살 낸 광휘의 활약 덕에, 그 숫자는 반 이하로 줄어 있었다.

"그런데 자네, 왜 계속 내게 반말을 하는가?"

맹주가 문득 불편한 표정으로 물었다.

"원래는 내 밑에 있지 않았나."

광휘는 별문제 없지 않냐는 듯 대답했다.

"지금은 내가 맹주지 않은가. 무림맹주."

"그럼 존대해 드리지요. 뭐 어렵다고."

"……."

단리형은 어처구니가 없었다. 말하기 무섭게 태도를 바꾸는 걸 보니 묘하게 기분이 나쁘기도 했고, 그러면서 왠지 반갑기도 했다.

"허어……."

이 목석같은 친구가 이제는 사람처럼 농도 하는가 싶어 왠지 웃음이 나올 때였다.

사사사삭.

신마와 신자들이 움직이기 시작했다. 광휘는 힐끗 주변을 보고는 단리형을 향해 과장되게 읍을 해 보였다.

"맹주, 소인은 잠시 운기조식을 하겠으니 뒤를 부탁드리겠소."

"자네……."

털퍽!

대답하기도 전에 냉큼 바닥에 엉덩이를 붙인 광휘를 보고 맹주는 허허, 하고 웃어버렸다.

"언제 봐도 성격 참⋯⋯."

배포 하나는 엄청나다 싶었다.

여전히 적들에 둘러싸여 있는 데다 폭굉을 든 신자들도 적지 않았다.

자신이 정리 잘못하면 단박에 주화입마를 일으킬 상황인데도 그는 너무나 태연하게 운기조식을 하고 있었다.

"믿어주니 고맙다고 해야 하는 건지, 나이 먹은 날 부려먹는다고 투덜거려야 하는 건지."

허허허. 웃으며 단리형은 검을 들어 올렸다.

말은 살짝 꼬였지만, 그의 가슴은 오히려 푸근했다.

파파팟!

마치 합을 맞추듯, 동시에 신마 열 명이 공중에 도약했다.

"오라!"

차악!

달려오는 은자림 수십. 위험한 이빨을 드러내는 사냥개를 상대로, 무림맹주는 여유 있게 검결지(劍訣指:손가락 두 개를 세운 손의 형태)를 짚어 보였다.

*　　　*　　　*

피이이익! 피이이익!

단리형의 주위로 수십 발의 녹광(綠光)이 쏟아졌다.

살아남은 신마들은 여기서 죽겠다는 듯 모든 기운을 쥐어짜 내 퍼부었다.

타다닥!

폭광을 든 신자들은 그가 후퇴할 지역을 향해 어적어적 부자 연스럽게 달려 나갔다.

스윽.

강력한 화력에 맞서는 맹주의 대응은 오른손을 슬쩍 들어 올 리는 것이 전부였다.

그것만으로 신마와 신자들을 상대하기 충분했다.

후드드드드득. 콰콰콰캉!

사방으로 휘몰아치던 마기의 다발이 맹주와 광휘의 근처로 오다 말고 제각기 방향이 틀어졌다.

오 갑자로 펼치는 건곤대나이의 수법 앞에서는 마공이고 검 기고 간에 물렁한 엿가락처럼 휘어졌다.

"하여간 은자림의 잡것들은."

잠시 잠잠해진 사이 단리형은 잠시 눈을 감고 기감으로 상 대를 파악했다. 파악되는 숫자와 위치를 짚어보고 그는 한숨을 내뱉었다.

"상대를 봐가면서 덤비지 않는군."

철컥. 쏴아아아아―.

단리형은 몸을 돌리며 검을 휘둘렀다.

검에서 생성된 검기가 두 개의 반듯한 원을 만들며 공중과

지상으로 나아갔다.

그리고 일순 놀라운 변화가 생겼다.

원의 형태를 띠던 검기가 한순간 숙수가 뽑는 면 가닥처럼 줄기줄기 갈라지더니 수십 수백 가닥으로 쪼개져 폭우처럼 옆으로 쓸고 나간 것이다.

쏴사사사사사삭!

"컥!"

"읍!"

"억!"

콰아아앙! 콰아아앙! 콰아아앙!

그것이 끝이었다.

단말마의 비명이 들렸고, 폭굉이 터졌다. 신음과 괴성도 난무했다.

도약하던 자, 준비하던 자, 기회를 엿보던 자 등 주위를 에워싸던 오십여 명이 모두 유명을 달리해 버렸다.

"이 망할 영감탱이야, 저놈이 왜 여기 있는 거야!"

맹주의 일 검에 전력이 확 날아가는 걸 보고 백령귀가 진숙공에게 멱살잡이를 했다.

"그, 그건 저도 잘……."

당황한 진숙공이 연신 고개를 흔들자 백령귀가 더 사납게 쏘아붙였다.

"뭐? 네가 모른다고?"

쏘아보는 백령귀의 얼굴은 끔찍했다.

원래 호감과는 거리가 멀었던 얼굴이 반은 시커멓게 타들어 갔고, 나머지 반은 화상으로 벌겋게 달아올라 있었다.

"전서응을 보낸 건 백령귀 님뿐입니다!"

"어? 그건 우리가 맹주 저놈에게 꼬리를 잡혔다는 거네? 병신같이 흔적 질질 흘리면서?"

흠칫!

백령귀가 흘리는 살기에 진숙공은 바짝 긴장했다.

따질 때도 사람을 가려서 따져야 하는 법. 원래 제정신인 때가 거의 없는 그는 이걸 시비로 당장 자신을 죽이려 들 수도 있다.

"아, 아닙니다. 백령귀 님께서… 그럴 리가 없지요."

"그래, 그렇지? 그럼 답은 나왔네."

백령귀가 투욱, 잡았던 진숙공의 멱살을 풀어주었다.

안도의 한숨을 쉬는 진숙공의 귀에 섬뜩한 속삭임이 꽂혀 들어왔다.

"네가 양다리 걸친 거야. 교활한 쥐새끼야."

＊　　　＊　　　＊

사악!

일순 백령귀의 눈이 녹색으로 변했다가 붉게 물들었다. 대경한 진숙공은 손을 내저었다.

"대장, 이건 오해, 악!"

콱.

하지만 말할 틈도 없이 그는 얼굴이 붙잡혔다.

백령귀는 지이이익! 한 손으로 진숙공의 입을 틀어막은 채 개끌듯이 바닥을 쓸었다.

"이제 들키니까 빠져나가고 싶지? 아주 막 거짓말해 대고 싶지? 그런데 이걸 어쩌나……."

"읍! 으…읍!"

"상황이 이리됐는데 그깟 변명을 들어주면 내가 병신인 거지. 안 그래요?"

"윽… 읍!"

진숙공은 필사적으로 목을 흔들었지만 입이 백령귀의 강철 같은 손바닥에 묶여 있었다.

어떻게든 오해를 풀고 말을 해보려고 하는데, 입 뗄 기회조차 주지 않는 것이다.

"안 그래도 모가지 한번 참 뻣뻣한 게 맘에 안 들었는데… 잘 가, 친구! 또 보지 말자고."

화르르르르르르.

"……!"

백령귀가 손에 힘을 주자 진숙공의 몸에서 불길이 치솟았다. 폭굉을 터뜨린 것도 아닌데 사람의 몸이 거대한 모닥불처럼 피어난 것이다.

툭. 짜지직!

잠시 뒤, 진숙공이 바닥에 내동댕이쳐지자 살이 타고 새카맣게 탄화된 인골만이 요란한 소리를 울렸다.

한때 황궁과 은자림을 양쪽에서 조종하던 걸물로서는 허망한 모습이었다.

콰아아아아앙! 콰아아아아앙! 콰아아아아앙!

고개를 돌린 백령귀의 눈썹이 꿈틀댔다.

진숙공을 처리한 그 잠깐 사이에, 맹주가 신자고 신마고 할 것 없이 죄다 때려잡아 버린 것이다.

"저두! 이공!"

"옙!"

"옙!"

조금 전 백령귀가 부린 패악질에 식겁한 저두와 이공이 바짝 긴장해서 달려왔다.

"내가 시간 끌 테니 광휘 놈, 마무리해."

"알겠습니다."

"예, 대장!"

촤라라락!

식은땀을 흘리는 부하 둘을 앞에 놓고 백령귀가 연검을 세웠다. 뱀처럼 구불구불한 연검이 살아 움직이듯 포악한 이를 드러냈다.

"바라칸, 가자!"

"예!"

그가 먼저 달려 나가자 바라칸도 뒤이어 움직였다.

단리형, 현 맹주가 그들의 목표였다.

*   *   *

스스스스.

단리형도 곧장 앞으로 달려 나갔다.

아무리 그라 해도 백령귀와 그보다 한 급 처지는 수하를 단칼에 처리할 수는 없었다. 광휘가 운기조식에 빠져든 동안, 거리를 좀 떼도록 격전장을 옮길 필요가 있었다.

그렇게 오 장 정도 움직였을 무렵 강렬한 외풍(外風)이 단리형의 눈에 투영되었다.

콰콱!

번갯불이 튀며 일시에 세 무인들의 동작이 멎었다.

손목 부근에서 예리하게 빠져나온 바라칸의 외날검.

뱀처럼 구불거리는 백령귀의 연검.

그들의 공격을 단리형이 검 하나로 막은 채 멈춘 것이다.

"흥!"

맹주의 비웃음과 함께 멎었던 시간이 다시금 빠르게 흘러갔다.

스사사사삭!

검이 아닌 탈혼표란 암기로 대응한 바라칸.

촤라라라라락!

휘어지는 것을 넘어 아예 해괴한 꿈틀거림을 보이는 백령귀의 연검.

그들의 전방위 공격에 맹주는 신중하게 검으로 방어했다. 몇 합 동안 교전하던 와중에 한순간 크게 기합을 질렀다.

"으합!"

카카카캉!

그리고 상황이 급변했다. 바닥에서 솟아오른 강렬한 기풍이 두 명을 일시에 튕겨낸 것이다.

촤르르륵.

백령귀와 달리 유독 바라칸은 중심을 잡지 못하고 뒤로 계속 밀려 나갔다.

울컥!

그의 입에서 한 줄기 핏물이 흘러나왔다.

방금 전, 단리형이 쏜 것은 단순한 기풍이 아니라 일종의 예리한 검기였다.

'나를 노린……!'

생각을 채 마치기도 전 왼편에서 단리형이 툭 튀어나왔다.

슈아아악!

바라칸은 반사적으로 석궁을 쏘아냈다.

단리형이 바람처럼 뒤로 물러났다. 숨 한 번 쉴 정도 여유를 가진 바라칸은, 재빨리 전 방향으로 암기를 날려 몸을 보호했다.

좌르르르르륵!

벌 떼가 달려들 듯 암기가 맹렬하게 날아갔다. 그런데 그 암기의 물결을 상대로, 혹 사라졌다가 정면에서 나타난 맹주의 희미한 웃음이 눈에 쏘아져 들어왔다.

'아······.'

번쩍.

콰아아아아앙!

맹주가 바라칸 위에서 모습을 드러냈다.

폭발이 이는 그 찰나를 뚫고 도약한 것이다.

카캉! 가가강!

백령귀가 구원에 나섰다. 낭창낭창한 연검에 실린 패도적인 힘에 맹주는 천천히 뒤로 밀려났다.

카캉! 카카카칵!

눈으로 따라가기도 힘든 엄청난 속도였다. 칼날과 칼날이 맞부딪히는 순간 불꽃이 좌우에서, 아니 거의 전 방향을 점하며 일어났다.

'이게 중원 최고의 고수······.'

덜덜덜.

바라칸은 자신의 손이 떨리는 모습을 보았다.

태어나서 단 한 번도 이런 느낌을 가진 적이 없었다.

속도가 말도 안 되게 빠르다. 맹주가 펼친 건 강호에서 말하는 이형환위도 아니었다. 그저 평범한 신법인데, 그 속도를 따라 반응하는 것 자체가 힘들었다.

조금 전, 백령귀가 도와주지 않았다면? 분명 자신은 죽었을 터였다.

'이자는 전혀 다른 유형의 고수야.'

광휘가 즉흥적이고 패도적인 유형의 무인이라면, 맹주란 자는 모든 움직임을 계산에 넣고 차분하고 주도면밀하게 움직이는 무인이었다.

한쪽은 싸움 방식을 예측할 수 없어 두려움을 느낀다면, 다른 한쪽은 너무나 단단해 알고도 막지 못하는 무기력함을 느끼게 한다.

'이렇게 망신만 당할 수는 없지! 적어도 광휘란 녀석이라도……'

바라칸이 악독한 얼굴로 시선을 돌린 순간.

타닥!

기회를 보고 있던 이공과 저두가 광휘 앞에 날아들었다.

*   *   *

"끝이군."

백령귀가 피식, 연이어 쏘던 공격을 멈추며 말했다.

"왜 끝인가?"

단리형도 잠시 동작을 멈춘 뒤 반문했다.

"운기조식을 하고 있는 중에 공격당하면 어떻게 될까?"

"주화입마가 되겠지."

"봐. 저놈 이제 끝이라고."

처억.

백령귀가 연검으로 가리킨 건 광휘를 향해 달려든 두 명의 사내였다.

"그리 당하고도 아직도 모르는가."

그걸 본 맹주가 피식 웃어 보였다.

"…뭐?"

불쾌하게 눈썹이 다 타들어간 눈을 홉뜨는 백령귀를 보고 맹주가 재밌다는 듯 웃었다.

"잊었나 본데 저 사람 전직이 구표야."

"……."

"빈틈을 노리는 살수란 말이지."

"저……."

채애앵!

저두와 이광을 부르려던 순간, 맹주의 검이 다시 짓쳐 들어왔다.

타닥!

광휘를 향해 달리는 이공과 저두는 결코 방심하지 않았다.

벌레조차도 기척을 알아차리지 못한다는 마교의 보법, 암현미종보(暗玄味鍾步)를 펼치며 그들은 정말로 최선을 다했다.

솨아아아아아아—.

저두와 이공의 몸이 각기 여덟 개로 불어났다.

환영처럼 보이지만 실은 한 명이 펼쳐내는 것. 그리고 일정 경지에 오르면 환영 모두가 실체인 것이 암현미종보였다.

쇄애애애액!

도합 열여섯으로 신형이 늘어난 저두와 이공이 제각이 다른 자세로 검을 휘두르는 순간.

"억!"

번쩍.

때마침 광휘가 눈을 뜨며, 소용돌이처럼 회전했다.

석상처럼 멀뚱하게 있다가, 절체절명의 순간 단류십오검을 펼친 것이다.

파바바바밧!

"커억!"

총 열여섯 개의 환영이 제각기 다른 자세로 괴구검에 목이 날아갔다.

툭. 툭.

본래의 모습으로 돌아온 둘은 바닥을 뒹굴었다.

아무리 하지 않으려 해도 공격이 들어가는 순간 반사적으로 생기고 마는 방심. 그것이 허망한 죽음을 불렀다.

"놓쳤군. 빌어먹을."

툭.

조금 짜증 난 기색으로 툴툴거리며 맹주가 다가왔다. 장포고 머리고 산발이 되어 흩어진 걸 보니, 그 와중에 백령귀가 나름 대로 필살의 수를 써서 도망친 모양이다.

"괜찮은가?"

"이게 괜찮아 보이나?"

맹주의 물음에 광휘가 기운 없이 대꾸했다.

보아하니 혈색만 돌아왔을 뿐, 눈빛과 말투는 아까와 크게 달라 보이지 않았다.

"훗. 오랜만에 보는군. 천무심법(天武心法)."

과거 살수 암살단에서 쓰던 대표적인 방법이었다.

운기조식을 하는 내공 고수를 보면, 적은 반사적으로 따라온다. 그걸 노린, 알고도 당하는 방식이다.

광휘가 말했다.

"지긋지긋한 심법이지."

"나보다 더 잘했던 사람이 할 말인가?"

맹주는 웃었다.

광휘는 분명 운기조식을 했지만, 천무심법의 특성은 운기행공을 즉각 멈춰도 거의 내상을 입지 않는다는 탄탄한 점에 있었다.

소림의 내공은 구대문파 중에서도 안정적인 점에서 수위를 차지한다.

광휘와 단리형, 두 사람은 서로 우정만 나눈 것이 아니라 각각의 무공 비결 또한 나누었다.

광휘는 단리형에게 건곤대나이를, 단리형은 광휘와 살수 암살단에 천무심법을 알려주었다.

"그런데 그건 무슨 무공인가? 어디서 많이 본 것 같은데……."

갸웃하는 맹주의 물음에 광휘가 답했다.

"단류십오검."

"백중건? 그의 무공을? 왜?"

단리형이 더 의아하게 바라보자 광휘는 쓰게 웃었다.

"편안해지고 싶었네. 육체가 아닌 정신적인 것들로부터. 그러다 보니 신검합일이란 말도 안 되는 상상의 경지를 좇을 수밖에 없더군."

"……."

"백중건의 무공도 그 과정 중 하나야. 어떻게든 그놈의 신검합일에 가까워져야 하네. 그러기 위해선 수단과 방법을 가리지……."

"광휘, 자네 지금 무슨 말을 하는 겐가?"

문득 맹주가 기가 막힌다는 얼굴로 목소리를 높였다.

"무슨 말이라니?"

광휘는 의아했다. 어찌 된 영문인지 단리형의 얼굴은 상기되어 있었다. 눈빛도 달랐다.

"자넨 신검합일을 이루지 않았나."

"뭐?"

광휘의 눈이 부릅뜨였다.

눈앞에서 냉기를 가득 담은 단리형의 동공은 농담이나 거짓말을 하는 것이 아니었다.

당황함 가득한 시선은 이제, 맹주에게서 광휘로 넘어가고 있었다.

"이루었다고? 신검합일을?"

뒤늦게 소름이 돋았다.

이제껏 바라왔고 이루고 싶었던 소망하던 경지를 다름 아닌 최전선에서 누구보다 많이 싸웠던 전우의 입으로.

"내가?"

광휘가 들은 것이다.

第十一章

절대 고수들의 합격술

두두두둑.

거대한 대군이 움직이고 있었다.

복장이 너덜너덜하고 온몸에 피 칠을 한 자들도 있었지만 단 한 명도 투덜대거나 신음을 흘리지 않았다.

당연한 일이었다.

이들은 명제국의 자부심, 금의위였으니까.

"천중단이라고 했나?"

달그닥달그닥.

대열 중심에 있던 황제가 입을 열었다.

"그렇습니다, 폐하."

그의 주위로 같이 말을 몰던 방호가 황제의 말을 받았다.

"과인도 강호라는 곳의 소문은 조금씩 전해 들었다. 한데 금일 직접 보니 정말 감탄을 금할 길이 없구나."

"과찬이십니다. 감당할 수 없습니다."

황제의 최근방은 천중단이 호위하고 있었다.

맹주가 자리를 비운 사이, 혹시 모를 은자림의 기습을 대비해서였다.

재미있는 것은 저 자존심 높은 화산파와 무당파도 다른 소리를 하지 않았다는 것이다.

은자림의 혹독함과 기괴함은 구대문파들마저 손을 들 정도였다.

합리적으로 생각할 때 천중단만큼 저들을 상대하는 데 좋은 인선은 없었다.

이들은 태생 자체가 은자림에 대비하기 위해 길러진 자들이니까.

"한데……."

황제가 손을 흔들자, 그의 말고삐를 잡은 금의위가 알아듣고 속도를 늦췄다.

촤르륵. 촤르륵.

주위에 있던 금의위 대열이 그의 속도에 맞춰 천천히 느려졌다.

"과인을 지켜주는 건 고맙네만 그대들도 맹주를 따라가야 하지 않겠는가?"

"그럴 필요까지는 없습니다."

방호는 단호했다. 그래서 황제는 의아했다.

"맹주가 반년을 쫓아다닐 만큼 위험한 인물 아닌가. 그가 여기에 와 있다면, 그리고 반역을 일으킨 오왕과 손을 잡는다면 싸움의 향방이 어찌 될지 아무도 모를 터인데."

상황이 정리되기 무섭게, 맹주는 급히 황성 쪽으로 몸을 날렸다.

감히 황제를 내버려 두고.

그 발길이 얼마나 급했는지, 나중에 합류한 장씨세가는 물론이고 직속 친위대라 할 만한 무영대까지 두고 갔다.

불쾌감까지는 가지지 않았지만, 천자로서는 의아할 수밖에 없었다.

중원과 세상의 중심은 자신 아닌가. 그런데도 맹주가 자신마저 두고 간다는 것은……

"아무래도, 굉장한 자일 테지?"

결론은 그것밖에 없었다.

가장 치열한, 지독한 전장이라서 맹주가 직접 쳐들어간 것이다.

저 천중단마저도 가지 않고 자신을 지킬 만큼 위험한 자들을 상대하러.

"전하께서 무슨 염려를 하시는지 아오나 그건 신경 쓰실 필요가 없는 일입니다."

살짝 미안해서 꺼낸 말에 천중단 단원들은 너무도 느긋하게 받았다.

황제는 그 믿음이 갑자기 궁금해서 물었다.

"…왜인가?"

"맹주도 맹주시고, 저희 모두가 덤벼들어도 만만치 않은 상대가 그곳에 있으니까요."

방호는 슬쩍 웃음 지으며 옆을 돌아보았다.

"만만치 않은 게 아니라 못 이기지."

천중단 단원들이 투덜대고, 그 주변을 호위하는 무당파와 화산파가 뭔 소린가 하여 고개를 갸웃했다.

"그자가 그 정도인가?"

광휘. 문득 그 이름을 떠올리고 묻자, 방호는 황제 앞에서 살짝 포권을 해 보였다.

"아마 그 이상일 겁니다. 맹주 말로는."

"허어?"

천자가 감탄했다.

눈앞에서 맹주가 펼친 무공을 직접 본 그로서는 방호의 말이 믿기지가 않았다. 그런 경천동지할 무공을 가진 자의 보장이라니.

"맹주가 가끔 그렇게 말하곤 했습니다. 그 사람이 작정하면, 자신도 막을 자신이 없다고."

"허!"

천자의 생경한 반응에 방호는 실실 웃다가 이내 살짝 침울해졌다.

분명 그랬다, 한때는.

하지만······.

＊　　　＊　　　＊

"내가 신검합일을 이루었다고? 내가?"

광휘는 이미 물었던 말을 다시 물었다.

신검합일.

그토록 바라고 닿고 싶었던 경지다.

그것을 위해 내공도, 감정도 모두 버린 적도 있었다. 어떤 것에도 얽매이지 않으려 애썼고, 상식의 틀을 몇 번이고 부수는 시도도 했다.

그런데 이 무슨 소리인지. 단 한 번도 닿지 못했던 경지를, 자신이 이미 이루었다니.

"설마 자네, 과거를 기억하지 못하는 겐가?"

맹주의 얼굴이 굳었다. 그러고는 묵묵히 주변을 돌아보며 납득한 듯 중얼거렸다.

"하긴, 예전의 자네라면 건곤대나이를 쓸 일 자체가 없었겠지. 폭굉 따위에 맞지 않았을 테니."

"단리형······."

"광휘, 좋게 생각하게······."

신음하는 광휘에게 맹주가 다독이듯 말을 이었다.

"자네가 과거의 기억을 잊었다는 건 차라리 잘된 걸세."

"그건 또 무슨 말인가?"

광휘가 반사적으로 그를 노려보았다.

맹주는 복잡한 얼굴로 잠시 침음하다 입을 열었다.

"만약 신검합일이 깨지지 않았다면 자넨 이곳에 없었을 거야. 모두가… 맹의 모두가 자넨 죽을 거라 했으니까."

불현듯, 과거의 기억들이 단리형의 머릿속에 주마등처럼 흘러갔다.

무림맹 의각의 모든 원로들이 장담했다.

머지않아 광휘는 죽을 거라고. 며칠이 될지 몇 달이 될지 모르지만.

그러니 맹주의 직위를 물려받을 수 없다고.

"나야 물론 아니라고 굳게 믿었지만, 그렇게 단정 짓는 있는 이들을 설득하진 못했네. 신검합일은 그런 거야. 감히 인간이 가질 수 없는, 가져서도 안 되는 진입 불가의 영역."

"내가… 정신을 또 놓친 건가?"

"정신만이 아니라 몸도 견디지 못했어."

툭툭. 맹주가 옷을 털며 고개를 저었다.

"가뜩이나 자네의 공간지각력은, 이미 무인의 영역을 초월하고 있었네. 신검합일을 이루게 되면… 차원 자체가 다른 힘이 되거늘 그게 과연 사람에게 복일까. 아무리 자네라지만 무사할 수 있을까."

"……."

"자네가 과거의 기억이 떠오르지 않는 건 아마 그래서일 걸세. 감당할 수 없으니까. 특히나 천중단의 마지막 기억들은 거의 공백에 가까울 게야."

광휘의 눈이 가라앉았다.

그제야 자신이 겪은 모든 상황이 아로새겨지기 시작했다.

생각해 보면 그랬다.

과거의 일들이 단편적으로밖에 기억나지 않는 것.

그나마 돌아오는 기억 중 끈질기게도 연결되지 않는, 잔상조차 남지 않은 텅 빈 공간들.

맹주의 말대로 당시의 자신이 신검합일을 이루었다면, 그 기억이 돌아오지 않는 것도 말이 된다.

인간이 닿아서는 안 되는 영역이라면.

"옛날에 비해 느려졌네?"

오늘 본 백령귀도 말했다.

분명 단류십오검을 익혀 예전보다 빨라졌다고 자신했거늘, 우습게도 그는 자신을 보며 느려졌다고 했다.

이는 아마도 백령귀가 가지고 있는 기억 속에선, 신검합일을 이루었던 그때의 광휘가 지금보다 훨씬 빠르고 강했다는 말이 된다.

"대장, 우리는 이렇게 괴물이 되어가는 거겠지요?"

장씨세가에 온 날부터 상념이 그를 괴롭혔다.

산속에 기거하던 그때보다 증상은 부쩍 심해지고 잦아졌다.

하지만 그것은 단순히 악몽이 아니었다.

'망가진 정신이 온전한 정신으로 돌아가는 과정의 통증.'

달라진 것도 있었다.

보폭, 숨소리, 공간, 건물의 구조, 위치.

과거에는 굳이 의식하지 않아도 본능적으로 떠올랐던 것들이 점차 없어지기 시작했다.

그 바람에 과거에는 결코 일어나지 않은 상황도 겪었다.

"조심하세요!"

"소저어어어어!"

'장련 소저가 독화살을 맞은 날.'

그때는 궁사의 위치조차 파악 못 하지 않았던가.

지금 단류십오검을 익히고 난 뒤에는 의식적으로 감각을 떠올릴 수 있게 되었지만 감정에 변화가 생길수록, 점차 사람으로 돌아올수록 신검합일에서 멀어지는 기이한 현상이 발생했던 것이다.

"사부는… 어떻게 되신 건가?"

광휘가 맹주를 보며 떨리는 목소리로 물었다.

"놈! 내 죽음을 덧없게 만들 셈이냐!"

잠깐의 꿈이었지만 광휘에겐 그때의 기억이 잔상으로만 남아 있었다.

자신을 쏘아보는 부릅뜬 그분의 눈빛과 함께.

"아니, 넘지는 못했지만 너는 돌아왔다. 대부분이 광마로 생을 마감했지만 너는 두 번이나 제정신으로 돌아왔다. 그리고 지금, 살아 있다."

사부는 외쳤다.

넘지 못했지만 자신은 돌아왔다고, 그리고 살아 있다고.

"이젠 너밖에 남지 않았다. 그러니 네가 끝내야 한다. 네 두 손에 중원의 미래가 달렸어. 대답하여라. 하겠다고, 어서 대답해!"

그리고 부탁했다. 그런데⋯⋯.

"그건 기억이 나는 겐가?"

맹주의 물음에 광휘는 고개를 저었다.

"아니⋯ 잘 나지 않아. 내가 대체 무슨 짓을 한 거지? 그때 나는 어떤 모습이었던 거지?"

신검합일.

그토록 바라왔던 무인의 꿈이 이제는 두렵게 느껴지기 시작했다.

가늘게 몸을 경련하는 광휘를 보며, 맹주는 쉽게 입을 떼지 못했다.

"강했네. 아주 많이."

"……."

"대원들이 자넬 무신(武神)이라고 불렀을 만큼."

"…흉신(凶神)이겠지."

듣기 좋게 말을 돌렸지만 광휘는 알았다.

그때 사부 당신의 배에 꽂혀 있었던 건 바로 광휘 자신의 검이었다.

"이게… 이게 대체……."

망연해진 그의 얼굴에는 분노가 아닌 허탈함, 심지어 자조도 섞여 있었다.

뭐라 말하기 힘든 답답함이 섞여 스스로를 무너뜨리려 했다.

또 한 번…….

"죽으면 안 돼요."

"죽으면 안 돼요, 무사님."

차우객잔에서 다량의 피를 보고 장씨세가로 돌아가는 도중에 발작을 일으켰던 기억.

가만히 놔뒀으면, 장련이 말리지 않았으면 분명히 자신은 이 세상 사람이 아니었을 것이다.

"당신 때문에 웃고 울 수 있었던 사람들은요? 당신으로 인해 지금까지 살아갈 수 있었던 사람들은요?"

"그리고 앞으로 당신이 살릴 사람들은요. 그들도 사람이잖아요. 그 사람들은 당신에겐 아무런 의미가 없는 사람들인가요?"

'장 소저.'

신검합일은 정말로 사람이 닿아서는 안 되는 경지였던 모양이다. 무예가 가장 극에 닿아 있던 시기의 광휘는, 가장 불행했다.

당장에라도 죽고 싶고, 살아 있다는 것이 무엇인지 의미도 모를 지경이었다.

차디찬 철로 만들어진 검(劍)처럼.

"참 지랄맞은 상황이군."

광휘는 웃어 보였다.

한 가지 예전과 다른 것이 있다면, 지금의 그는 자해나 자결을 마음에 두지 않는다는 점이다.

그저 지독하게 씁쓸해할 뿐.

잊었던 자신에게 장련이 알려주었다.

잠들었던 내면의 감정을 깨우고, 사람으로 돌려놓고, 그것을 잊지 않게 되새겼다.

신검합일에서는 멀어졌지만, 그녀가 자신을 살린 것이다.

"뭐, 원래 우리 인생이 그렇지."

단리형은 복잡한 얼굴의 광휘에게서 슬금슬금 눈치를 보듯 시선을 돌렸다. 무림맹주라는 직위에 어울리지 않게.

"흠……."

그리고 눈살을 찌푸렸다.

자신들도 그렇지만, 저놈들도 진득하게 미련이 많은 모양이었다.

제 발로 도망갔던 것들이 다시 돌아온 걸 보면.

*　　　*　　　*

"이걸 받으시지요."

바라칸은 백령귀를 향해 놋쇠구 십수 개를 내밀었다.

기존의 폭굉과 달리 크기도 모양도 제각각이다.

콩알만큼 작으면서 길쭉한 것부터 주먹만큼 큰 사각의 것까지 있었다.

그중에는 충격에 터지는 것이 아니라 무인이 내력을 넣어야 터지는 특제 폭굉도 있었다.

투욱.

바라칸은 배자(褙子)처럼 두 팔이 없는 갑옷 재질의 윗도리, 연갑주(硏甲紬)까지 벗어 들었다.

"왜, 죽으려고?"

툭 쏘는 듯한 백령귀의 말에 바라칸은 고개를 끄덕였다.

"예. 광휘란 자, 이미 지쳐 있습니다. 루주께서 맹주를 맡는 사이 제가 손을 쓰겠습니다."

목숨을 걸고서라도.

비장한 수하의 말에 백령귀는 기분 좋은 듯 시시덕거렸다.

"하긴, 어차피 네놈 실력으론 뭘 해도 죽을 거야."

퍼덕퍼덕.

백령귀가 연갑주, 회회족의 신병이기라 할 만한 갑주를 널름 집어 입으며 말했다.

"어디 잘해봐. 살아남으면 가끔 네 생각은 해줄게."

"그럴 필요 없습니다, 대장."

충신이라도 당장에 충성심이 날아갈 야박한 말인데도 바라칸의 얼굴은 결연했다.

"저희 부족을 지켜준 것만으로도 큰 은혜를 받았으니까요."

"그래? 알았어. 그럼 나부터 움직일게."

백령귀는 여전히 감흥 없는 표정으로 그를 향해 손짓했다.

"알아서 잘 죽어."

파팟.

말이 끝나자마자 움직인 백령귀.

멀리 있던 맹주 역시 화답하듯 그를 향해 달려갔다.

카카카캉! 카가캉!

철천지원수라는 게 이런 것일까. 백령귀는 맹주를, 맹주는 백령귀만 노리며 치열한 공수를 주고받았다. 그게 당연하다는 것처럼.

그사이 바라칸은 자신을 노려보는 광휘를 보며 비장한 각오를 다졌다.

'한 번에 끝내야 해.'

파팟.

상대 없는 광휘가 자신 쪽으로 움직이자 그도 곧장 달려 나갔다.

가장 먼저 몸에 소유하고 있는 모든 암기를 그를 향해 던졌다.

피육! 피유유육! 사사사삭!

석궁의 활이 작동하고, 날개 모양의 암기와 탈혼표가 전방위로 쏟아져 나갔다.

촤라라라락!

어느 것은 영활하게 날고, 어떤 것은 터진다.

공간에 가득 퍼져 나가는 암기의 물결은 화려하기 그지없었다.

다만, 이전처럼 폭탄이 터지지 않고 화약 같은 작은 불꽃만 일으켰다.

'좌우 반 보. 우측 이 보. 다시 좌측 다섯 보.'

광휘 역시 상대에 맞춰 움직이고 있었다.

펼치는 신법도 조금 달랐다.

감각으로 움직이던 조금 전과 달리 이번엔 미리 동선과 적의 움직임을 예측하고 반응했다.

타타타탓. 사사사삭.

암기가 모두 뿌려질 무렵, 광휘가 그의 앞에 나타났다.

"걸렸군."

때마침 두건 사이로 비친, 바라칸의 희미한 웃음에도 광휘는 전혀 동요하지 않았다.

"알아. 기다린 거야."

"······!"

쏴아아아아—.

광휘의 대답이 채 끝나기도 전에 엄청난 빛무리가 바라칸의 가슴 쪽에서 터져 나갔다.

동시에 광휘 역시 검신을 바꿔 잡으면서 그를 향해 검을 뻗었다.

콰아아아앙!

바라칸의 자폭으로 일대가 뒤흔들리자 백령귀가 공격 중에 단리형을 보며 씨익 웃었다.

씨이익!

단리형도 함께 웃어 보였다. 그 바람에 괜히 백령귀는 기분이 나빠졌다.

'뭐지, 이놈?'

챙! 채채챙!

공수 중에 슬며시 고개를 돌렸다.

우두둑. 투두둑.

작은 돌멩이가 떨어지고 크게 퍼진 연기 속에서 걸어 나오는 건······.

"반로타검이라더군, 저거."

광휘란 것을 맹주는 보지 않고도 알 수 있었다.

* * *

단리형은 백중건의 반로타검을 본 적이 있었다.

딱 한 번이었지만 워낙 강렬했던 기억이라 잊지 않고 떠올릴 수 있었던 것이다.

"백중건?"

그건 백령귀 또한 마찬가지인 듯, 물음에 짜증이 배 있었다.

그도 모를 수 없는 이름이었다.

과거 은자림의 수장이었을 때 제거 대상 일 순위에 오른 천중단원 아니던가.

"그래, 그 사람."

맹주는 지그시 웃어 보였다.

백중건의 반로타검을 떠올리자 조금 전 상황이 눈앞에 그려지는 듯했다.

광휘는 일촉즉발의 상황에서 폭굉의 한 면을 때렸을 것이다.

그로 인해 폭굉의 폭발이 한쪽으로 밀려났을 테고, 그 힘은 천을 온몸에 칭칭 감은 바라칸이라는 남자를 집어삼킨 것이다.

'폭탄이 터지는 찰나의 간극.'

말은 쉽지만 머리카락 하나만큼의 미세한 시점을 정확히 잡아야 할 수 있는 묘기다.

터럭 하나만큼이라도 빠르게 출수하면 폭굉을 그냥 쳐 날릴 뿐이고, 또 늦으면 거꾸로 화염에 휩쓸려서 죽었으리라.

예나 지금이나 광휘의 저 미세한 감각은 새삼 대단한 것이었다.

"히히히히히! 뭘 그리 꼬나봐! 난 저놈이 뒈질 줄 알았어! 전혀 기대도 하지 않았다고. 호호호호!"

미쳐 버린 것일까?

맹주 한 명을 상대하기 버거웠던 백령귀가 이제는 두 명을 상대하게 되었음에도 정신 나간 사람처럼 방방 뛰기 시작했다.

"준비됐는가?"

맹주가 자신 쪽으로 걸어오는 광휘를 향해 슬쩍 물었다.

"물론."

광휘는 대답하자마자 곧장 백령귀를 향해 달려들었다.

그가 다가가는 거리에 맞춰 단리형도 움직였다.

쇄애애액! 쉬이이익. 촤르르르르!

양쪽에서 매섭게 찔러 들어오는 두 개의 칼날.

백령귀는 연검을 좌우로 움직이며 동시에 받아쳤다.

그러나 그것은 시작에 불과했다.

쇄애애액! 쉬이익! 피이이익! 쇄아악!

좌우측에서 달려드는 광휘와 단리형을 막아섰지만 반박자 늦기 시작했고.

파팟. 쇄애애액! 사아악! 피이이익!

두 사람이 재차 동선을 바꾸며 달려들자 백령귀의 반응은 이제 한 박자가 늦어졌다.

피이이익! 치이이익! 촤아악! 촤아악!

쌓이고 쌓인 미세한 간극의 합.

종국에는 백령귀의 몸에서 피가 튀었다.

천하제일을 자처하는 두 고수들의 검을 혼자 다 막기란 무리였던 것이다.

"아이 씨! 치사한⋯⋯."

쉬쉬쉬쉭!

불평을 하건 말건, 단리형과 광휘는 손을 늦추지 않았다.

게다가 하필이면 한쪽은 패도적이고, 다른 한쪽은 정석적인 검술.

그나마 같은 속성이면 어찌해 보겠는데, 두 가지가 서로를 보완하자 공격할 틈도 없고, 방어할 엄두도 내기 힘들었다.

백령귀는 결국 폭발했다.

"새끼들아아아아아!"

쇄애액! 쇄애애액! 쇄애애액!

정신없이 베였다. 발악하는 와중에도 백령귀는 피가 분수처럼 튀고, 온몸에 빼곡히 검상이 새겨졌다.

치리릭. 치리리릭.

연검도 흔들리고 백령귀의 몸도 뒤로 쭉쭉 밀려나던 순간 광휘의 검이 그의 허벅지를, 단리형의 검이 그의 어깨를 정확히 관통했다.

콱! 콱!

"으아아아아악!"

온몸을 떨며 괴성을 지르는 백령귀.

그러나 곧바로 표정을 바꾸더니 씨익, 입꼬리를 광대뼈까지 올려 보였다.

"사실, 연기야."

백령귀가 두 절대고수를 향해 다른 한 손을 들어 보였다.

어느새 그의 손에 폭굉 하나가 들려 있었다.

"단리형……!"

"피… 해애애애!"

콰아아아아아앙!

한순간, 엄청난 굉음과 함께 열기가 치솟으며 두 사람이 폭죽 맞은 것처럼 튕겨 저만치 날아갔다.

"크읍!"

온몸에 불이 붙은 무림맹주는, 무려 팔 장이나 밀려 나간 자리에서 재빨리 내기로 열을 다스렸다.

쿨럭쿨럭!

약간 대각으로 맹주보다 더 밀려 나간 광휘는 몸을 일으키지 못하고 엎드려 피를 게워냈다.

엔간한 폭발은 이골이 난 두 고수지만, 이번만큼은 상상조차 못 했다.

"크으읍… 광휘! 괜찮은가!"

급히 몸을 빼낸 두 사람이 이 정도 타격을 받았다면 폭굉을 꺼내 든 백령귀는 결코 목숨을 부지하지 못할 것이 당연한 일이다.

맹주는 일단 광휘부터 돌봤다.

"…방심하지 마. 저놈은 건재해."

쿨럭쿨럭!

광휘가 각혈을 억지로 진정시키며 말했다.

"크으으… 그게 무슨 말인가?"

맹주가 퍼뜩, 경계하며 검을 들고 물었다.

"이제야 생각났어. 저놈은……."

크르르르르.

때마침 뿌연 연기가 천천히 걷히자 참상이 드러났다.

폭굉 때문에 온몸이 불에 탄 모습으로 백령귀가 자신들을 보고 있는 것이다.

"적수마공(赤手魔功)을 익힌 놈이야."

시뻘겋게 타오르던 불이 더욱 거세지더니 아예 빛깔마저 파랗게 변해 버렸다.

노화순청의 단계.

그런데 백령귀는 온몸에 불이 붙은 상태로도 아무렇지 않아 보였다.

"이히히히히! 우히히히히히히히!"

해괴하고 거북스러운 백령귀의 웃음에 광휘가 신음하며 대답했다.

"폭굉도 견디는 화기의 무공이야."

"거기에 도마뱀 같은 재생 능력은 덤이군."

맹주가 말을 받으며 침음했다.

*   *   *

화르르! 따닥!

백령귀의 온몸이 불에 타고 있었다.

옷은 잿더미로 뜯기고 흩어져 나갔고, 전신에 상처가 가득했다.

"아, 따뜻해라."

화르르르.

하지만 그 상황에서도 놀랍게도 살아 있었다.

너울너울하는 불꽃 속에서 요지유검이 소금 뿌려진 지렁이처럼 꿈틀대며 춤추고 있었다.

사아아악.

붉었다가 푸르게 변한 불꽃. 온몸을 감싸고 있던 불꽃이 점차 한 곳으로 이동하더니 연검 안으로 파고들었다.

불꽃검, 즉 화령검(火靈劍)의 전신인 요지유검이 본모습을 드러내는 순간이었다.

"그걸 왜 이제야 말하는가……."

손을 들어 입가의 피를 닦던 맹주가 말했다.

"방금 생각났으니까."

"그럼 저놈의 약점 또한 알겠군."

"죽을 때까지 베면 돼."

"그게 무슨……."

맹주가 뭐라 입을 열다가 가볍게 이를 깨물었다.

쓰러진 뒤, 비틀거리며 일어서는 광휘의 상태가 심각해 보였기 때문이다.

생각해 보니, 그는 이전부터 내상을 입은 상태였다. 거기에 또 한 번 폭굉의 충격을 받았다.

정통으로 맞은 것만 당장 두 번이다. 어지간한 고수라면 진즉에 갈가리 찢겨 나갔거나, 내장이 진탕되어 죽어도 이상하지 않을 터였다.

"또 하나 기억나는 건."

광휘는 뭔가 떠올랐는지 그런 와중에도 힘겹게 대화를 이어 갔다.

"저래 보여도 불사신은 아냐. 폭굉의 충격파만큼은 저놈도 타격을 받는다. 문제는."

"저 갑옷이로군."

광휘의 말에 맹주가 끄덕였다.

적수마공. 익히는 사람의 몸을 극양의 체질로 인도하는 사마외도의 대표적인 신공이다. 그거라면 온몸이 불길로 뒤덮인 가운데 백령귀가 무사한 것도 이해는 간다.

폭굉의 위험성은 화력이 다가 아니다. 오히려 일순 모든 것을 날려 버리는 폭발력이 더 압도적이다.

그런데 지금 백령귀는 온몸이 불에 휩싸인 상태에서도 갑옷 하나만 걸치고도 멀쩡했다. 이건 적수마공으로 어찌할 수 있는 일이 아니었다.

"신병이기로군……."

광휘가 말했다.

"거기에 개량된 폭굉도 있어."

맹주가 대답하자 광휘가 한 가지를 더 첨언했다.

"원래 폭굉은 하나가 터지면 다른 놈도 연쇄적으로 터지는데… 지금은 그렇지 않았다."

천중단 시절 광휘와 단리형은 폭굉에 대해 많은 것을 보고 들었다. 그때 내린 결론은 하나였다.

아무리 폭굉이 기물이라지만 그 근본은 화약.

그 때문에 지나친 충격이나 강한 화기를 맞으면 연쇄 폭발한다.

이게 당연한 전제였기에, 조금 전의 그 상황이 잠시 이해가 되지 않았던 것이다.

"어이, 이 새끼들아. 뭘 그리 주저리주저리 떠드냐? 계집애냐?"

화르르르!

이죽거리며 주접을 떠는 백령귀의 몸에는 불길의 잔재가 남아 있었다.

그럼에도 아직 터지지 않은 폭굉이 몇 개 보였다.

'또 다른 신형 폭굉!'

불꽃이나 충격에 터지지 않는, 추측건대 무공의 고수가 내력을 넣어야만 폭발하는 그런 말도 안 되는 물건이 나타난 것이다.

"클클클! 쫄았냐? 그런 거냐? 아~ 쫄리면 그냥 돼지시든가."

슈아아악!

백령귀가 저열한 언사와 함께 연검을 펼치자, 검에 불꽃의 길이를 더해 무려 일 장이 넘는 붉은 혀가 널름거렸다.

"불에다 기름을 부은 격이군."

"그보다는 호랑이에 날개를… 아니, 아니."

광휘가 투덜거리다가 고개를 저었다.

나름대로 자신과 단리형이라는 최강의 조합으로 손쉽게 썰어 버릴 줄 알았는데, 뜻밖에도 백령귀 또한 만만치 않은 대비를 하고 있었다.

요지유검에다 이름 모를 저 갑주, 거기다 폭굉과 적수마공까지 결합되어 있다.

화기에, 거리에, 한 발 한 발의 파괴력에, 방어와 재생까지 갖춘 그야말로 말도 안 되는 방비였다.

"내가 표적이 되겠네."

이걸 어떻게 뚫을까 고민하던 차에 광휘가 말했다.

"뭐?"

맹주의 눈이 커졌다.

제정신이냐고 묻는 듯한 맹주의 시선에 광휘가 끄덕였다.

"이 상황에선 그게 편해. 제일 익숙하기도 하고."

피식.

익숙하다는 말에 맹주가 입꼬리를 올렸다.

'천중단에서 해왔던 방식이라.'

왠지 말하기 어려운 설렘과 그리움이 소록소록 사무쳤다.

분명히 한때는 다시 돌아보고 싶지 않은 처참하고 끔찍한 과거였거늘.

"자네가 표적이라면……."

사실 단리형 역시 그 생각을 하고 있었다.

단지 워낙 험했던 일들이라, 차마 그의 입에서 먼저 그 말이 나오지 않았을 뿐.

"난 구표가 되지."

타, 타타타탓.

그 순간 백령귀가 빠르게 달려왔다.

타탓, 타탓.

누가 뭐라 할 것도 없이 광휘와 맹주도 마주 달려 나갔다.

*　　　*　　　*

콰악!

엿가락처럼 길어진 백령귀의 요지유검이 광휘와 맹주의 궤적을 베고 지나갔다.

그러나 이미 그곳엔 아무도 없었다.

'왼쪽!'

카아아앙!

백령귀가 채찍을 휘두르듯 요지유검을 흔들자 좌측에서 달려든 광휘의 검과 그대로 충돌했다.

휘릭.

검이 맞닿자마자 광휘는 곧장 뒤로 물러났다.

백령귀의 검으로부터 생성된 불꽃이 자신의 검을 타고 퍼져 왔기 때문이다.

'기회.'

잠시 수세로 밀린 광휘에게 요지유검이 재차 뻗어 갔다. 하지만 백령귀는 곧 인상을 쓰며, 연검을 틀어 방어로 전환했다.

쇄애애액.

어느새 전광석화처럼 파고든 맹주가, 공격하느라 틈을 보인 백령귀를 노린 것이다.

쇄새새새색!

백령귀의 눈앞 일 척의 공간에서 무려 서른 번의 공방이 일어났다.

순후한 내력을 지닌 맹주에게는 불에 달궈진 요지유검도 별로 이익을 보지 못했다. 심후함과 정순함으로 따지면 중원 어느 무공도 미치지 못하는 것이다.

"냄새나는 땡중들의 개가!"

팟. 카카카카카카카캉!

그리고 이어진 중단전.

엄청난 속도로 찔러 오는 맹주의 검을, 몇 개는 막고 몇 개는 스치기를 반복했고 마지막 열 번의 공격은 몸으로 맞으며 백령귀가 뒤로 밀려 나갔다.

쇄애애액.

한숨 돌리는 순간, 이번엔 뒤쪽에서 인기척이 느껴졌다. 광휘였다.

그의 흉험한 모습에 백령귀는 급히 품을 뒤져 놋쇠구를 꺼냈다.

폭굉이었다.

콰아아아아아아앙!

열기가 땅을 뚫고 충격파와 함께 십 장 가까이 퍼져 나갔다.

그러나 이번 공격은 예상한 듯 광휘와 맹주가 저만치 빠져 있었기에 혼자 폭굉의 폭발을 뒤집어쓴 백령귀가 소리쳤다.

"야, 이 치사한 새끼들아!"

백령귀의 악을 지르며 소리쳤다.

그도 기억해 냈다. 과거 지긋지긋하게 자신들을 괴롭혔던 천중단의 수법을.

광휘가 멈칫하는 듯했던 건 공격과 방심을 함께 끌어내는 것이고, 그 순간을 노리는 단리형을 상대하면, 반 죽여났다고 생각한 광휘가 달려든다.

"어디 다시 한번 해봐! 똑같이 해보라고! 엉?"

화르르르르.

폭굉이 일으킨 불길은 채 꺼지지 않았다. 시뻘겋게 타오르는 동공과 함께, 더 큰 불꽃을 피워내며 백령귀는 그 자신이 화신(火神)인 듯 점차 화염의 범위를 확장해 갔다.

"하아. 하아."

광휘는 무릎을 반쯤 굽힌 채 힘겹게 숨을 몰아쉬고 있었다.

노렸던 일격은 실패하고 체력 소모만 극에 달한 것이다.

까닥.

그런 와중에도 광휘는 단리형을 향해 눈짓을 보내고 있었다.

끄덕.

단리형은 곧장 그 눈짓의 의미를 읽었다.

지금은 제법 오랜 세월이 지났지만 한때 수많은 전장을 함께 해온 전우였다. 광휘가 지금 무슨 생각을 하는지 천하에서 그보다 더 잘 아는 이는 없으리라.

화르르르르르르르.

성질머리가 더 급해진 듯, 그들에게 덮쳐오는 흉험한 불길을 향해 이번엔 단리형이 먼저 달려들었다.

화르르르르.

불길 속에서 백령귀의 요지유검이 맹주를 향해 치솟았다.

후욱!

단리형의 몸이 흐릿하게 사라졌다.

쇄아악!

백령귀는 그럴 줄 알았다는 듯 바로 반응했다. 주위에 커다란 불꽃의 벽으로 띠를 만들어 버린 것이다.

"칫!"

아무리 단리형이라도, 이런 첩첩이 싸인 불의 벽은 뚫을 수 없었는지 혀를 차며 옆에 나타났다.

"그러면 그렇지!"

촤라라락.

요지유검은 그런 그를 향해 쉬지 않고 뻗어 갔다.

쓰으윽!

맹주가 백령귀를 상대로 시간을 끄는 와중에 광휘는 천천히 정신을 가다듬었다.

뚝. 뚝.

칼로 손바닥을 베고는 홍건해진 핏물을 얼굴에 가져갔다.

오래된 의식. 싸움에 나설 때 그가 보이곤 하는 습관이었다.

'검의 움직임을 파악해야 한다.'

한때는 피를 볼 때만 나타난 공간지각능력, 지금 그것이 필요했다.

비록 신검합일과 멀어진 몸이라 그때처럼 날카로울 수는 없겠지만, 체력은 바닥이고 내공도 바닥인 지금의 몸 상태로 할 수 있는 유일한 방법이었다.

'집중을.'

쇄액! 사악! 파아아앙! 사아악!

시간이 조금 지났을 때 눈을 부릅뜬 광휘가 모든 힘을 쥐어짜 내 도약했다.

'지금!'

촤르르르르.

백령귀의 요지유검이 즉각 반응했다.

검이 머리 둘 달린 뱀처럼 민활하게 검극은 단리형을, 그 상태에서 검배는 구불구불하게 꺾이며 광휘를 향해 날아가는 기

현상을 보인 것이다.

화르르르르.

검의 길이도 길이지만, 그 끝에 맺힌 불꽃의 길이도 어마어마했다.

검극이 한 번 훑고 지나간 곳은 거의 칠 장 범위가 파스스 타들어갈 정도였다.

"허엇!"

다가오던 광휘가 크게 휘청였다.

불꽃의 띠를 받아치던 그의 괴구검이 허공을 가른 것이다. 모습을 보면 마치 불꽃 속에 숨어든 백령귀의 검을 헛친 듯했다.

사아아아악.

절체절명의 상황에서, 상대의 위기를 보면 반사적으로 대응하는 것이 고수다.

백령귀의 검이 휘어진 그대로 쭈욱 뻗어 광휘의 가슴 쪽으로 파고들었다.

피하기는커녕 움직일 수도 없는 즉각적인 기습이었다.

캉!

그 순간 광휘가 팔로 요지유검을 튕겨냈다. 삼 갑자의 내공이 담긴 적수마공의 힘을.

'어떻게… 저건!'

백령귀의 눈에 광휘의 왼손 보호대인 투갑이 눈에 들어왔다. 붉다 못해 푸르게 타오르는 불길에도 전혀 손상을 입지 않는… 운

철로 된 투갑이.

파팟.

"…쌩!"

아차 싶은 백령귀의 시선이 다시 옆으로 돌아갔다. 반사적으로 공격을 내지르는 바람에 맹주에게 여유를 준 것이다.

훅! 훅!

일순간 일 장 높이로. 허공에서 다시 허공을 딛고 뛰어오른 맹주의 손에서 시퍼렇게 검강이 일어났다.

사삭.

백령귀의 손이, 품이 아닌 검을 든 오른손 위로 훑고 지나갔다.

다시 떨어진 그 손에는 어느새 기다란 막대 모양의 폭굉이 붙들려 있었다.

"뒈져라!"

콰아아아아아아앙!

또다시 일대를 뒤흔드는 폭발.

후룩!

그런데 화마에 휩쓸려야 할 맹주의 신형이 점점 흐릿해졌다.

허상이었다.

광휘가 보였던 허공답보와 이형환위를 맹주 역시 동시에 펼친 것이다.

안개가 채 걷히기 전, 이번에도 발소리가 들렸다.

"야아아아아아아아아아!"

백령귀는 거의 미치기 직전이었다.

적수마공에 요지유검도 모자라 피해를 각오하고 폭굉까지 날려대는데 저 두 천중단 종자들은 죽지도 않고 끈질기게 달려들었다.

상판만 봐도 열이 뻗쳐 돌아버릴 것 같았다.

촤르르르르.

다시 대상을 찾아 움직이던 그때 갑자기 요지유검이 툭 떨어졌다.

촤아아아악!

연기를 뚫고 쏘아진 검에 백령귀의 오른팔이 날아가 버린 것이다.

타타탓.

단리형이 그 사이를 파고들었다.

터억. 촤르르르르.

백령귀가 재빨리 왼손으로 요지유검을 들어 지척까지 당도한 단리형을 향해 휘둘렀다.

피지지지지짓.

하지만 덜컥 문에 걸린 것처럼 갑자기 요지유검이 움직이지 않았다.

때마침 먼지가 걷혔고 단리형이 요지유검을 붙든 채 웃고 있었다.

"광휘!"

휘릭휘릭. 탁.

허공으로 날아가던 검 하나가 광휘의 손에 빨려 들어왔다.

단리형은 두 손으로 요지유검을 붙들기 전, 이미 자신의 검을 허공으로 던져놓았던 것이다.

그것이 최고의 한 수가 되었다.

휘릭휘릭휘릭휘릭.

광휘가 던진 맹주의 검은 사선으로 반듯하게 날아갔다.

백령귀는 본능적으로 움직였다. 요지유검을 놓고 살기 위해 앞으로 달려간 것이다.

순간 그의 가슴에 뭔가에 덜컥 걸렸다. 어느새 자신의 가슴에 손을 얹고 있는 단리형이었다.

"자네도 내 출신은 알고 있겠지?"

"……?"

"소림의 통배권(通背拳). 칠십이종 절예 중 격산타우의 묘!"

맹주가 기합과 함께 힘을 가했다.

백령귀가 그 의미를 깨닫고 눈을 치켜뜨는 순간.

사아아아악.

백령귀가 몸에 찬 신병이기, 그 단단한 갑주를 뚫고 맹주의 내공이 그의 몸을 가격했다. 그 몸에 빼곡히 달라붙어 있는 폭굉도 자극했다.

후끈!

폭굉이 작동했다.

검강마저 막아낼 것 같은 강렬한 갑주의 안쪽에서 지옥 같은 열기로 중첩되어.

콰아아아아아앙!

이제껏 보지 못한 불의 기둥이 그의 심장 어름에서 터져 버렸다.

第十二章

붉은 여명

풀럭풀럭.

폭굉으로 부서진 담벼락 부근에 스무 명의 무인들이 잔뜩 긴장한 자세로 서 있었다. 무림맹주의 친위대인 무영대였다.

"저게 사람의 싸움이 맞는 건가?"

"아닐걸."

"나 역시 같은 생각이네."

맹에서 최강의 무인이라는 말을 듣는 무영대 대원들이 저마다 감탄을 토해냈다.

콰아앙! 푸아아앙!

맹주와 광휘, 백령귀의 싸움은 일반적인 상식을 벗어나고 있었다.

삼 척에 달하는 강기를 아무렇지 않게 생성해 내고, 그걸 피하거나 막아냈다.

그뿐 아니라 폭굉을 되던지는 건 물론이고 폭발의 충격과 열기마저 되돌려 버리는 신기까지 보였다.

기껏 죽자 살자 도우러 달려온 그들이 머쓱해지는 순간이었다.

"이거… 이대로 있어도 되는 겁니까? 한 손이라도 더 보태……."

투욱.

무영대 신참 하나가 어정어정 발을 옮기려고 할 때 누군가그의 어깨를 짚었다.

"아서라. 우리가 낄 싸움이 아니다."

무영대 친위대장 한진이었다. 그는 대원들에게 일렀다.

"이미 이 싸움은 범인이 나설 수 있는 수준이 아니야. 우리가 끼었다간 도움은커녕 방해만 될 것이다."

"…크흠."

한진의 말에 대원은 짧게 신음을 흘렸다.

그가 보기에도 이 대결은 단순히 빠르고 강한 무공의 대결이 아니었다.

강호에서 칼밥을 먹는 그들이 보기에도 처음 접하는 싸움이다.

폭굉의 아찔한 파괴력과 그걸 뛰어넘는 신병이기. 무엇보다 그에 대응하는 맹주와 광휘의 무공도 이미 상식 밖이었다.

"게다가 이미 낄 자리도 없이 끝났고."

콰아아아아앙!

한진의 말과 동시에 백령귀의 몸에서 엄청난 폭음과 열기가 터져 나왔다.

후아아악!

이제껏 보지 못한 강렬한 불의 폭풍이 주위를 뒤덮어 버린 것이다. 절로 인상이 찌푸려지는 대원들에게 한진은 또 한 번 일렀다.

"너희들도 이번에 많이 배워두어라. 강하다는 게 어떤 의미인지를."

"……."

대답은 들려오지 않았다. 그건 수긍의 의미였다.

저 싸움은 단순히 무공만 강한 게 아니었다.

특히 맹주가 아닌 광휘에겐 그걸 뛰어넘는 무언가가 있었다. 그것이 위태위태한 상황에서 오히려 저돌적으로 밀어붙이는, 상식을 벗어나는 적을 상대할 수 있는 힘의 원천이었다.

'절대고수의 경험이란 게…….'

말은 쉽게 했지만 한진 또한 온몸에 전율이 느껴질 만큼 경외감에 휩싸여 있었다.

'적수마공.'

온몸에 불길이 타오르는 괴이한 기공. 태어나서 처음 경험해 보는 광경이었다.

멀리 떨어져 있어서 다행이지, 자신이 저 자리에 있었다면 무력감에 짓눌렸을지도 모른다.

'천중단이라고 하셨지…….'

화아아악!

불꽃이 치솟고 뜨거운 열기가 퍼진다. 마지막 일격을 꽂아넣은 맹주 앞에서 백령귀란 자가 과도한 열기에 잿더미가 되는 모습이 보였다.

"가자."

"예?"

"결국 맹주께서 승전하셨다. 어서 예를 올리자."

한진은 그들을 향해 목소리를 높였다.

"예!"

타다닥!

그의 말에 대원들이 누가 먼저랄 것이 없이 빠르게 몸을 날렸다.

*　　　*　　　*

투욱. 와지직!

한 지역에서 신병이기로 불리던 갑주 하나가 바스슥 바닥에 떨어져 부서졌다.

손바닥을 펴 든 단리형이 후우, 힘겹게 호흡을 정리했다. 그의 앞에는 형체를 알아보기 힘든, 이상하게 타들어간 덩어리가 하나 있었다.

백령귀였다.

"끝난 건가……."

광휘가 물었다. 맹주 단리형은 진땀을 훔치며 말했다.

"끝났어. 이번엔 확실해."

단리형은 필생의 내력을 다 소모해서 전력으로 건곤대나이를 펼쳤다.

백령귀가 또 새로운 폭굉을 꺼내 들기 시작한 것이 그들에게는 오히려 행운이었다.

신병이기로 보호되는 백령귀의 갑옷 안쪽에서 폭굉 몇 발이 폭발한 것이 지금의 결과였다.

만만치는 않았다.

수십 개의 일제 폭발을 건곤대나이로 내부로 끌어들인다는 건 자타 공인의 천하제일인인 무림맹주조차 온 내공을 다 써야 할 정도였다.

"그나저나 광휘, 몸은 좀 괜찮… 이런!"

단리형은 말하다 말고 급히 손을 내뻗었다.

광휘가 크게 휘청이며 바닥에 주저앉으려 했기 때문이다.

그의 상태를 확인한 단리형은 피식 웃었다.

"이미 의식을 잃었구나."

하도 딱딱하게, 본인의 힘듦이나 고통을 거의 피력하지 않는 친구였다.

너무 담담하게 묻는 바람에 단리형도 잠시 잊었다.

생각해 보면 광휘는 자신이 도착하기 전에 이미 크나큰 내상을 입었다는 것을.

"맹주님!"

"맹주님!"

투투투툭.

맹주의 친위대인 무영대가 단리형 앞에 달려와 주위를 경계했다.

"주변에 다른 기척은 없습니다. 어떻습니까? 그분은?"

한진이 대표로 나서 묻자 맹주가 피식 웃었다.

"괜찮네. 이놈이 어떤 놈인데."

"그렇… 습니까?"

한진은 어색한 자세로 대답하며 머리를 긁적였다.

"그럼 저희가 모시겠습니다."

"아니."

펄럭.

피풍의를 벗은 단리형이 광휘를 뒤에 두고 무릎을 꿇었다.

"이 친구는 내가 맡겠네. 그냥 거들어나 주게."

"……"

한진은 가타부타 못 하고 맹주가 광휘를 둘러업는 것을 도왔다. 단리형은 어린아이를 업는 어미처럼, 조심스레 피풍의로 감싸 그를 고정했다.

"일 처리는 어떻게 되어가나. 천자께서는?"

"환궁하고 계십니다. 전 천중단 단원들의 호위를 받아서. 무당, 화산의 검수들이 동행하고 있습니다."

"금의위는?"

"그 주변에서 사위를 경계하고 있습니다."

"그래? 그럼 신경 쓰지 않아도 되겠군. 환란 직후이니 칼날 하나 안 들어가게 긴장이 올라 있을 게야."

저벅저벅.

더 이상 묻지 않고 맹주는 광휘를 업은 채 바삐 걸었다. 마음 같아서는 신법을 발휘해 당장 달려가고 싶지만 지금 광휘는 기식이 엄엄했다. 급한 움직임은 그를 위태롭게 할 수 있었다.

"이분이지요?"

뒤따르는 한진이 물었다.

"무슨 말인가?"

"종종 말씀하시지 않았습니까. 술만 마시면 생각나는 사람이 있다고……."

"기억하고 있었나?"

맹주가 피식 웃어 보였다.

멀리서 동녘이 희끄무레하게 밝아오고 있었다.

해 뜨기 전의 가장 진한 어둠이 물러나고 있었다.

악전고투 끝에 또 살아서 하루를 시작하는 게 감회가 새로워 맹주는 긴 숨을 들이켰다.

"자네들은 모를 걸세. 이 사내가 구한 목숨의 수가 몇 개인지."

"……."

"정신이 무너지는 와중에도 얼마나 많은 사람들을 구했는지, 정말이지……."

맹주는 목소리에는 잔물결이 치고 있었다. 그 목소리에 서린 떨림, 울림은 사람을 숙연하게 만드는 것이 있었다.

휘이익.

차디찬 바람에 낮게 깔리는 그 말은, 무영대원들의 마음에 묘하게 남았다.

"평생 알지 못할 거라네."

평소와 다른 맹주의 감정적인 모습에 대원들은 하나둘씩 고개를 떨구고 있었다.

*　　*　　*

둥실둥실.

태화전 천장에 떠 있는 물건 하나.

고작 주먹만 한 놋쇠구였지만 그것이 주는 압박감은 대단했다.

폭굉은 괴물이다. 단 한 발만 터져도 팽석진과 오왕 영민왕을 삼켜 버릴 것이다.

그런 것이 무려 수십 발이었다.

두 사람은 손 하나 까닥하기 힘들 정도로 두려움에 휩싸여 있었다.

진숙공이 사라지고 벌써 한 식경이 지나도록 소녀는 눈 하나 깜짝하지 않았다.

"아이야, 내려놓아라."

글을 모르고, 말을 못 한다는 것이 이런 때는 지독한 불편함을 가져다주었다.

말로는 설득이 불가능하다는 걸 느낀 것일까. 영민왕의 눈짓에 떠밀린 팽석진이 한 발 걸어 나왔다.

순간, 소녀의 시선과 마주친 팽석진은 조심스레 손을 내저었다. 상대의 반응을 주시하며.

"난 알고 있다. 진숙공이 우릴 죽이라고 명하지 않았다는 것을. 어차피 그게 터지면 우리 모두 다 죽는 거다. 원하는 것이 무엇이냐?"

"……."

스윽.

팽석진은 다시금 한 발을 떼었다. 노회한 정계의 경험을 살려, 일단 거부할까 말까 망설이는 사이 다가간 것이다.

"모르겠다면 생각해 보아라. 너희들에게 명쾌한 대안이 있다면 진숙공이 갑자기 이렇게 사라졌을까. 그렇다고 우리가 아예 쓸모없어졌다면 죽여 없애는 것이 더 편할 테지. 이렇게 우릴 묶어두는 수고 대신에."

"……."

"말해보아라. 문자를 모르고, 말을 못 한다고 해서 의사 표현도 전혀 못 하는 건 아닐 텐데. 우리가 아직 쓸모 있는 이유가 있을 것이다. 뭘 하면 되느냐."

팽석진은 교묘하게 말을 엮었다.

자박자박.

질문을 던져 상대가 생각에 빠지게 유도하면서 한 발 한 발 거리를 좁히고 있었던 것이다.

드르르륵!

"……!"

그 순간 요란한 소리와 함께 방문이 열렸다.

"……."

"……."

영민왕도 팽석진도 일순 얼어붙었다. 이 상황에서 왕부 호위무사 하나가 들어온 것이다.

"…으어, 허."

뭔가 묘하게 풀려 있는, 분명히 왕부 호위무사 복장을 한 사내는 기가 차다는 얼굴로 바라보았다.

천장에 두둥실 떠 있는 폭굉, 그리고 상기된 얼굴의 영민왕뿐만 아니라 팽석진을.

긁적긁적.

"어, 오왕 전하. 급히 보고드릴 것이 있습니다. 천자께서 도성으로 이제 막 환궁하셨다고 합니다."

그러고는 너무도 태연하게, 머리를 긁으며 입을 열었다.

"뭐?"

"뭣이!"

팽석진과 영민왕이 헛바람을 들이켰다.

천자가 살아 돌아왔다는 것은 오왕이 황권을 잡을 기회가 완전히 산산조각 난 것. 모든 계획이 실패로 돌아갔다는 증명인 것이다.

"그리고 도성 밖에 있던 일왕이 천자께 합류했다고 합니다. 성벽을 지키고 있던 군은 즉각 도성 문을 열고 맞을 준비를 하고 있습니다."

"그게 정녕 사실이냐!"

영민왕이 절규하듯 고함지르고, 팽석진이 게슴츠레 눈뜨며 물었다.

"너는 그걸 어떻게 알았느냐."

일순 천장에서 그들을 위협하는 폭굉을 잊을 만큼 충격적인 사실이었다.

"뭐, 제가 두 눈으로 직접 봤으니까요."

긁적긁적.

왕부 무사가 태평하게 대답하자 영민왕은 휘청거렸다.

"아……."

그는 손으로 단상의 의자를 짚고 무너졌다.

분명 완벽했던 계획이었다. 하지만 시작부터 광휘라는 이상한 변수가 꼬이더니, 차례차례 파도를 일으키며 계획 전반이 무너져 내렸다.

아무리 모든 일에는 변수가 있다지만 그는 도무지 납득할 수가 없었다. 태어나 삼십여 년을 국정에서 일하며 차곡차곡 쌓아 온 모든 것이 무너진 것이다.

"귀하는 대체 어느 쪽 사람이시오?"

반면 팽석진은 눈살을 찌푸리며 조심스레 물었다.

복장은 분명 왕부 호위무사인데, 저 어색한 자세와 괴의한 어법, 무엇보다 예의라곤 다 말아먹은 자유로운 태세가 강호인이라고 직감하게 만들었다.

"그러는 당신들은 누구요?"

왕부 호위무사는 오히려 자신들의 신분을 물어왔다. 팽석진은 잠시 상황을 파악하려 입을 닫았다.

"나는 영민왕이다! 내 옆에 있는 자는 당상관이고!"

그새 감정이 격해진 영민왕이 목소리를 높였다.

"아? 당신이 영민왕이구려. 대충은 그러려니 했는데 본인의 입으로 대답을 들으니 참 다행인 듯싶소."

흘흘.

그는 웃으며 처억, 진지한 얼굴로 절도 있게 포권을 취했다. 소매가 긴, 왕부의 무사복에는 전혀 어울리지 않는 모습이었다.

"불초소인 묵객이라 하오. 강호의 별 이름 없는 무부올시다."

"칠객……?"

팽석진이 신음을 토해냈다. 묵객이 고개를 끄덕였다.

"그렇게 불리기도 하지요."

"당상관, 혹 아시는 것이 있나?"

팽석진만큼 강호를 모르는 영민왕이 물었다.

"강호를 떠돌아다니며 마치 자신이 협객인 양 우쭐거리는 낭인 무사입니다."

"어… 협의를 따지는 건 맞는데 우쭐댄 적은 없는 것 같소만?"

"지금 말장난하러 온 것이냐!"

마지막 사나운 말은 영민왕이었다.

묵객은 물끄러미 그를 보다가 고개를 저었다.

"전혀. 본래는 좀 진지하게 말을 나눠볼까 했는데 상황이 참……."

묵객은 옆으로 고개를 돌리며 둥둥 허공에 떠오른 폭굉을 보았다.

"요상하게 꼬여 있구려?"

찌릿.

심상치 않은 눈길을 보자마자 팽석진은 판단을 내리고 버럭 외쳤다.

"적이다! 저놈은 우리를 죽이려 하고 있다."

"……."

스으윽.

소녀의 고개가 천천히 돌아가고, 팽석진은 거기에 더 부채질을 했다.

"우리가 이대로 죽어도 괜찮은 거냐! 그랬다간 진숙공의 계획이 틀어질 텐데!"

순간, 소녀의 눈썹이 꿈틀댔다. 이제껏 옆에서 보고 있던 영민왕이 험악한 기색을 느끼고 기겁했다.

"다, 당상관. 지금 뭘 하는 겐가?"

"전하……."

당상관은 조용히 손짓으로 영민왕을 말렸다.

이호경식의 계. 자신들에게 적대적인 호랑이 두 마리를 싸우게 만든다. 그사이 잠시나마 몸을 뺄 틈을 만들 수 있을 터였다.

둥실둥실.

다행히 벙어리 소녀는 그의 의도대로 폭굉의 배치를 묵객에게 돌렸다.

"어이어이. 이봐, 뭐 하는 거야? 이러다가 다 같이 죽는다고."

묵객은 갑자기 적대적으로 변하는 상황에 어이없어 혀를 찼다.

"…흐."

소녀가 갑자기 웃어 보였다. 벌어진 입안에서 뭉툭하게 잘린 혀가 드러났다.

그동안 감정 표현이 거의 없었던 웃음을 짓자, 그지없이 사악하게 보였다.

"허어."

묵객은 고개를 절레절레 저었다.

괴이한 이 집단은 언제나 그렇듯 제대로 된 사람이 없었다.

"뭐, 너희가 뭔가 단단히 착각하는 게 있는데 나에게도……."

답답한 표정으로 묵객이 입을 여는 사이 팽석진이 빠르게 영민왕을 품에 안으며 창 쪽으로 몸을 던졌다.

파팟.

쇄애애액!

천장에 있는 놋쇠구가 갑자기 밑으로 떨어지더니 묵객 쪽으로 날아들었다.

콰직!

그때 한쪽 벽의 구멍이 뚫리며, 묵객에게 날아오던 폭굉이 거짓말처럼 멈췄다.

묵객은 소녀를 보며 씨익 웃었다.

"우리 쪽에도 너 같은 아이가 한 명 있거든."

부서진 구멍 사이에 서 있는 여인. 그리고 뚱뚱한 체구에 당자가 새겨진 황의 차림의 남자.

바로 아영과 당고호였다.

* * *

차차차창!

순간, 박살 나는 창문을 통해 왕부 호위무사 여섯이 들이닥쳤다.

그중 둘은 침입자의 존재를 발견하곤 재차 몸을 날리려다 본능적으로 멈칫했다.

"헉!"

기도가 예사롭지 않은 낯선 사내. 그리고 허공에 둥둥 떠 있는 놋쇠구.

"칫!"

콰각!

그들이 상황을 파악하느라 주춤하는 사이 묵객은 눈앞의 폭굉을 뒤로하고 벽을 부수며 뛰쳐나갔다.

패애애애액.

그러기가 무섭게 날카로운 비수 하나가 날아들며, 놋쇠구의 옆면을 관통했다.

콰아아아아아앙!

강렬한 굉음과 함께 거대한 태화전이 전각째로 날아가 버렸다.

*　　　*　　　*

갈가리 터져 나가는 전각을 보며 능시걸이 고개를 끄덕였다.

"묵객이 잘 처리해 줬군."

삭. 삭.

그는 태화전 주위에 개방 고수들을 배치하고 상황을 지켜보고 있었다.

맹주가 무영대와 함께 자금성으로 향하는 사이, 개방은 은밀하고 신속하게 태화전으로 향했다.

황성의 군사 지휘권을 잡고 있는 이는 다름 아닌 오왕이다. 그가 군병을 모아 저항한다면 군민 합쳐 수많은 인명 피해가 일어날 터.

그 바람에 거지들이 황궁이라는, 생소한 환경에 뛰어드는 일까지 왔다.

왕부 호위무사들이 몰려 있는 태화전에 오왕이 있음은 당연할 터.

"방주님!"

장로 하나가 급히 다가와 수신호를 보냈다. 능시걸의 눈매가 좁아졌다.

운이 좋은 것인지, 박살 난 태화전 뒤편으로 두 사람이 움직이는 모습이 보인 것이다.

영민왕과 팽석진이었다.

"저들이다!"

능시걸이 고함지름과 동시에 마당에서 우왕좌왕하던 수백의 호위무사들이 개방도들을 발견하고 소리쳤다.

"적이다!"

"저기에 있다!"

한데 달려오는 무사 중 몇몇에게서 강한 이질감이 느껴졌다.

"제길, 신마들도 섞여 있군."

능시걸이 짜증스럽게 말을 내뱉었다.

신법이 빠르고 몸놀림이 음산하다. 아무래도 은자림은 왕부 호위무사들 사이에도 자기네 사람을 심어놓은 듯했다.

"가자! 오랜만에 악적들 소탕이다!"

능시걸이 외치며 손에 내공을 끌어올렸다.

옆에 있던 개방 정예 고수 십오 조가 깔끔하게 갈아입은 새 옷 차림으로 달려 나갔다.

*   *   *

"전하, 괜찮으십니까?"

팽석진은 뛰쳐나오자마자 영민왕을 살폈다.

"쿨럭쿨럭."

묵객과 소녀의 신경전을 유도하고 뛰쳐나온 것까지는 좋았지만, 하필 태화전을 빠져나오는 순간 폭굉의 충격파가 덮쳐왔다.

팽석진은 반사적으로 내력을 올려 몸을 보호했지만, 간단한 호신술 정도나 배워온 오왕은 심한 내상을 입었다.

"이까짓 것… 신경 쓰지 말게. 그보다 어디로?"

"일단 서문으로 향하겠습니다. 그쪽에는 아직 우리 사람이 있을 겁니다."

팽석진의 판단은 기민했다.

북문은 황제가 적수담에서 환궁하고 있으니 호랑이 소굴이나 다름없다.

남문은 일왕이 잡고 있으니 역시 위험하다. 그리고 동문은 동이 터 오는 쪽이니, 약간이나마 더 가능성 있는 쪽은 서문일 터.

"가세!"

비틀비틀!

팽석진의 부축을 받으며 오왕이 즉각 고개를 끄덕였다. 하지만 두 사람의 발걸음은 곧 멈추고 말았다.

처억.

어둠 속에서 기다렸다는 듯 걸어 나오는 사내.

팽석진은 그 얼굴을 보고 안면이 굳었다.

"가운이?"

"예. 접니다, 숙부."

팽가운.

생각지도 못한 자리에서 조카이자 가문의 새 가주가 된 인물과 마주쳤다.

"왜 하필 여기서……."

"누군가, 저자는?"

팽석진이 탄식하자 영민왕까지 얼굴이 굳었다.

한시라도 바삐 빠져나가야 하거늘, 어째 쉽게 지나갈 수 없을 것 같은 까닭이었다.

채채채채챙!

뒤에서는 격렬하게 병장기가 맞부딪치는 소리가 들려왔다.

"으아악!"

"컥!"

콰아아아아앙!

거기다 무시무시한 충격음이 터졌다.

나름대로 일당백의 왕부 호위무사들이나 무림 고수들의 진격을 막아내기에는 벅차 보였다.

"전하, 그만 내려놓으시지요. 이미 대세는 기울었습니다."

팽가운이 괴로운 한숨을 쉬며 고개 저었다. 그리고 쓰디쓴 웃음을 지으며 팽석진을 보았다.

"숙부, 대체 왜 이러셨습니까. 앞으로 본 가가 강호 동도들 앞에 어찌 얼굴을 들고 다닐 수 있겠습니까."

"……."

이제껏 끝도 없이 이어진 의문의 사건들에는 다름 아닌 자신의 본가가 엮여 있었다.

처음 장씨세가와 석가장 사이에 시작된 작은 이권 다툼이, 어느새 하북의 자랑인 팽가를 휘말리게 하더니, 급기야 역모라는 대역죄에까지 엮였다.

이젠 어디 가서 말하기 힘들 정도로 팽가운은 자괴감에 휩싸인 표정이었다.

"숙부께서 권력을 탐하셨던 건 굳이 탓하지 않겠습니다. 그래도 하필이면 은자림이어야 했습니까? 강호의 수많은 협사들을 죽이고, 아무것도 모르는 민초들마저 몰아넣고, 이 나라 전역을 도탄에 빠뜨렸던 그들을 어찌 허용하신 겝니까. 팽가가! 우리 팽가가!"

"은자림은 우리가 끌어들인 게 아니다."

피식.

팽석진의 반박에 팽가운은 조소를 머금었다.

팽석진이 진지한 어조로 말을 이었다.

"그들은 이미 오래전에 황실에 숨어 있었어. 짐작도 할 수 없을 정도로 셀 수 없이 많은 놈들이."

"숙부! 끝까지 모른 체하실 셈입니까! 본 가의 조상들 앞에 부끄러움도 없으십니까!"

팽가운이 격노해 소리쳤다.

이미 역모는 수포로 돌아갔고, 모든 일이 만천하에 알려질 상황이었다.

그럼에도 자기 입장을 변명하는 숙부가 그지없이 가증스러웠다.

"가운아, 아니, 팽 가주."

그럼에도 팽석진은 흥분하지 않았다. 오히려 조용히 손을 내밀어, 분노에 휩싸인 팽가운을 진정시켰다.

"잠시만 머리를 식히고 생각해 보시게. 영민왕 전하께서 처음부터 역모를 꿈꿨다고 생각하시는가?"

"그럼 아니란 말입니까!"

숙부가 자신의 지위를 지적하며 반존대로 나오자 팽가운도 조금 예의를 갖췄다.

팽석진은 풋, 웃으며 고개를 가로저었다.

"지금에서야 그래 보이겠지. 그러나 말이지, 애석하게도 오왕께서는 역모 따위엔 일절 관심도 없으셨다네. 만약 정말 그랬다면, 진작부터 초석을 다지기 위해 조정 사람들을 끌어들이고 계셨겠지. 아니 그러신가?"

"하아……."

털썩.

팽가운에게 한 말인데 정작 영민왕이 바닥에 주저앉았다.

팽석진의 말에 그도 과거의 일들을 떠올렸다.

사심 없이 국정만을 돌보던 시절 그저 당연하게 나라만 생각하고 불철주야 일해왔던 시간을.

"전하께서 몰랐던 것은 저놈의 광휘가 어떤 자인지, 그가 이 모든 일에 얼마나 연관되어 있었는지 그뿐이셨네. 그런데 그 하나가 모든 걸 뒤집었고."

팽석진이 씁쓸한 듯 말을 내뱉었다.

과거 일왕이 천중단에 있었을 때 오왕은 조정과 지방을 바쁘게 오가며, 중앙 권력과 민생을 돌보는 일에 온 정신을 쏟았다.

광휘가 조정에서 어사중랑장의 직위를 받은 걸 몰랐던 건, 그만큼 기밀인 데다 오왕의 일이 바쁘고 분주했기 때문이다.

"그럼 그토록 열성적이던 오왕께서 왜 이리되신 것입니까?"

팽가운이 비아냥거리자 팽석진이 끌끌 혀를 찼다.

"그 책임을 따져 묻자면, 솔직히 만세야께까지 올라가게 된다네. 오왕께서는 피해자시네."

"하?"

기막혀하는 팽가운에게 팽석진이 지적했다.

"선친의 위패에 걸고 맹세컨대 이 몇 년간 오왕께서는 분명 권좌를 탐할 마음이 없으셨네. 그런 분을, 은자림을 끌어내는 미끼로 쓰는 것은 합당한 일이신가!"

"……?"

"자네 말처럼 이미 모든 것이 끝난 터일세. 이 와중에 더 무슨 변명을 할까! 가주도 이제는 아시겠지만 천자는 은자림과 정적 소탕에 오왕을 이용하셨네. 이게 과연 바른 일인가!"

"…큼."

팽가운은 침음했다.

잔뜩 격양된 얼굴인 팽석진의 말에 그는 이제껏 바빠서 덮어두어야 했던 의문이 소록소록 살아나는 것을 느꼈다.

천자 아래의 일왕.

황태자가 내상을 치유하며 정무를 보지 못하는 동안, 이제껏 그 대신 황궁의 가장 많은 일을 해온 것은 다름 아닌 오왕, 영민왕이었다.

그렇다면 천자가 정말로 많은 피를 흘리지 않고 천하를 아우르려 했다면, 애초에 이 모든 것을 오왕에게 미리 말하고 협력을 구하는 것이 더 낫지 않았을까.

"만세야께서는 피가 필요하셨던 것이네. 반발하는 자를 덕으로 다스리는 것이 아니라, 본보기로 많은 피를 뿌린 다음 군왕의 위엄을 돋보이려 한 것이고."

"그럼……."

"말씀해 보시게, 가주. 아비가 아들을 신뢰하지 않고 이용하는데 어찌 아들이 효를 다할 것인가? 군왕이 신하를 믿지 않고 모략을 꾸미는데 어찌 신하가 충심만을 다할 수 있었을까?"

팽석진은 부드득, 이를 갈며 열변을 토했다.

"대체 자기 자식마저 버리는 비정한 군왕을, 어느 신하가 나라 녹을 먹으며 안심하고 섬길 수 있겠나!"

"……."

팽가운은 난감했다. 효(孝)와 정리(情理)는 공맹 이후 가르침의 근본이다.

아무리 천하의 안위를 다스리는 데 피눈물이 없다지만, 이는 분명 과한 처사였다.

"글쎄. 그건 자네 그릇이 그것밖에 안 된다는 말이겠지?"

자박.

얼굴이 붉게 상기된 팽석진 뒤로, 때마침 한 명의 노인이 다가왔다. 개방 방주 능시걸이었다.

"은자림을 겪어보고도 아직 그런 말이 나오나? 천하 경영에 은자림은 반드시 솎아냈어야 할 독버섯이야. 황실 도처에 숨어든 수가 몇인지, 어떤 능력을 가지고 있으며 어떤 기관에 숨어 있는지 반드시 발본색원했어야 했고."

"……"

"그런 불씨를 가지고 있으면 언젠가 조정도 무너지고 말 터. 천자께서 독한 수를 쓰신 것은 맞으나, 독하지 않으면 군자일 수 없는 법. 결국 자네들이 불안하고 기회에 혹해 움직이고 만 것일세."

"말은 잘도 하시는군, 개방 방주."

팽석진의 얼굴이 불쾌하게 일그러졌다. 그가 싸늘해진 표정으로 되물었다.

"그래서 천자가 스스로를 위험에 빠뜨리는가? 이게 대체 얼마나 위험한 일인지 모르고 하는 말인가?"

"알지. 은자림의 위험에 자신까지 노출시킨 결단이시지."

"닥치시게! 결과적으로 일이 잘되어서 이렇게 된 것이지! 만약 정말 천하의 주인이 일개 사교 놈들에게 폭사당했다면! 남은 천하는 어쩌란 말인가!"

"……"

"군왕의 귀천에 나라 전체가 얼마나 어지럽게 돌아갔겠나! 그런 일을 누구에게도 의논하지 않고 혼자서 진행해 버린 독단이 얼마나 위험한지 모르는 겐가!"

"그래서."

분노하는 팽석진의 말을 끊으며 팽가운이 끼어들었다.

"숙부께서는 은자림의 관심을 받기 위해서 팽가를 판 것입니까? 일 장로를 포섭한 것도 그것 때문입니까?"

"…허."

팽석진이 한숨을 내쉬었다. 다른 것은 몰라도 이 부분에 대해서는 그도 할 말이 없었다.

분명 계획을 진행할 때는 기호지세, 이미 호랑이 등에 올라탄 상황이라 물릴 수도 없었다.

"인호는… 그래. 그것만은 변명할 말이 없구나."

오로지 팽가만을 위하던 팽가의 일 장로 팽인호 그를 압박해 자기들의 움직임에 끌어넣고 만 것은 분명 과한 처사였다.

천자의 행위를 비난하며 그에게 반기를 들고, 오왕을 격동시켜 권자를 노리게 한 팽석진 그 자신 역시 천자와 똑같은 짓을 한 것이다.

"나는… 잘못했다고 생각하지 않는다. 일왕이 그간 와병을 칭하며 모습도 보이지 않았기에, 나라의 역량이 근본적으로 약해졌다. 아무리 보아도, 다음 천자가 되실 분은 오왕뿐이셨어."

팽석진은 괴로운 한숨을 내쉬었다.

일왕은 앞으로 죽을지 어떨지 모르는 상황이고 이왕, 삼왕, 사왕은 제왕학의 기본도 깨치지 못한 이들이었다.

그런 자들을 순번대로 권좌에 올렸다간 나라가 망하는 꼴밖에 볼 것이 없었다.

"굳이 우리에게 부족한 것이라면 힘, 그저 힘뿐이지. 힘이 없으니 시간, 시기가 너무 나빴다. 은자림을 처리할 수 있었다면 자연스럽게 해결될 문제였다."

그는 개탄했다.

하필이면 일왕이 들어간 곳이 천중단이고, 단장인 광휘와 금란지우(金蘭之友)였을 줄 누가 알았겠는가.

설령 알았다면 말렸을 일들이 아닌가.

당연하다면 당연히 진행시킨 일이 자신에게도 나라에도, 그리고 팽석진이 섬겨온 주군, 오왕에게도 모두 독이 된 격이었다.

"만약, 정말 만약이지만 광휘와 무림맹주가 우리 편이었다면 애초에 이런 동란이 나지 않고도 은자림을 물리쳤을 수 있다. 하지만 그러지 못했지."

오왕이 정권을 쥐면 측근인 팽석진도 팽가에 큰 이득을 안겨 줄 수 있다고 믿었다.

어느 것을 어떻게 보느냐에 따라 정세가 변한다.

팽석진도 오왕도, 그날 이후 두고두고 아쉬워했다. 자신들의 계획 안에서 은자림을 대적할 수 있는 두 개의 패 중 하나도 돌아오지 않았기에 결국 사람이 아무리 노력했어도 천운은 받는 사람이 받을 뿐인가.

이제 그는 팽가운에게 조용히 소매를 들어 올려 예를 취해 보였다.

"팽 가주, 한 면을 보면 다른 면이 보이지 않네. 그대도 앞으로 살아가면서 많은 걸 보실 게야. 많은 선택을 하게 될 거고."

"……."

"그때마다 힘이 없으면 말조차 내지 못하는 상황이 올 걸세. 힘… 힘을 비축하시게. 비록 정계의 때가 묻은 늙은이의 노욕이지만, 가려들으시게."

팽가운은 여러 감정이 교차하고 있었다.

단순히 충심과 애정만 있으면 되는 무가와 달리 정계의 상황은 복잡했다.

분명 반역인데, 그게 또 내면에는 왠지 또 그럴 만한 이유가 있었다는 것이 그를 혼란스럽게 만들었다.

"전하."

팽석진은 바닥에 주저앉아 있던 영민왕의 곁에 다가가 읊조렸다.

"포기하셔야겠습니다. 이제… 이제 다 끝난 모양입니다."

"흐으……."

영민왕의 눈에 짙은 회한이 어렸다. 그는 아까부터 우수수 떨어져 나가는 왕부 호위무사들을 보고 있었다.

"하아압!"

쇄애애액! 쇄애애액!

영민왕 자신을 호위하지만, 엄연히 나라를 위해서도 길러왔던 이들이다. 무예만이 아니라 충의로 가득했던 젊은 영재들이 하나하나 죽어가고 있었다.

"윽! 윽!"

"아악! 전하!"

그들을 도륙하는 이는 묵객. 조금 전, 태화전으로 들어왔던 사내였다.

분명 젊어 보이는 얼굴인데, 이쪽은 왕부에서 일당백의 정예만 뽑아 극한의 수련을 받은 왕부 호위무사들인데 단 한 명을 상대로 무너지고 있었다.

그를 상대로 제대로 싸우는 자가 한 명도 없었다.

"당상관, 어찌 저쪽엔 무사 하나하나가 일기당천이구나. 반면 우리는 뭐 하나 내밀 수 있는 인물이 없고……."

"……"

"한 명이라도 참… 그게 못내 아쉽구나."

쓰윽.

영민왕은 흐느끼며 떨리는 몸을 일으켰다. 그러고는 마지막 일갈을 내뱉었다.

"영민왕이다! 왕부 무사들은 모두 싸움을 멈추라!"

째애앵!

이제껏 그들을 이끌며 조련해 왔던 영민왕 그의 호령에 왕부 무사들이 멈칫 한 발씩 뒤로 물러섰다.

영민왕은 온 얼굴에 줄기줄기 흐르는 눈물을 닦지도 않은 채 목을 놓아 고함질렀다.

"우리가… 우리가 졌다! 그러니 쓸데없이 귀한 인명도 피를 흘릴 이유가 없다! 명한다! 나 영민왕을 따르는 이들은 모두 멈춰라!"

"크흑……"

"으윽!"

쨍그랑! 태애앵!

아직 절반 이상이나 살아남은 왕부 무인들은 오왕의 명령임을 확인하고 검을 떨궜다.

"흠."

가늘게 떨고 있는 영민왕의 어깨를 본 능시걸이 턱을 쓸어내리며 중얼거렸다.

"뭐 그래도… 인물이긴 하구먼."

*   *   *

달그락달그락.

수많은 군사들이 한 무리가 되어 북문 앞에 도착했다.

군데군데 흩어졌던 병력이 합류하자 어느새 칠천에 달하는 대군세를 자랑했다.

저벅저벅.

그 앞에 금의위들의 호위를 받으며 걸어 나오는 두 명이 있었다.

"문을 열어라!"

끼이이익.

상기된 일왕의 외침에 북문이 열렸다. 문 사이로 이미 시립해 있던 무사들 중 한 명이 빠르게 뛰어나와 군례를 올렸다.

"길을 열어놓았습니다, 폐하."

"흠."

일왕은 고개를 끄덕이며 고개를 돌렸다.

당금 황제가 흐뭇한 표정으로 천천히 뒤쪽을 바라보고 있었다.

강호 무사들, 그리고 운집한 금의위 무장들이 모두 예리한 눈빛으로 그를 보좌하고 있었다.

"몇 시진밖에 되지 않았는데……."

황제는 동녘으로 시선을 돌렸다.

어두웠던 긴 밤이 지나고 붉은 여명이 천천히 밝아오고 있었다.

"몇 년처럼 길었구나."

황제의 얼굴에 붉은빛이 스며들었다.

성루에서 병사들이 깃발을 흔들었다.

승전보가 울리는 순간이었다.

第十三章

매염권

"조장."

"……."

"조장, 명을 내려주십시오."

스으으으으—!

시원한 산풍이 얼굴을 할퀴자 광휘가 눈을 껌벅였다.

아득히 펼쳐진 지평선.

초록빛 산마루 주위로 광활하게 펼쳐진 평원이 눈에 들어왔다.

"팽진운?"

"예, 조장."

잠시 딴생각을 한 것일까. 짙은 눈썹의 중년인이 대답하자 광휘
는 그제야 정신을 차렸다.

뙤약볕이 쨍쨍 쏟아지는 산마루 아래는 절경이었다. 숲과 산이 빽빽한 가운데 흐릿한 안개가 서려 있었다.

한참이나 그 모습에 취해 있던 광휘가 뒤로, 수하들 쪽으로 고개를 돌렸다.

"예상대로입니다. 저 비탈 아래부터 광림총의 천라지망이 펼쳐져 있습니다."

"조금 전 혈영신마가 합류했다는 소식입니다. 거기에 무림맹의 척살 일급으로 분류되는 오쾌(五罤)도 함께하고 있습니다."

수하들이 하나둘 차례대로 보고를 해왔다.

고개를 끄덕인 광휘는 다시금 팽진운을 보며 입을 열었다.

"비익조는?"

"기별이 없습니다. 아마도 삼고현(蔘古縣)을 급습한 광림총 때문인 것 같습니다."

"흐음."

비익조는 천중단 내 막부단 삼 조의 이름이다.

본래 이들은 광림총을 떠받드는 여덟 명의 주교, 즉 교의 정보를 수집책인 비영각 팔각(八閣) 교도를 보호하고 있었는데, 갑자기 지역을 이탈한 것이다.

아마도 맹에서 더 급한 지령이 하달된 듯했다.

"전황은?"

후드득.

광휘가 손에 쥐인 서찰을 내려다보며 물었다.

'위급'이란 제목 아래에 기하학적으로 적힌 문자들이 그려져 있었다. 천중단 내에서 극히 소수만 알아볼 수 있는 암호였다.

"파악된 바가 없습니다. 아무 연락도 없는 것을 보니 일개 중대 하나가 전멸한 것으로 보입니다."

"생존 가능성은?"

"지금으로서는… 조장께서도 아시다시피 시간이 너무 많이 지체되었습니다."

삐이익!

보고받던 와중에 매 한 마리가 날아들었다.

"막부단의 전서응입니다!"

단원 하나가 급히 매를 받아 죽통을 건넸다.

픽! 좌르륵.

작은 대나무 통에 들어 있는 서찰은 다름 아닌 막부단에서 보낸 것이었다.

—비영각 소속 중대 고립.

—도움 요청. 긴급.

"혈영신마라……"

뒤늦은 서찰을 보고 모두가 한탄했다.

상황은 절망적이었다.

이 아래는 사파 천여 명이 촘촘하게 짠 그물처럼 경계를 서고 있었다. 그 안에는 사파 최대 거물 중 하나인 혈영신마가 있고, 거기에 처치 불가 판정이 내려진 오괘의 다섯 명도 개입한 상황이다.

서찰은 날아 들어왔지만, 이걸 보낸 무사들이 살았을지 죽었을지 모른다.

이대로 적의 소굴에 들어가는 것은 모험이 아니라 만용이었다.

"조장, 어쩌하겠……?"

"신호탄이 보였습니다!"

때마침 경계를 나갔던 다른 수하가 외치자 흑우단 단원들의 시선이 그곳으로 쏠렸다.

광휘가 다급히 물었다.

"위치와 거리는!"

"남서 방향. 구십 리 정도 됩니다."

"구십 리… 구십 리라면……."

광휘의 눈동자가 빠르게 좌우로 움직였다.

즉각 반응해서 침투했을 경우, 어느 정도 시간이 걸릴지 가늠하고 있었다. 그 특유의 공간 감각이 발휘된 것이다.

"구한다."

"……."

"명(命)!"

광휘의 말에 흑우단 단원들이 대답했다.

잠시의 망설임은 있었다. 지금 그들이 돌입해야 하는 곳은 사파의 최대 지단. 놈들이 어떤 대비를 하고 있을지 모르는 상황이다.

그럼에도 한번 떨어진 명은 확실히 받아들인다. 말 그대로 절대적인 신뢰다.

"칠중대장 이름이 어떻게 되는가?"

광휘가 팽진운에게 물었다.

살았는지 죽었는지 모르지만 이름 정도는 알아 두어야 했다.

"이신명(李新明)입니다. 무당 출신으로 쾌검의 달인입니다. 부조장은 당명호. 당가 출신으로 암기에 능합니다."

"그렇군."

촤라락. 이히히힝.

광휘가 고삐를 흔들자 말이 앞다리를 띄워 허공에 크게 흔들었다.

"그런데 조장."

비탈길을 내려가기 위해 두 손에 힘을 주던 광휘가 팽진운 쪽으로 고개를 돌렸다.

"또 뭔가?"

"괜찮으십니까?"

"뭐?"

"정신이 드시는 겁니까……."

"무슨……."

광휘가 눈을 껌뻑이자 팽진운의 얼굴이 흐릿하게 변하며 사라졌다.

"정신이 드시는 겁니까?"

깜박깜박.

눈앞이 바뀌었다.

금과 은으로 조밀하게 엮어 만든 천장, 하얗게 눈이 내린 듯 펼쳐진 비단 휘장, 그리고 눈앞에서 자신을 바라보는…….

"여기가 어딘지 아시겠습니까?"

광휘를 내려다보던 태자비 주연이 한쪽에 서 있던 시비를 향해 손짓했다.

"목이 마르실 것이다. 물을 드려라."

"예, 전하."

시비가 옥그릇에 담긴 옅은 과즙을 올리자, 광휘가 멍한 얼굴로 받을 생각도 하지 않고 물었다.

"누구시오?"

"네?"

"그리고 여긴 어디오. 나는 분명 작전 중이었는데……."

말하던 광휘가 얼굴을 일그러뜨렸다.

빙글빙글.

머리 위로 시간들이 흐트러지기 시작했다.

잠깐 사이에 자신이 알고 있던 기억이 쩌적쩌적 금이 가며 벌어졌다.

그리고 어느 순간 천중단에 지시를 내리던 그 시간부터 엄청난 속도로 흩어진 기억들이 모였다.

"큭!"

이제껏 지워져 있던 기억, 아니, 지워져 있다는 사실조차 인식하지 못했던 장면들이 파편처럼 하나하나 떠올랐다.

"이런. 아직 일어나지 마십시오. 사영아! 의원을……."

"괘, 괜찮습니다. 태자비마마."

주현이 시비에게 명하던 그때 광휘가 손을 내저었다.

"잠시 옛날 기억에 혼란이 왔습니다. 이제는 괜찮습니다."

"…정말 괜찮으신가요?"

태자비가 여전히 걱정스러운 시선을 보내자 광휘는 말을 돌리며 물었다.

"제가 며칠이나 이렇게 있었습니까?"

"나흘요."

"나흘……?"

얼굴에 표정이 없었지만 광휘는 조금 충격을 받은 듯했다.

주연은 슬며시 웃어 보였다.

"일단 빨리 나가서 부군께 전해 드릴게요. 깨어나시면 뒤도 돌아보지 말고 찾아오라고 하셨거든요."

"…알겠습니다."

주연은 자리에서 일어나 짧게 예를 표했다. 그러고는 빠른 걸음으로 밖으로 나갔다.

드르륵. 탁.

사락. 사락.

따스하게 데워진 방 안 공기에 비단 휘장이 혼자 펄럭인다.

혼자 남은 광휘는 눈을 비비며 한숨을 내쉬었다.

"하아. 대체 무슨 꿈을……."

몇 년 전인지는 떠오르지 않는다.

또한 무의식중에 떠올린 그 당시 상황은 여전히 단편적인 기억으로 남아 있다.

애타게 찾던 기억도 아니었다. 절절했던 장면도 아니었다.

갑자기 왜 그런 생뚱한 장면이 떠오른 건지 모를 일이다.

'행복했던 기억인가……'

생각해 보니 조금 알 것 같았다.

그때의 기억. 사상 최악의 임무 중 하나였지만 사망자가 발생하지 않았고, 거기다 명호까지 구했다.

행복하다고 말하긴 좀 그렇지만 좋았던 기억은 맞을 터였다. 반면 아직도 돌아오지 않은 기억도 있었다.

광휘는 슬쩍 고개를 돌려 창문 아래에 놓인 괴구검을 바라보았다.

"신검합일이라 그랬던가……"

단리형은 자신이 과거에 신검합일을 이루었다고 했다.

그렇다면 이는 신검합일에서 멀어지는 신호일까 아니면 가까워지는 신호일까.

'검의 공명.'

깨달음을 얻을 때, 무공의 경지를 한 단계 탈피하면서 일어나는 드문 현상이었다.

기억을 더듬어보니 백중건의 무공을 익히던 중에도 검의 공명이 일어난 적이 있었다.

그 이후로부터 감각만 아니라 과거의 고통스러운 잔상들이 거짓말처럼 침묵하고 있었다.

부스슥.

"윽."

몸을 일으키다 말고 광휘가 신음을 내뱉었다.

가슴을 잡아 뜯기는 듯한 통증에 그제야 자신의 상태가 눈에 들어왔다.

온몸에 칭칭 감긴 붕대, 가려져 있지 않은 곳을 찾기가 어려울 정도였다.

"어. 어. 그냥 누워 있게."

콰당. 다다닥!

때마침 방 안으로 날 듯이 달려온 사람은 짙은 눈썹의 군영왕이었다.

"허 참… 허허허! 어허허허!"

그는 광휘를 보자마자 웃음을 터뜨리더니, 그 옆에 놓인 의자에 앉을 때까지 계속 웃었다.

"하하하. 참… 이거야 원……."

"……?"

웃음이 길어지자 광휘가 미간을 찡그렸다.

그의 눈치를 보던 일왕은 여전히 얼굴에 웃음을 숨기지 못하며 겨우 말했다.

"아니, 그게 너무 신기해서 말일세. 그 지경이 되었는데 한숨 푹 자고 나니 거짓말처럼 괜찮아 보이지 않는가."

"괜찮지 않아."

광휘가 투덜거리자 일왕은 고개를 저었다.

"자네를 진료한 어의의 생각은 다를걸. 그야말로 걸레짝이 따로 없었네. 온몸에 빼곡히 박힌 수많은 파편과 열상(찢어진 상처), 타박상에 내상. 누가 보더라도 산송장이라고 단언했을 걸세."

"……."

당시 맹주에게 업혀 온 광휘는 필설로 형용하기 어려운 처참한 상태였다.

처음 광휘를 본 어의는 혀를 차며 마음의 준비를 하라고 할 정도였으니까.

하지만 반 시진 후 어의는 조금 지켜보겠다고 했고, 다시 반 시진 후 아예 말을 바꿨다.

어쩌면 살릴 방도가 보인다고 한 것이다.

다음 날에는 반드시 치유할 수 있을 거라 했고, 또 하루가 지나자 모든 증상이 다 사라지고 며칠 내로 깨어날 것이라고 고해 왔다.

그렇게 나흘이 지나자 거짓말처럼 광휘가 깨어난 것이다.

"무슨 영약을 먹은 건가? 전설상의 공청석유라든지……."

"그런 적 없는데."

"정말인가? 당시 자네를 데려온 맹주가 호언장담했단 말일세. 며칠 푹 자고 나면 낫는다고. 그럼 전설상의 영약이나 그런 거 아닌가?"

군영왕이 고개를 갸웃하자 광휘는 시선을 내려 자신의 가슴팍을 보았다.

그리고 혼자 읊조리듯 중얼거렸다.

"환골탈태를 했다면……."

"뭐?"

"그보다 영민왕은 어떻게 되었나?"

광휘가 화제를 돌리며 물었다. 일단 일왕이 눈앞에 있고 자신이 팔자 좋게 누운 걸 보아 대중의 상황은 짐작이 갔다.

그래도 정확히 어떻게 되었는지 듣고 싶었다.

"오지로 귀양 보내게 되었네."

"…죽이지 않고?"

의외의 말에 광휘가 되물었다. 아무리 왕족이라 해도 역모는 신분 고하를 막론하고 처형이다.

오히려 왕족이기에 더 엄하게 다스려야 하는 법이거늘.

"그게 말이지. 이걸 어디서부터 어떻게 말해야 할지. 처분에 복잡한 문제가 있었네."

일왕은 턱을 느릿하게 쓸어 보였다. 그 자신도 설명하기 난감했던 탓이다.

"이건 그러니까 오제, 영민왕이 조정에 오기 전 일이네. 부황께서는……."

모든 것을 알고도 방치했다. 은자림의 발호는 황제 자신도 나름 유도한 바였다.

그래도 자식이라 그런지 오왕의 처분 문제를 두고 황제는 간단히 '귀양'이라고 단언했다.

처벌이 너무 박하다며 반발하는 대소 신료들이 있었으나 천자는 그 말을 무르려 들지 않았다.

"삿된 일이긴 했으나 결과적으로 더 많은 사람을 살렸다. 은자림을 이참에 멸하지 않으면 두고두고 더 많은 이들이 죽었을 것이다."

"흠."

그 뒤로 광휘는 일왕의 얘길 계속 경청했지만 그다지 놀란 것은 없었다.

한참 알아먹지도 못할 정국 이야기가 나온 후에 맹주에 대한 부분에서 살짝 관심을 드러냈다.

"팽석진이었다고?"

"그랬네. 어찌 보면 자신과 오왕의 목숨 줄을 부지하기 위한 방책이었겠지. 그도 바보는 아닌지라 은자림에 모든 걸 다 맡기기엔 마뜩지 않았을 게야."

"흠."

"뭐, 결과적으로 그 때문에 이도 저도 아닌 자충수가 되었지만."

광휘는 얼마 전 그와 마주했던 기억을 떠올렸다.

"시야를 넓히라고? 좋은 말이군. 그건 나에게만 해당되는 게 아니라 당상관 당신에게도 해당되는 말인 것 같군."

당시 자신은 시야를 넓히라는 그의 말을 되돌려 줬다. 그것이 이런 결과로 나타났단 말인가.

스윽. 찌릿!

일왕의 긴 이야기가 끝나자 광휘가 입술을 꾹 깨문 채 몸을 일으켰다.

"벌써 움직여도 되겠는가?"

"크게 불편한 건 없네."

몸이 좀 당기는 느낌은 있었지만, 적응이 되니 참을 만했다.

무엇보다 기경팔맥 아래에 전에 없이 강대한 기운이 맴돌고 있었다.

잠시 광휘의 안색을 살피던 일왕은 또다시 웃음을 터뜨렸다.

"음. 허허허."

나흘 전에 반 시체였던 사람이 이렇게 거동할 만큼 회복되다니. 직접 눈으로 보고도 믿기지 않는 괴사(怪事)였다.

"알겠네. 두어 시진 정도 몸을 추스르고, 그 뒤엔 잠시 나와 함께 가볼 데가 있네."

"어딜?"

광휘가 눈을 찌푸리자, 잠시 말을 고르던 일왕이 입을 열었다.

"황제께서 자넬 보고 싶어 하시네."

*　　　*　　　*

구중궁궐.

황제가 거하는 자금성을 대표하는 말이다. 여러 문인들과 대소 신료들이 바쁘게 오가는 사이, 군영왕은 광휘를 데리고 침궁으로 향했다.

차락. 착.

"충!"

"수고하네."

금의위의 군례를 간단히 받으며 일왕은 대궐의 문 앞에 잠시 대기했다.

"폐하, 군영왕과 전 어사중랑장이 뵈옵기를 청합니다."

궁내의 환관들이 소리 높여 외친 지 얼마 후 커다란 나무 문이 소리도 없이 미끄러지듯 열렸다.

"가세."

차르륵.

촘촘한 인의 장막을 넘기를 여러 번, 광휘는 붉은 기둥 사이로 금으로 된 장식들이 수도 없이 새겨진 것을 보았다.

한 사람이 잠을 자기엔 지나치게 거대한 공간. 평범한 사람들은 평생 들어올 수 없는 대명제국 천자의 침소였다.

자르륵.

주렴이 시야를 살짝 가린 곳에는 금침 위에 편안하게 누워 가야금 연주를 듣던 장년인이 보였다.

"폐하."

"오."

환관의 말에 그가 천천히 몸을 일으켰다. 짙은 눈썹에 귀한 풍모가 역력한 장년인, 천자였다.

"폐하, 군영왕입니다. 데려왔습니다."

털썩.

일왕이 무릎을 꿇고 군신의 예를 올렸다.

뒤에 서 있던 광휘는 사방에서 날아오는 눈총에 눈살을 찌푸렸다.

당장 예를 표하라는 주변 사람들의 눈짓에, 그는 어색하게 포권을 취해 보였다.

"광휘라 합니다, 폐하."

"이놈!"

벌떡!

천자의 뒤에 시립하고 있던 환관이 버럭 호통을 내갈겼다.

"강호인이 예의범절을 모른다는 말은 들었거늘. 감히 여기가 어느 안전이라고! 당장 머리를 조아리지 못할까!"

대명률에 의거하면, 천자의 앞에서는 누구도 신속(臣屬)의 예를 피할 수 없다.

당장 부자간인 군영왕조차 무릎을 꿇고 머리를 조아리지 않는가.

"공공, 되었다."

그러나 정작 황제 본인은, 광휘가 꼿꼿이 서 있는 걸 개의치 않았다.

"그는 강호 최고의 무사다. 또한 이 나라 조정의 영을 흔들리지 않게 지킨 이. 그만한 자격을 가지고 있으니 책하지 말라."

광휘가 옥새의 유출을 막고, 일왕과 함께 궁성을 지킨 것을 말함이었다. 황제의 명이 떨어지자 환관이 머리를 조아렸다.

"잠시 모두 물러거라. 그와 이야기를 나눌 터이니."

"하나 전하……."

"물리라 하지 않는가."

뭐라 하려는 환관의 말을 황제가 부드럽게 끊었다.

스르륵. 스르륵.

천자의 수발을 들던 환관들이 천천히 방을 나갔다. 시위들도 시종들도 모두 빠지자, 거대한 침소에는 졸지에 단 셋만 남게 되었다.

"그래, 정문이 말로는 이번에 자네의 활약이 대단했다고 하던데."

스륵.

황제가 몸을 일으키자, 군영왕이 즉각 그 옆에 다가가 돕는다.

광휘는 부자간이자 군신 간인 묘한 두 사람의 모습을 보며 짧게 답했다.

"해야 할 일을 했을 뿐입니다."

"……."

군영왕의 몸이 굳었다. 광휘가 평소처럼 너무 짧게 말해 버린 것이다.

"허허허. 참으로 듣기 좋은 말이군그래. 맞아. 자넨 당연히 할 일을 한 거야. 그런데 그 당연히 해야 할 일을 하지 않는 자들이 많아서 말이지."

다행히도 황제는 재밌다는 듯 고개를 끄덕였다.

"커다란 공을 세웠으니 마땅히 만조백관 앞에서 공을 치하해야 하나, 듣기로 자네는 과한 예를 좋아하지 않는다더군. 그래서 이쪽으로 불렀네."

"…망극하옵니다."

광휘는 황제와 군영왕에게 다시 한번 두 손을 모아 읍을
했다.

이건 정말 고마운 일이었다.

수백 명의 조정 관료들 앞에서 나팔과 피리 소리 속에 요란하
게 상을 받는 모습이라니.

그런 상황은 그저 거북스럽기만 할 뿐이었다.

"정문이가 약조를 했다면서?"

"…무슨 말씀이신지?"

좌르륵.

광휘가 영문을 몰라 바라보자 황제가 자리에 일어섰다. 군영
왕이 급히 일어나 주렴을 치우자 황제가 저벅저벅 걸어왔다.

"그대가 머무는 장씨세가라는 곳은, 하북의 상계 집안이라
들었다. 맞느냐?"

"예, 폐하."

투욱.

광휘의 지척까지 다가선 황제.

"정문이에게 중원을 통하는 물류의 권리를 달라고 했다던데.
기왕 그럴 것이라면 제대로 된 거래처를 늘려주는 게 더 좋지
않을까."

피식.

천자는 미소를 보이며 광휘를 요리조리 뜯어보듯 살폈다.

"하북 일대의 매염권(賣鹽權:소금을 사고파는 권리)을 허하겠다. 이 정도면 어떠하냐."

"폐, 폐하?"

황제의 말에 군영왕의 눈이 크게 뜨였다.

명 황실에서 가장 중요하게 통제하는 것이 바로 쌀과 철, 그리고 소금이다.

쌀은 백성들의 목숨과 직결되고, 철재는 곧 군수물자로 병기를 만들 수 있으니 엄격히 관리된다. 마지막으로 소금은 바로 세금이었다.

음식을 오래 보관하는 것에는 염장(鹽藏)만 한 것이 없다.

단순히 맛을 내는 것을 넘어 군민을 가리지 않고 사람 사는 곳이라면 필수품이었다.

그런 소금을 관리한다는 것.

황제는 대명제국의 세금의 일부를 돌리겠다는 뜻이다.

광휘의 편을 들던 군영왕이 기겁하며 말했다.

"화. 황공하오나 일개 무사에게 너무 큰 것을 내리시는 것 아닙니까?"

"당연히 무한정 허하는 것이 아니다. 이번 일에 큰 공을 세웠다 하나 매염권은 각 봉지의 제후들과 권문세가들이 의논하여 정하는 법. 일 년 정도면 어떠하냐?"

걱정 말라는 듯 황제가 웃으며 말을 이었다. 그러자 군영왕이 가슴을 쓸어내렸다.

정확히 무슨 뜻인지 모르지만 뭔가 줄어들었다는 느낌에 광휘가 툭 말을 던졌다.

"폐하, 하북은 그리 넓은 땅이 아닙니다."

"…허허허."

황제가 갑자기 크게 웃자 군영왕이 질겁해서 사색이 되었다.

"자. 자네! 지금은 그냥 감사히……."

"정문이는 빠지거라. 그래, 부족하다 여기느냐?"

황제가 손을 저어 일왕의 말을 막고 물었다.

"듣기로 저만이 아니라 장씨세가 전체가 들고일어나 만금천자의 목숨을 구했다고 하였습니다. 황상의 가치가 고작 하북에 그치겠습니까."

"……!"

당돌하기 짝이 없는 말에 군영왕이 다시 한번 안색이 탈색되었다. 황제는 빙글빙글 웃으며 턱을 쓸었다.

"허어. 그게 또 그리되는가?"

"예."

광휘는 고개를 끄덕이며 다시 말을 이었다.

"중원 전역은 어떻습니까?"

"……!"

중원 전역의 일 년 매염권이면, 어지간한 지방의 성도를 통째로 구입할 수 있는 자금이 나온다.

이번에는 황제도 광휘를 지그시 노려보았다. 그러다가 곧 고개를 내저었다. 정계에서 수많은 관료들의 탐욕과 권모술수를 보아온 그에게는 광휘가 아무것도 모르고 청하는 것이 보였다.

"자네는 무예만 아는 모양이군."

"예?"

"기왕 상계 집안을 도와주려면 좀 더 배워야 할 것일세. 그럼 장강 이북 정도면 어떻겠나."

"……."

광휘는 잠시 계산해 보았다.

장강 이북. 명의 물산이 어느 정도 되는지 헤아려 보려는 것이다.

그리고 새삼 떠올린 것은 자신이 이런 쪽은 아무것도 모른다는 사실이었다.

"그리하겠습니다."

뭔가 좀 부족한 듯했지만 이를 악문 군영왕이 고개 젓는 것이 보였다.

여기서 더 요구했다간 아무래도 일이 안 좋게 될 것 같아 광휘가 깊게 고개를 숙였다.

"끌끌끌. 그리고 기한은 반년으로 하겠네."

"폐하, 일 년으로……."

"정문아."

광휘가 뭐라 말하려는 순간 황제가 군영왕을 불렀다.

군영왕은 사면이라도 받은 듯 광휘를 끌고 급히 밖으로 뛰쳐나갔다.

"끌끌끌."

그 모습을 가만히 지켜보던 황제는 자신도 모르게 웃음이 흘러나왔다.

＊　　　＊　　　＊

"헉. 헉. 자네 지금 무슨 발언을 했는지 아는가?"

군영왕이 벌겋게 달아오른 얼굴로 숨을 몰아쉬었다. 광휘는 의아한 듯 고개를 갸웃했다.

"뭐가 말인가?"

"내, 내가! 아니, 자네가!"

쾅쾅쾅!

군영왕은 뭔가 말을 하려다가 그냥 가슴만 두들겼다. 그러고는 장탄식을 흘렸다.

"아니, 아닐세. 뭐 원래 이런 사람이었으니까. 허어어……."

알아먹게 설명해 주려다가 군영왕은 그냥 포기해 버렸다.

자그마치 대명의 황제를 상대로 저잣거리 상인들처럼 흥정이라니.

황제가 허한 매염권은 엄청난 것이었다.

단순히 제국의 세금 일부를 내주는 것이 아니라 가만히 앉아 있어도 장씨세가 사람들과 얼굴을 트기 위해, 전국에서 수많은 관료와 상단이 몰려들 것이다.

매염권은 그런 것이다.

그런 기회를 얻기 위해 중원 전역의 얼마나 많은 상단이 움직이는지 설명한들 광휘가 알겠는가.

"폐하의 말씀대로 자네는 상계 공부를 좀 해야겠네."

"그럴까."

뜻도 모르면서 끄덕이는 친우를 보고 군영왕은 잠시 목뒤를 잡았다.

그러거나 말거나 광휘는 뭔가 생각하다가 물었다.

"그보다 단리형은 어디 있나?"

"무림맹주?"

*　　*　　*

사락사락.

맹주는 서편(書編)으로 묶인 보고서를 읽고 있었다. 조금 전, 건네받은 정보였다.

투욱.

"이게 정말 사실인가?"

부르르.

맹주가 마지막 장을 훑고는 주먹을 쥐었다.

"비선당에서 여러 번 검증을 거친 후에 내린 결론입니다. 정황상 서기종 총관이 움직인 것이 맞습니다."

단리형 맞은편에서 비선당주 손유진이 대답했다.

서역까지 함께했던 그녀는, 맹주의 명을 받고 급히 무림맹으로 복귀했다.

그리고 예상외의 보고에 급히 달려온 것이다.

"허… 몹쓸 놈들. 이래서야 원 내가 맹을 떠날 수가 있나. 비우자마자 더러운 짓거리를 벌이다니."

맹주는 쓰디쓴 차를 마신 듯 미간을 찡그렸다.

잠시 맹주에게 심사를 정리할 시간을 준 다음 손유진이 첨언했다.

"서기종은 처음부터 야심이 많은 인물이었습니다. 항시 주의하시라고 일러 드렸습니다만."

"알고는 있어. 그래도 어쩌겠나. 이것저것 다 따지면 도무지 써먹을 사람이 없는 것을."

끌끌끌.

맹주 단리형은 혀를 찼다.

쓸 사람은 믿어야 하고, 믿을 수 없는 사람은 쓰지 않는 것이 용인술의 기본이다.

하지만 그 원칙을 지킬 수 있을 만큼 무림맹은 호락호락한 곳이 아니었다.

"능력이 있으면 성품에 문제가 있고, 성품에 문제가 없으면 정작 능력이 부족하니, 원……."

대개의 경우는 가진 능력만큼 야심 또한 크다.

서기종은 무림맹의 총관이 될 정도로 능력이 출중한 자고, 하필 그만큼 야심도 가지고 있었던 것이다.

"그럼 전에 말씀드렸던 감찰 조직을 재편하시는 것은 어떻습니까?"

"곤란해. 그렇게 되면 감찰당주가 정작 너무 큰 권한을 가지는 것 아닌가. 맹 내의 작은 맹이 되어버리지. 어차피 서로서로제 파벌만 챙기고 있으니."

손 당주가 하는 말을 모르지는 않지만, 단리형도 단리형대로 난감하기만 했다.

지금이야 은자림 때문에 벌어진 일이지만 강호인들은 원래이합집산이 빠르고 서로서로 견제를 늦추지 않는다.

권력은 부자간에도 나누지 않는다던가, 권력이 곧 힘이고 힘이 곧 권력인 무림맹에서 각 파벌의 견제는 조정 관료들의 권모술수보다 못하지 않았다.

"이 골치 아픈 걸 나한테 떠넘기고 도망가다니. 억울해서원……."

"갑자기 무슨 말씀이십니까?"

"맹주님!"

투덜거리던 단리형에게 급히 사람이 달려왔다.

"뵙기를 청하는 사람이 있습니다. 광휘라고……."

벌떡!

말이 채 끝나기도 무섭게 단리형은 서류를 팽개치고 문밖으로 달려갔다.

놀란 비선당주 손유진이 본 것은 맹주가 누군가의 손을 잡고덩실덩실 춤을 추는 모습이었다.

"저 사람은……?"

"으하하하! 왔는가, 전우!"

무림맹의 맹주라는 체면도 잊고, 그는 광휘를 끌고 방 안으로 들어갔다.

잠시 두 사람의 반응을 살피던 손 당주는 보고서를 정리하고는 자리를 피했다.

투욱.

두 사람만 남자 맹주가 의자를 권하며 물었다.

"몸은 괜찮은가? 속은? 아니, 기분은?"

"그럭저럭. 그보다……."

광휘가 살짝 눈살을 찌푸리며 말했다.

"좀 조용히 얘기할 수 없겠나?"

그도 그럴 것이, 뭐가 그렇게 신이 난 건지, 맹주의 목소리는 몇 장 밖에서도 들릴 만큼 쩌렁쩌렁했다.

"사람 참. 이런 때는 좀 감격을 맛보라고. 대체 이게 얼마 만인가."

꼴꼴꼴!

이참에 한 잔 마실 참인지, 맹주는 향기 그윽한 술을 가져와 잔에 따랐다.

스윽.

광휘는 가볍게 손을 저으며 그 잔을 거절했다.

"싸움은 아직 끝나지 않았어."

단리형이 슬쩍 광휘를 보고 물었다.

"운 각사 놈 말인가?"

"그래."

"알고 있네. 그놈도 살아났다고 들었으니."

투욱.

단리형이 자리에 앉았다. 그는 언제 흥이 났냐는 듯 묵직한 안색을 하고 있었다.

"이번 일은 참 이상해. 은자림은 분명 황궁을 범하려고 했어. 그러려면 두 놈이 같이 나타났었어야 하는데, 잡힌 건 백령귀뿐이었지. 왜 그런 걸까. 자넨 혹시 짐작 가는 바가 있나?"

"…몰라."

광휘의 말에 맹주가 탄식을 토했다.

"그래. 내가 물을 걸 물어야지."

그의 오랜 친우는 무예에 관해서는 어마어마했지만, 때때로 세상을 보는 눈은 터무니없을 정도로 둔했다.

조금 전 일왕이 그랬던 것처럼 맹주 역시 광휘를 앞두고 뒷목을 부여잡았다.

"분명 연관이 있어. 뭔지는 모르겠지만. 하북, 그리고 황궁, 여기에 은자림이라. 분명 연결이 돼 있을 터인데."

"일단 그 일은 자네에게 맡기지. 내 전문이 아니니까."

머리 쓰는 일, 즉 사람을 의심하는 일로 방향이 틀어지자 광휘는 주저 없이 단리형에게 일을 떠맡겼다.

"난 그만 집에 좀 가봐야겠어. 너무 오래 비웠거든."

"집?"

단리형은 생경한 느낌에 고개를 갸웃했다.

오랜 친구가 집이라는 말을 쓰는 것도, 어딘가를 걱정하는 것도 처음 보는 것이다.

"장씨세가 말인가?"

"그럼 또 어디 있겠나."

광휘가 말끝에 휙 고개를 돌렸다.

'오호.'

단리형의 입가가 씨익 올라갔다.

모르는 사람은 모르겠지만, 지금 광휘는 분명 쑥스러워하고 있었다.

한때는 목석이 따로 없었던 이 친구가 이렇게나 사람같이 변했다니. 보고를 받아 보고도 믿기지 않을 정도였다.

"지금 바로 가려나? 나도 같이 가지."

"…왜?"

"뭐야, 설마 숨기려는 건가?"

단리형이 도발하듯 물었고, 광휘는 안색을 굳히며 고개를 저었다.

"내가 뭘 숨겨."

"그럼 보자고. 같이."

천하의 광휘를 이렇게 바꿔놓은 것이 누구인지 무림맹주도 궁금해졌다.

광휘가 나가자마자 선뜻 뒷골이 서늘해졌다.

'설마 그놈이……?'

밝았던 맹주의 얼굴이 완전히 변했다. 안 좋은 생각이 뇌리를 스친 것이다.

"아닐 거야. 그건 아니어야 해……."

표정과 몸짓에서 말 못 한 근심이 깊게 드리워져 가고 있었다.

第十四章

광희가 놓친 것

쏴아아아.

빗줄기가 거세졌다. 저녁때 하늘을 메우던 먹구름들이 결국 해가 사라지자마자 강한 빗줄기를 쏟아냈다.

황실 동쪽, 국빈이나 거하는 작은 궁에도 어둠이 찾아왔다.

"자넨 신검합일을 이루지 않았나."

광휘는 모든 불을 끈 채 침상에서 생각에 잠겨 있었다.

따로 운기조식은 하지 않았다. 며칠 전에 끔찍한 중상을 입었고, 오늘 아침에 깨어났는데도 몸은 거의 다 회복되어 있었다. 정말 사람의 신체가 맞나 싶을 정도로.

"신검합일로 인한 환골탈태라……."

늘 품었던 의문이다.

광휘는 그간 수많은 전투를 치러왔다. 그런 와중에 입었던 상처는 비정상적일 정도로 빠른 회복을 보였다.

자신보다 훨씬 더 가벼운 상처를 입은 묵객이, 한때 무인으로 살아갈 수 없다는 말을 들었을 때도 자신은 멀쩡하게 회복되었다.

바로 신검합일을 경험한 신체 때문이었다.

'환골탈태이되, 기본적인 환골탈태와 달라.'

강호에 회자되는 환골탈태는 뼈와 골격이 재구성되어 완벽한 신체를 갖게 되는 것이다.

하지만 광휘는 신체 내부에서 변화가 시작되었다. 내공도 없이 검기와 검강을 뿌려내는 기예가 가능했고, 중상을 입은 몸도 단 며칠 만에 회복되는 괴이한 현상을 만들어냈다.

"내일이면 깨어날 듯합니다."

그것은 다른 사람에게서도 발견할 수 있었다.

맹주와 만난 후 광휘는 아영을 진료하는 당고호를 찾아갔다.

황제와 오왕을 지키는 격전에서, 온 잠력을 다 끌어다 쓴 아영은 죽은 듯이 누워 있었다.

한데 기묘하게도 그 부상이 눈에 보일 정도로 빠르게 회복되어 가고 있다고 했다.

'신재와… 내가 무슨 유사점이 있는 것이지?'

그것이 지금 잠자리를 청한 와중에도 그를 계속 신경 쓰이게 만들었다. 특히나 가장 큰 의문이 남아 있었다.

'왜 은자림은 그 아이를 찾으려 했던 것일까?'

처음에 은자림이 싸움을 건 이유는 황실을 노린 것이라고 생각했다. 하지만 이상했다. 은자림은 결정적인 때 자신들의 모든 전력을 투여하지 않았다.

그렇다면 놈들의 계획은, 대체 은자림이 원한 것은 무엇인가?

하북의 일대를 혼란에 빠뜨린 것이 그 아이를 찾기 위해서라면 왜 황실에 오지 않았던 것일까?

여전히 풀리지 않는 의문이었다.

"광휘."

쿵쿵.

상념 끝에 까무룩 잠에 빠져들려 할 때, 문을 두드리는 소리가 있었다.

덜컥. 주륵주륵.

쏟아진 비를 온통 맞으며 한 남자가 서 있었다. 무림맹주 단리형이었다.

"이 시각에 무슨 일인가?"

살짝 짜증을 부리려던 광휘의 얼굴이 굳었다.

비를 맞은 채 서 있는 무림맹주의 얼굴은 차마 말하기 힘든 것을 억지로 말하려는 사람 같았다.

"폭굉이 터졌네."

"…난 또 뭐라고."

광휘가 가볍게 입꼬리를 올렸다.

사실 큰 싸움에서 패했다고 은자림이 그냥저냥 물러갈 리 없다고 그도 생각은 했다.

투욱.

뒤돌아선 광휘가 한쪽에 걸린 장포를 입으며 말했다.

"그래, 어느 방향인가?"

"……."

"단리형?"

광휘가 고개를 갸웃하는데도 단리형은 입을 열지 않았다.

완전히 장포를 걸친 광휘가 가까이 올 때 단리형이 탄식과 함께 대답했다.

"여기가 아냐."

"그럼?"

"……."

"설마……."

문득 불길한 예감이 광휘의 뇌리를 스쳤다.

"심주현이야."

"……!"

꽈득!

광휘가 집은 괴구검의 칼자루에서 부서지는 듯한 소리가 났다.

"보고를 듣자마자 바로 달려왔네. 장씨세가가 있다는 심주현. 거기서 오늘 정오에 십여 개의 폭발이……."

흠칫!

말을 하던 맹주가 멈칫하며 뒤로 한 발짝 물러섰다.

짐승처럼 반개한 눈동자, 보기만 해도 소름이 쭉 뻗어 오르는 귀기 어린 모습.

정말 오랜만에 보는 광휘의 옛날 모습이었다. 그가 몸을 떨어 댈 정도로 흥분한 모습은.

"광휘, 나와 약속 하나 해주겠나."

뚝.

단리형의 말에 문 쪽으로 걸어오는 광휘의 동작이 멎었다.

"설령 무슨 일이 일어나도……."

"단리형, 잘 들어."

광휘가 이를 악문 채 고개 저었다.

"아무 일도 일어나지 않아. 아무 일도."

"……."

단리형은 대답하지 않았다.

서슬 퍼런 살기, 흉험하기 짝이 없는 기세.

여기서 한마디만 더 반발하면 광휘는 예전 전장에서 싸우던 때의 모습으로 바로 돌아갈 것 같았다.

"당연히 그럴 걸세."

투욱. 타닥!

광휘가 비를 맞으며 쏘아져 나가자 맹주는 미간을 찌푸리며 중얼거렸다.

"그러길 바라네. 나도."

그간 보아온 옛 친구의 모습.

목석처럼, 인형처럼 살던 그가 점점 사람처럼 돌아오는 모습은 그도 보면서 즐거웠다.

하지만 지금 광휘의 모습을 보면 불길한 느낌에 다가서고 있다는 기분을 숨길 수가 없었다.

타닥!

맹주는 몸을 돌리며, 빠르게 광휘를 뒤쫓았다.

*　　　*　　　*

"광휘가 나가?"

일왕은 평복 차림으로 왕부 호위무사의 보고를 들었다.

막 침소에 들려고 옷을 갈아입는 와중에 갑자기 들이닥친 소식은 그의 기분을 심란하게 만들었다.

"예. 그것도 무림맹주와 함께입니다. 남문에서 그들을 보았다는 보고도 있었습니다."

"흐음."

일왕은 턱을 쓸어내리며 침음했다.

대체 무슨 급한 일이기에?

황궁은 들어오는 것도 함부로 못 하지만, 나가는 것 또한 예의와 인사가 있어야 한다.

아무리 광휘라도 그걸 모르지는 않을 터인데, 이 판국에 무슨 일이 벌어졌기에 기별도 없이 뛰쳐나간 것일까.

"전하?"

한동안 침묵이 길어지자 부복한 호위무사가 그를 불렀다.

일왕은 턱을 쓸다가 입을 열었다.

"뭔가 일이 벌어진 것 같다. 무슨 일인지 알아보거라."

"예, 전하."

호위무사가 두말없이 군례를 하며 일어설 때 일왕이 다시 그를 불렀다.

"특히 하북에서 일어나는 모든 일을 소상히 알아 오너라. 아마 그쪽일 공산이 크다."

"예, 전하."

호위무사가 목소리에 힘주어 대답하고는 방을 나갔다.

쏴아아아. 타닥. 탁.

일왕은 창밖을 내다보았다.

비가 거셌다. 습기 가득한 방 안에 등불이 불안정하게 타올랐다.

남쪽을 한참 바라보고 있던 그는 긴 한숨을 쉬었다.

"왠지 느낌이 심상치 않구나."

비 그리고 어둠.

어쩐지 기억도 하기 싫은 옛 상처가 쿡쿡 찔러 오는 듯한 느낌이었다.

*   *   *

쏴아악. 쏴아아악.

비는 사흘 내내 계속 내렸다.

빗줄기가 가늘어지고 굵어지기를 반복했을 뿐 하늘에 구멍이 뚫렸는지 멈추질 않았다.

"먹게."

단리형은 산 아래 광경을 응시하던 광휘에게 육포를 건넸다.

"됐어."

"그러다가 몸이 못 버티네."

푸르륵! 푸르르륵!

광휘는 대답 대신 모퉁이에 말을 묶으며 신경질적으로 음식을 거절했다.

잠도 자지 않고 말을 달렸고, 마방이 보이면 무조건 웃돈을 내던지며 다른 말로 바꿔 탔다. 그 결과, 채 사흘도 안 되어 경성에서 하북까지 그대로 주파하는 엄청난 일을 해냈다.

"먹으라니까. 이 언덕만 지나면 심주현이네."

"……"

광휘는 대답도, 반응도 보이지 않았다.

지난 이틀 조금 넘는 동안 그는 이제껏 하루에 두세 마디만 겨우 입에 담았다. 그조차 '됐어' 아니면 '필요 없어'가 다였다.

이제껏 자신을 벌주기라도 하듯 먹지도, 마시지도, 쉬지도 않았다.

육포를 건네던 무림맹주는 안타까움에 한숨을 쉬었다.

"자네 말대로 아무 일도 일어나지 않을 걸세. 그리고 무슨 일이 일어났다면."

"……."

"싸워서 물리쳐야 할 것 아닌가. 들게."

몇 번이나 거절당했지만 단리형은 집요하게 육포를 내밀었다.

터억.

이번에는 광휘도 받아 들었다.

바직바직.

그는 육포를 가루가 되게 씹으며 건조한 목소리로 말했다.

"단리형, 약속 하나만 해주겠나."

"무슨 약속?"

"만약 내가 정신을 잃고 광마에 빠진다면……."

"……."

꿀꺽.

광휘의 말에 단리형은 귀를 막아버리고 싶었다.

듣지 않아도 그도 예상할 수 있는, 그렇기에 더욱 생각하고 싶지도 않은 얘기였다. 그 예감은 예상대로 적중했다.

"자네가 날 죽여줘."

"지금 무슨 말을 하는 게야!"

단리형은 버럭! 고함질렀다.

생각하지도, 입에 담고 싶지도 않은 말이었던 것이다.

"쓸데없는 생각 하지 말고 가세! 시간이 없네!"

파라락!

맹주는 말 잔등에 광휘를 강제로 끌다시피 해서 앉혔다.

그리고 출발했다.

푸르륵! 끼히히잉!

잘 고른 준마가 사력을 다해 달렸다. 하지만 마음이 타들어 가는 중에 달리는 말의 속도는 너무나도 느리게 느껴졌다.

*   *   *

쉬이이이.

빗줄기가 천천히 잦아질 때쯤 말 두 필의 움직임이 느려졌다.

"……."

심주현이 내려다보이는 언덕 위.

광휘의 눈이 흔들렸다. 마을 곳곳에 피어오르는 시커먼 연기가 보였다.

"너무 심각해질 필요 없어. 전부는 아니니까."

돌처럼 굳어 있는 광휘에게 단리형이 말했다. 그건 광휘도 광휘지만 자신에게 들려주다시피 말하는 말이었다.

다각다각.

말을 몰아 내려가는 중에 맹주의 얼굴이 조금 펴졌다.

분명 심주현 여기저기 폭굉이 터진 흔적들이 보였다. 하지만 장씨세가의 전각에는 피해가 없었다.

제발, 제발……. 그렇게 속으로 되뇌며, 광휘와 맹주가 장씨세가 정문 앞에 도착했다.

"오셨습니까."

대문 앞에는 장원태가 장로들과 함께 나와 있었다. 이미 심주현으로 무영대가 전서구를 보낸 것이다.

타악!

맹주는 빠르게 말에 내린 뒤 말을 걸었다.

"혹 장씨세가 가주 되십니까?"

"예, 그러합니다만… 누구신지?"

영문을 몰라 하던 장원태를 향해 단리형은 가볍게 예를 표했다.

"반갑습니다. 본인은 단리형이라고 합니다."

"아!"

"무림맹주!"

장원태가 신음을 내뱉고 장로들이 놀란 어조로 외쳤다.

광휘와 무림맹주 간의 친분은 가주 외에 그들로서는 알지 못하니 당연한 반응이었다.

"가문의 영광입니다. 맹주께서 이런 누추하신 곳을 찾아주시다니."

당황하는 장로들을 뒤로하고 장원태가 고개를 숙여 보였다.

한데 그 모습을 보던 단리형의 미간이 좁아졌다.

반응이 이상했다. 놀라는 장원태의 두 눈에서 근심이 가득 보였기 때문이다.

"인사는 천천히 드리기로 하고… 근자에 심주현에 참사가 있었다고 하던데 장씨세가는 별일 없습니까?"

"조금 문제가 있긴 했으나… 맹주께서 심려할 만한 것은 아닙니다."

장원태는 애써 어색한 미소와 함께 고개를 저었다.

단리형의 얼굴이 더욱 굳어졌다. 분명히 뭔가 있었다. 장원태뿐 아니라 장로들의 안색도 동요를 억누르는 듯한 모습이었다.

그때였다.

"누군가 왔었습니까?"

담담히 상황을 지켜보던 광휘가 입을 열었다.

눈치를 보던 장로 하나가 다가와 예를 표했다.

"어서 오십시오, 광휘 무사님. 그것이……."

"누가 온 거냐고 묻지 않습니까!"

갑작스러운 일갈에 장원태뿐 아니라 장로들의 시선이 그에게 집중되었다.

하지만 누구 하나 대답하는 자가 없었다. 마치 겁에 질린 듯, 윗사람에게 꾸짖음을 받는 듯 시선을 땅으로 늘어뜨릴 뿐이었다.

파파팟.

더 참지 못한 광휘가 장씨세가 안으로 몸을 날렸다.

"이런!"

맹주 역시 광휘를 뒤따라 안으로 들어갔다.

남겨진 장원태와 장로들은 땅이 꺼져라 한숨만 내쉬었다.

*　　　*　　　*

"제길, 어디지?"

맹주가 욕설을 내뱉으며 주위를 둘러보았다.

급히 쫓는다고 쫓았는데, 한순간 시야에서 놓쳐 버렸다.

광휘는 거의 전력으로 장씨세가를 내지르는 듯했다. 전성기 때 그의 신법보다 더욱 빨라진 듯했다.

"흐음……."

맹주는 광휘를 놓친 방향 주변을 돌아보았다.

눈앞에 심어진 노송 한 그루, 그 옆으로 이어진 소로, 그리고 길목 경계선으로 세워진 담.

'이건?'

담벼락 위에 움푹 들어가 있는 발자국이 보였다. 토사로 만든 벽에 균열이 인 만큼 분명 내력을 써서 밟은 흔적이었다.

'저곳이군.'

맹주의 시선이 발자국을 건너 저편으로 향했다.

파파파팟.

전력으로 달려가던 단리형의 걸음이 천천히 잦아들었다.

삽시간에 담 세 개를 밟고 달려간 곳은 공허한 마당이 있는 처소였다.

처소 앞의 문이 반쯤 열려 있었다.

"광휘, 안에 있는……?"

방 안을 둘러보던 단리형의 말이 멈췄다.

부서진 책장, 바닥에 널브러진 서류 다발들.

정갈하고 아담하게 꾸며진 여인의 처소로 보였는데 방 안의 기물들이 모두 박살 나거나 떨어져 있었던 것이다.

"광휘, 이게……."

"단리형."

그 가운데 주저앉은 광휘가 무표정한 얼굴로 단리형을 바라보고 있었다.

"장 소저였어."

"뭐?"

흐느끼듯 무슨 말인지도 모르게 던져오는 광휘의 말.

맹주를 향해 천천히 고개 돌린 광휘는 섬뜩하게 웃고 있었다.

"장련 소저였다고. 그놈이 황실에 오지 않았던 이유가……."

"……."

당황한 단리형의 시선이 주위를 훑다가 한 곳에 고정되었다.

벽면에 붉은 피로 무언가 쓰여 있었다. 그것은 손 당주가 내밀었던 보고서 어딘가에서 본 적 있는 글귀였다.

하늘을 대신해서 벌을 내립니다.

분명 어디선가.

『장씨세가 호위무사』제5막 13권에서 계속…